TEIL 1

DER ORDEN DER GEFALLENEN ENGEL

PROLOG

DREI JAHRE ZUVOR

Tief im brasilianischen Dschungel stand eine alte Kathedrale; ein einsames Gebäude am Rande eines Nebenflusses, welches in seiner Bauart eher von den Mayas als vom Katholizismus geprägt war. Die Wände waren grau und verwittert und durch die Erosion des Bodens mit immer weiter aufklaffenden Rissen durchzogen, sodass die Steinblöcke nicht mehr gleichmäßig aufeinanderlagen. Ranken so dick wie Pythons schlängelten sich an den Wänden empor und hielten sie dort zusammen, wo der Mörtel bereits seinen Dienst versagt hatte. Eine alte Säule, die einst stolz aufrecht gestanden hatte, lag nun zerbrochen am Boden des Dschungels.

Der einzige Eingang, der tief in die uralte Kathedrale hineinführte, war unter den miteinander verwobenen Ranken und dem Blätterdach, das sie bedeckte, kaum noch zu erkennen. Hinter diesem Vorhang existierte eine ganze Welt, in der Menschen lebten und starben, in der ein bestimmtes Gesetz und eine Religion galten und wo jeder als Teil eines Kollektivs unter der Führung von drei Männern lebte: dem Triumvirat der gefallenen Engel.

Gewundene Korridore, die unendlich lang schienen, führten tief in die unterirdischen Kammern, die durch uralte Fackeln und Ölfässer beleuchtet waren. Die Wohnquartiere waren klein und äußerst spartanisch eingerichtet und enthielten nur sehr wenige persönliche

Besitztümer. Jene, die dem Triumvirat dienten, folgten den Geboten mit bedingungslosem Gehorsam.

In der Mitte der Kathedrale befand sich eine Plattform aus Kalkstein, die von brennenden Laternen umringt war und auf der drei Stühle standen, die allesamt dem päpstlichen Thron ähnelten. Sie waren mit kunstvollen Schnitzereien verziert, welche geflügelte Engel mit Schwertern und Schilden im Kampf gegen Dämonen darstellten. Jeder Thron erzählte eine andere Geschichte, und auf diesen saßen die Führer des Triumvirats – drei in die Jahre gekommene Flüchtlinge des Dritten Reiches. Sie trugen Kutten mit gewaltigen Kapuzen, die ihre Gesichter verbargen, und sie warteten gerade geduldig auf die Ankunft eines Untergebenen, der ihnen einen Bericht über die laufende Mission erstatten würde.

Eine Kirchentür am anderen Ende der Kammer, die aus dickem Holz bestand und von schwarzen Eisenbändern gehalten wurde, öffnete sich jetzt und schloss sich dann hastig wieder. Das Quietschen der Angeln hallte durch die Kammer wie das Geräusch von Fingern, die über eine Tafel kratzten.

Ein Mann, der ebenfalls eine Kutte trug, trat nun in den schwach beleuchteten Kreis, seine Hände in den Falten seiner Ärmel verborgen. Die Kapuze hatte er abgestreift, sodass die gleichmäßigen Gesichtszüge eines Mannes mit arischen Vorfahren offenbart wurden. Selbst in dem schwachen Lichtschein der flackernden Flamme, die nur kraftlos in der Laterne brannte, konnte man sein hellblondes Haar, seine blauen Augen und das Glimmen eingeträufelter Vorurteile erkennen, die von etwas genährt wurden, das weitaus stärker war als das Öl, das die Laternen brennen ließ.

Als er sich ungefähr sechs Meter vor den Stufen befand, die zu den Thronen führten, blieb der Mann stehen und senkte den Kopf. »Ehrwürdige Meister«, begrüßte er sie.

Die drei Mitglieder des Triumvirats blieben für einige Augenblicke so regungslos wie griechische Statuen sitzen, bis der Mann in der Mitte schließlich eine mit Altersflecken übersäte Hand hob. »Hast du Neuigkeiten?« Seine Stimme war vom Alter so sehr gezeichnet, dass er die Worte nur so langsam und undeutlich hervorbrachte, dass nur ein geübtes Ohr sie verstehen konnte.

»Das habe ich, Ehrwürdiger«, antwortete er. »Ich habe die Kunde erhalten, dass die *Shepherd One* mit ihren Würdenträgern genau in diesem Moment den Luftraum von Brasilien überfliegt. An Bord befinden sich insgesamt vierzehn Kardinäle, die von sechs Mitgliedern der Vatikanritter bewacht werden.«

Der alte Meister ließ seine Hand auf die verzierte Armlehne seines Thrones sinken. Es waren nicht die Kardinäle, die ihm Sorgen bereiteten, sondern die sechs Ritter des Vatikan. Ein äußerst hoher Preis. »Ist alles vorbereitet?«, fragte er als Nächstes.

Der Untergebene verbeugte sich, bevor er ihm antwortete, denn das war etwas, das alle Untergebene taten, bevor sie sich an einen ehrwürdigen Meister wandten. »Natürlich«, erwiderte er.

»Sehr gut«, antwortete der Meister. »Dann hat das Ganze also begonnen.«

KAPITEL 1

Die *Shepherd One* war das persönliche Flugzeug des Papstes, auch wenn dies nicht ihr eigentlicher Name war. Ursprünglich war es ein umgebautes Passagierflugzeug der Alitalia gewesen, welches der Vatikan zum Transport von Mitgliedern der Kirche beanspruchte. *Shepherd One* war der Rufname, wenn das Flugzeug irgendwo startete oder zur Landung ansetzte.

An Bord befanden sich momentan vierzehn Kardinäle, die in verschiedene lateinamerikanische Länder abberufen worden waren, die von großer Armut gebeutelt wurden. Es war die Vision von Papst Pius XIV, mehr Gewicht auf die Arbeit in den Nationen und Gemeinschaften zu legen, die jegliche Hoffnung verloren hatten und den Leuten dort den Glauben an Gott zurückgeben, weil dieser dort kaum oder gar nicht existierte. Ganz besonders in den Favelas, wo Gott im Herzen der Menschen mittlerweile gänzlich abwesend zu sein schien.

Da Lateinamerika als erzkatholisch galt, sah Papst Pius dies als absolute Notwendigkeit an. Vierzehn Staaten befanden sich aktuell am Rande der Verzweiflung, und vierzehn Kardinäle sollten deshalb dabei helfen, diesen wieder Hoffnung zu schenken.

Bei ihnen befanden sich sechs Soldaten der Vatikanritter. Eine Eliteeinheit aus den besten Kämpfern der gesamten Welt, mit dem Auftrag, jenen zu helfen, die sich nicht selbst helfen konnten. Männer von reinem

Wesen und hoher Moral. Sie dienten ausschließlich der Kirche, beschützten ihre Souveränität, ihre Interessen und das Wohlergehen ihrer Bürger.

So wie bei allen Vatikanrittern waren ihre Namen heiligen Texten entlehnt, Decknamen, die ihre eigentliche Identität verbergen sollten und zu dem Weiheritual gehörten, bei dem sie ein ehrenvolles Mitglied der Kirche wurden. Im hinteren Teil des Flugzeuges saßen Kish, Mordechai, Eli und Jakob, Pinchas und Zadok – Namen aus dem Alten Testament, und zugleich Namen, die sie alle als Brüder identifizierten.

Als die *Shepherd One* Brasilien überflog, konnten sie durch ihre Fenster auf das Dach des Dschungels blicken, das üppig und satt und ohne jede Unterbrechung war. Ein tropischer Regenwald, der scheinbar endlos bis zum Horizont zu reichen schien.

Schon bald würden sie ihren Ankunftsort erreichen, und von dort aus würden sich die Kardinäle, in mitgenommen aussehenden Fahrzeugen, die aber für diese holprigen Straßen gerüstet waren, in alle Himmelsrichtungen verstreuen. Die Vatikanritter würden währenddessen für paramilitärischen Schutz sorgen und die Abgesandten sicher durch die von Banditen und Mördern kontrollierten Gebiete begleiten.

Als die *Shepherd One* plötzlich stark nach Süden abdrehte, obwohl ihr Kurs sie eigentlich geradewegs nach Westen hätte führen sollen, wurde Kish sofort misstrauisch. Er wandte sich zu Mordechai, der neben ihm saß und gerade in einem Magazin blätterte. »Wieso drehen wir ab?«, fragte er.

Mordechai ließ die Zeitschrift sinken und sah aus dem Fenster, während das Flugzeug eine Kurve flog. Außer dem Dschungel war jedoch nichts Ungewöhnliches zu sehen, deshalb zuckte er mit den Schultern. »Da bin ich überfragt.« Kurz darauf widmete er sich wieder seinem Magazin.

Kish, der als Pilot in Afghanistan und Pakistan gedient hatte, spürte allerdings, dass etwas nicht mit rechten Dingen zuging. Der kürzeste Abstand zwischen zwei Punkten war immer eine gerade Linie. *Wieso hatten sie also den Kurs geändert? Wieso flogen sie plötzlich nach Westen, anstatt nach Süden?*

Dann wurde das Flugzeug plötzlich durchgerüttelt.

Sehr stark durchgerüttelt.

Die Piloten der *Shepherd One* waren für gewöhnlich begnadete Flugzeugführer aus Italiens renommierter *Aeronautica Militare*, der italienischen Luftwaffe, und speziell dafür ausgewählt worden, das Flugzeug des Vatikan zu fliegen.

Enzio Colombo, der seit zwanzig Jahren der *Aeronautica Militare* diente, war der heutige Chefpilot, und wurde von Vincenzo Palumbo, dem Co-Piloten, unterstützt. Obwohl Palumbo einige Jahre jünger war, war auch er ein äußerst erfahrener Veteran.

Nachdem sie etwa die Hälfte des Fluges nach Brasilien hinter sich gebracht hatten, hörte Enzio plötzlich Stimmen, die ihm eine bestimmte Richtung zu weisen schienen. Er drehte sich zu Palumbo, doch dieser schien sie nicht zu hören. Er blickte daraufhin auf seine Hände hinunter, die den Steuerknüppel so fest umklammerten, dass seine Knöchel weiß hervortraten.

Irgendwann waren die Stimmen wieder verschwunden.

Doch kurz darauf veränderte sich Enzios Benehmen. Er schien plötzlich von einer unbeugsamen Entschlossenheit beherrscht zu werden. Er öffnete seinen Sicherheitsgurt, stand auf und legte Palumbo eine Hand auf die Schulter. »Ich bin gleich wieder zurück«, sagte er zu ihm. »Kommst du solange allein klar?«

Palumbo hob den Daumen und übernahm die Steuerung des Flugzeugs.

Enzio nickte kurz, dann verließ er das gepanzerte Cockpit und begab sich auf die Bordtoilette. Nachdem er die Toilettentür von innen verschlossen hatte, wühlte er so lange im Abfalleimer herum, bis er einen schmutzigen Lappen fand, in dem etwas eingewickelt war. Er legte ihn in das Waschbecken und schlug vorsichtig den Stoff zurück, unter dem eine Pistole mit einem Schalldämpfer zum Vorschein kam.

Er betrachtete kurz sein Spiegelbild. Seine Augen wirkten seltsam abwesend, aber sein Verstand wusste ganz genau, dass ihm eine Mission aufgetragen worden war, die es nun zu erfüllen galt. Mit der Waffe, die er gegen den Oberschenkel presste, verließ Enzio die Toilette und kehrte ins Cockpit zurück, wo er sorgsam die Tür hinter sich verriegelte. Sein Co-Pilot sah gerade angestrengt nach vorn, sodass sich sein Hinterkopf praktisch als Zielscheibe anzubieten schien, als Enzio die Waffe hob und den Abzug betätigte. Die Pistole gab lediglich ein gedämpftes Husten von sich und spie dabei eine kleinkalibrige Kugel aus, die in Palumbos Schädel einschlug und ihn auf der Stelle tötete.

Enzio setzte sich anschließend auf seinen Platz, schnallte sich wieder an und schwenkte dann den Steuerknüppel nach rechts, was das Flugzeug dazu veranlasste, leicht nach Westen abzudrehen.

Erneut hörte er die Stimmen und das geisterhafte Flüstern.

Sie sagten ihm, was er zu tun hatte.

Mit leerem Blick schob Enzio den Steuerknüppel nach vorn und dann nach unten. Die plötzliche Bewegung ließ das Flugzeug erzittern, da dieses jetzt gegen den starken Wind ankämpfen musste und dabei schnell an Höhe verlor. Je näher es dem Blätterdach des Dschungels kam, desto stärker erzitterte das Flugzeug.

Zwölf Sekunden später verschwand die *Shepherd One* vom Radar. Über die Funkgeräte war noch kurz ein statisches Rauschen zu hören, dann verstummte auch dieses.

Die spätere Suche nach dem Flugzeug blieb ergebnislos. Es gab keinerlei Trümmer, keinen Rauch, kein Feuer und auch keine Schneisen, die die abstürzende Maschine in den Dschungel getrieben hatte.

Die *Shepherd One* war einfach komplett vom Erdboden verschwunden.

KAPITEL 2

DER VATIKAN
DAS BÜRO VON MONSIGNORE DOM GIAMMACIO

Monsignore Dom Giammacio bekleidete das Amt des vatikanischen Beraters für Geistliche, die unter Selbstzweifeln und schwindender Überzeugung litten. An diesem Tag war der Gegenstand seiner Sitzung allerdings weniger der Glaube, sondern eher die Erlösung.

Der Monsignore saß schweigend mit seiner Zigarette da und betrachtete den Rauch, der träge an die Decke stieg. So wie in allen Sitzungen mit Kimball Hayden, wartete er geduldig darauf, dass der Vatikanritter sich ihm mitteilte. Als nur noch fünf Minuten der einstündigen Sitzung übrig waren, sagte der Monsignore: »Kimball, es sind nur noch fünf Minuten übrig.«

Kimball seufzte. Der Monsignore beugte sich in seinem Sessel nach vorn. »Kimball«, sagte er drängend.

Der Vatikanritter hasste die Treffen mit dem Monsignore und kam deshalb oft absichtlich zu spät. Der Pontifex bestand allerdings auf die wöchentlichen Treffen und bezeichnete sie als Katharsis … als möglichen Weg, Kimball davon zu überzeugen, dass er die Erlösung trotz seines im Grunde brutalen Naturells dennoch verdiente. Alles, was Kimball tun musste, was er verstehen und akzeptieren musste, war, sich so zu sehen wie ihn die anderen sahen, nämlich als Retter derer, die sich nicht verteidigen konnten. Kimballs Vergangenheit hatte aber einen so dunklen Fleck auf seiner Seele hinterlassen, dass er sie nicht einfach wie die Haut einer Schlange abstreifen konnte.

»Kimball, bitte.« Der Monsignore studierte scheinbar fasziniert die Rauchkringel, die von seiner Zigarette aufstiegen und an der Decke verschwanden. »Verraten Sie mir wenigstens, wie Sie sich gefühlt haben, als Ezekiel eliminiert wurde.«

Kimball zögerte, während die Bilder erneut vor seinem geistigen Auge vorüberzogen. Er erinnerte sich unweigerlich wieder an seine Zeit als Auftragskiller für die Regierung der Vereinigten Staaten, als man ihm befohlen hatte, Senator Cartwright zu töten … und an den Moment, als er seine Klinge über die Kehle des Politikers zog und den Mann ausbluten ließ. Er erinnerte sich außerdem an den Enkelsohn des Senators, der sich währenddessen in einem Schrank unter dem Bücherregal versteckt hatte. Der Junge hatte mit surrealer Langsamkeit mitansehen müssen, wie sein Großvater getötet worden war.

»Wie haben Sie sich gefühlt, als Ezekiel eliminiert wurde?«, wiederholte der Monsignore.

Kimball schloss die Augen. Er sah wieder alles so klar und lebhaft vor sich als wäre es gerade eben erst passiert. Weil er sich schuldig gefühlt hatte, hatte er sich des Jungen angenommen und ihn zu einem jungen Mann aufgezogen und schließlich sogar zu einem Vatikanritter gemacht. Doch am Ende hatte Ezekiel die gelernten Fähigkeiten gegen Kimball eingesetzt, als Vergeltung für den Mord an seinem Großvater. Kimballs eigenes frankensteinsches Monster sozusagen. Seine Schöpfung, die sich schließlich von ihm abgekehrt hatte, um ihren Meister zu töten. Doch es war Kimball gewesen, der am Ende gesiegt hatte.

»Wie haben Sie sich gefühlt, als Ezekiel ausgeschaltet wurde?«, wiederholte der Monsignore unnachgiebig mit tonloser Stimme.

Schließlich antwortete Kimball: »Ich habe ihn nicht geliebt, wenn es das ist, was Sie wissen wollen. Nicht so wie ein Vater seinen Sohn liebt, nicht einmal ansatzweise. Aber dennoch habe ich mich um ihn gesorgt.«

»Das beantwortet nicht wirklich meine Frage, oder, Kimball? Versuchen wir es noch einmal. *Wie* haben Sie sich gefühlt, als Ezekiel eliminiert wurde?«

Kimball warf ihm einen finsteren Blick zu. »Wieso formulieren Sie die Frage dann nicht einfach so, wie sie Sie eigentlich stellen wollen, ohne sie zu beschönigen.«

»Was meinen Sie damit?«

»Sie wissen ganz genau, was ich meine.«

»Sagen Sie es mir. Sie sind schließlich ein aufrichtiger Mann.«

Kimball wusste ganz genau, dass er damit in eine der Fallen des Monsignores tappen würde, aber es interessierte ihn nicht. »Sollte die Frage nicht eigentlich lauten: Wie haben Sie sich gefühlt, nachdem Sie Ezekiel umgebracht haben, einen Menschen, den sie aufgezogen haben, seit er ein kleiner Junge war?«

Der Monsignore blieb regungslos sitzen und ließ sich keinerlei Gemütsregung anmerken. Das einzig Lebendige an ihm schien die Rauchsäule zu sein, die immer noch von der Zigarette zwischen seinen Fingern aufstieg.

»Ich fühlte …« Doch Kimball ließ den Satz unvollendet.

»Sie fühlten *was*?«

Nach einem kurzen Moment sprach Kimball weiter: »Ich fühlte auf der einen Seite Reue … auf der anderen aber Erleichterung.«

»Reue und Erleichterung. Finden Sie das nicht seltsam? Sind das nicht eigentlich Gegensätze? Reue zu empfinden, weil man einen geliebten Menschen getötet hat, und gleichzeitig darüber erleichtert zu sein?«

»Er war ein Monster«, konstatierte Kimball. »Er hat unschuldige Menschen getötet.«

»So wie Sie, als Sie noch ein Auftragsmörder der Regierung waren, nicht wahr?«

»Nicht immer.«

»Aber manchmal haben Sie doch unschuldige, gute Menschen getötet, habe ich recht? Menschen, die Ihre Mission hätten gefährden können. So wie diese beiden Jungen im Irak.«

Kimball kochte nun innerlich vor Wut. Es sah dem Monsignore gar nicht ähnlich, ihn dermaßen aufzuwühlen. Ihre Beziehung war bislang eigentlich förmlich, auf eine gewisse Art und Weise aber auch herzlich gewesen. Kimball verstand deshalb nicht, was der Monsignore auf diese ruppige Weise zu erreichen versuchte. »Ich war nie so wie Ezekiel!«, stieß er hitzig hervor.

»Sie haben geholfen, ihn aufzuziehen, Sie haben sein Wesen geformt. Wie können Sie also nicht sein wie er?«

Kimball spürte, wie sich die Muskeln in seinem Arm anspannten. »Ich habe mich geändert … er nicht.«

»Wie meinen Sie das?«

»Ich töte nur noch, wenn ich es unbedingt muss, und niemals, weil ich es will. Er hingegen hat getötet, um seine Wut zu bezähmen.«

»Sehr richtig«, sagte der Monsignore jetzt und ließ sich in seinen Sessel zurücksinken. »Sie haben sich in jemanden verwandelt, der die Schwachen beschützt. Ezekiels Seele hingegen wurde immer schwärzer und verkümmerte schließlich vor selbstgerechtem Hass. Sie beschlossen irgendwann, die Kirche vor Ezekiel zu schützen, dessen Mission es nun einmal war, deren Ende einzuleiten. Sie haben unzählige Leben damit gerettet, Kimball, auch wenn Ihr Einsatz dabei sehr persönlicher Natur war.«

»Ich nehme mal an, dass Sie damit auf etwas Bestimmtes hinauswollen?«

Der Monsignore sah ihn verblüfft an. »Sie hören sich offenbar nicht selbst zu«, meinte er. »Denn Sie haben gerade selbst erklärt, dass Sie sich verändert haben, und zwar aus eigenem Entschluss. Aber Ihre Zunge ist offenbar nicht im Einklang mit Ihrem Gewissen, denn Sie fühlen sich immer noch schuldig für Ihre früheren Taten. Sie glauben noch immer, dass Ihnen die Erlösung verwehrt wird, trotz all der guten Werke, die Sie mittlerweile vollbracht haben. Sie sagen das eine, Ihr Gewissen lässt Sie aber etwas anderes glauben. Wenn Ihr Bewusstsein und Unterbewusstsein irgendwie in Einklang gebracht werden können, werden Sie die Erlösung finden, die Sie suchen. Es liegt also ganz an Ihnen, daran zu glauben, dass Ihre Worte tatsächlich der Wahrheit entsprechen.«

Ich verstehe, dachte er. *Sie wollen also, dass ich etwas eingestehe, wofür ich noch nicht bereit bin. Da ich Ezekiel nur getötet habe, um die Kirche zu retten, sollten meine Gefühle für Ezekiel längst abgeklungen sein, da er ja schließlich auf gewisse Weise das Böse verkörpert hat.* »Es ist nicht so leicht, sich aus dieser Sache herauszureden«, sagte er schließlich.

Enttäuschung und Frustration verdüsterten das Gesicht des Monsignores. »Die Zeit ist leider um«, sagte er leise. Eine weitere Sitzung, die ergebnislos verlaufen war.

Während er dabei zusah, wie sich sein Patient aus dem Sessel erhob und das Büro verließ, musste sich

Monsignore Dom Giammacio eingestehen, dass er langsam nur noch wenig Hoffnung hegte, Kimball Hayden je als etwas anderes, als eine verlorene Seele zu erleben.

Er begann sogar zu glauben, dass die wahre Erlösung für den Vatikanritter stets unerreichbar bleiben könnte. Also betete er für ihn und hoffte, dass es doch noch irgendeine Hoffnung für Kimballs Seele gab und dieser sich am Ende für einen Weg entscheiden würde, der ihn in die Arme des göttlichen Lichts der Liebe führen würde.

Die Antwort auf seine Gebete bestand jedoch nicht in dem Flüstern eines liebenden, verständnisvollen Gottes, sondern nur aus dem Ticken der Wanduhr im Hintergrund.

Der Monsignore saß weiter gedankenversunken da, während der Zigarettenstummel in seiner Hand gefährlich nah an seine Haut abgebrannt war. Schließlich drückte er ihn im Aschenbecher aus, lehnte sich mit geschlossenen Augen zurück und lauschte.

Im Hintergrund fuhren die Zeiger der Uhr fort, in gleichmäßigem Takt zu ticken.

Er betete inbrünstig.

Doch die Uhr tickte unbeeindruckt weiter.

✠

Als Kimball Hayden sein Quartier erreichte, ließ er sich auf der Bettkante nieder. Auf der rechten Seite seines Zimmers stand ein Betstuhl mit ein paar brennenden Kerzen, einer Bank, auf der er noch nie gekniet hatte, und ein hüfthohes Podest mit einer Bibel darauf, die er niemals geöffnet hatte. Auf der linken Seite der Kammer befanden sich sein Bett und ein Nachttisch mit einem

Stapel Militärhandbücher darauf. Das Einzige, was einen etwas bewohnteren Eindruck vermittelte. Hoch oben in der Mitte der Zimmerwand gab es ein einzelnes Buntglasfenster mit der Darstellung der Jungfrau Maria, die ihm einladend die Arme entgegenstreckte. Zu gewissen Tageszeiten, wenn die Sonne von Osten nach Westen zog, ließen die Sonnenstrahlen ihre Arme in einem beinahe himmlischen Licht erstrahlen, bereit, ihn mit ihrer Wärme zu umfangen, aber Kimball mied ihren Glanz und das Licht stets, weil er sich nicht als würdig empfand, es zu empfangen.

Zumindest noch nicht.

Ich muss mir dieses Recht nämlich erst verdienen.

In der Schublade des Nachttisches befand sich ein kleines Fotoalbum – eine altmodische Art, Erinnerungen aufzuheben, aber er besaß keinen Computer, um Fotos digital archivieren zu können. Er begann nun, langsam durch die Seiten zu blättern. Es gab Fotos von seinen früheren Einheiten und von alten Freunden, von denen mittlerweile einige tot waren und andere dieses spezielle Leben hinter sich gelassen hatten und nun Familien besaßen. Außerdem enthielt das Album Fotos seiner neuen Einheit … seiner neuen Familie … den Rittern des Vatikan. Er blätterte weiter und sah die bekannten Gesichter von Jungen, die er nach und nach zu Rittern geformt hatte, zu Kriegern, die ihr Leben dem Schutz und dem Wohlergehen der Kirche und ihrer Anhänger verschrieben hatten. In der Mitte des Albums befand sich die Stelle, nach der er eigentlich gesucht hatte. Er ließ das geöffnete Buch auf seinen Oberschenkeln ruhen. Die beiden Seiten, auf die er nun hinuntersah, waren Ezekiel gewidmet, beginnend mit seiner Rekrutierung als kleiner Junge, Schnappschüssen seines Trainings, bis hin zu dem Tag, als er zum Vatikanritter ernannt worden war. Kimball wurde plötzlich bewusst, dass der Junge nur auf einem einzigen Bild lächelte, und selbst dieses Lächeln schien unecht zu sein.

Habe ich deine Seele denn so sehr gequält?

Mit den Fingerspitzen strich Kimball über Ezekiels Bilder.

Als Ezekiel fünf Jahre alt gewesen war, hatte Kimball dessen Großvater umgebracht. In dem Versuch, sein Gewissen reinzuwaschen, hatte Kimball den Jungen anschließend mit der Unterstützung von Bonasero Vessucci, dem heutigen Papst, aufgenommen, um ihn zu einem Vatikanritter zu formen, obwohl Vessucci immer dagegen gewesen war, weil er in dem Kind eine dunkle Seite vermutet hatte. Trotzdem hatte er sich Kimballs Wunsch gefügt, weil er gehofft hatte, dass es auf diese Weise vielleicht beiden gelingen würde, ihre Wunden zu heilen.

Ezekiel wuchs jedoch mit einem Zorn heran, den er gut zu verbergen wusste und der erst dann an die Oberfläche trat, als er sich für reif genug hielt, selbst zu morden. Er wandte sich daraufhin mit Kampfkünsten gegen Kimball, der zwar sein Mentor, zugleich aber auch der Mann war, der seinen Großvater getötet hatte, und vernichtet ihn beinahe.

Aber es war Kimball gewesen, der am Ende siegreich war, doch letzten Endes hatte er sich gezwungen gesehen, das Kind zu töten, das er selbst zu einem Ritter des Vatikan gemacht hatte.

Kimball schloss die Augen und gab sich dem Gefühl hin, dass Trauer ähnelte, wenn auch nicht von so großer Intensität. Als er die Augen wieder öffnete, klappte er das Fotoalbum zu und legte es vorsichtig wieder in die Schublade zurück. Anschließend ließ er sich auf sein Bett sinken, verschränkte die Hände hinter dem Kopf und starrte das Bild der Jungfrau Maria an, die bereitwillig die Arme nach ihm ausstreckte. Das Licht brach in goldenen Strahlen durch das Buntglasfenster und kleine Staubpartikel trieben wie Feenstaub umher.

Kimball streckte die Fingerspitzen nach den Lichtstrahlen aus, hielt aber wenige Zentimeter vor dem leuchtenden Schein inne. Nach einem kurzen Moment des Nachdenkens zog er sie wieder zurück und starrte an die Decke.

Noch nicht, sagte er sich. *Noch verdiene ich deine Gnade nicht.*

Irgendwann schloss er die Augen und sank in einen dringend benötigten Schlaf.

KAPITEL 3

ROM

Die beiden Männer, die in einem kleinen Lokal etwa zwei Kilometer westlich der Vatikanstadt saßen, schienen vollkommen emotionslos zu sein. Ihre Bewegungen wirkten seltsam automatisiert und einstudiert, beinahe steif, wie die alter Männer. Sie waren allerdings erst Ende zwanzig und von kräftiger Statur, mit schlanken, muskulösen Körpern. In ihren Köpfen hörten sie tiefe Stimmen, die sie führten und anleiteten. Das Flüstern und Raunen in den leisen deutschen Worten motivierte sie eher, als dass es sie behinderte.

Die Männer saßen zwar getrennt voneinander da, waren sich der Anwesenheit des jeweils anderen jedoch bewusst. In etwa fünfzehn Minuten würden sie sich in die Vatikanstadt begeben, um dort der jeden Mittwochvormittag stattfindenden Papstaudienz beizuwohnen, und wenn der richtige Moment gekommen war, würden sie ein Attentat auf den Papst verüben.

Der Mann, der näher an der Tür saß, griff jetzt in seine Manteltasche und zog eine Pistole aus einem speziellen Hartplastikgemisch hervor, die für Metalldetektoren unsichtbar war. Sie war in der Lage, zwei Kugeln zu fassen, deren Patronenhülsen und Zünder zu geringe Mengen Metall enthielten, um die Sensoren anschlagen zu lassen. Zwei Kugeln verringerten aber natürlich ihre Erfolgsaussichten, denn somit besaß er nur zwei Chancen, einen tödlichen Schuss abzugeben.

Er überprüfte die Waffe unauffällig, indem er den Schlitten zurückzog und die eine Kugel in die Kammer lud. Wenn die erste Kugel abgefeuert worden war, würde sich die zweite selbst nachladen.

Nachdem er die Waffe wieder in seiner Jacke verstaut hatte, blickte er hoch und sah, dass der zweite Mann seine Waffe ebenfalls unter dem Tisch durchlud. Mit einem leichten Kopfnicken, das bestätigte, dass alles nach Plan verlief, stand der Mann an der Tür auf, warf ein paar Euroscheine auf den Tisch und verließ das Lokal.

Weniger als eine Minute später folgte ihm sein Komplize.

Bonasero Vessucci, besser bekannt unter dem Namen Papst Pius XIV, zog gerade eine traditionelle weiße Mozetta an und legte einen Schulterkragen mit der dazu passenden Kappe an, der Zucchetto, wobei ihm mehrere Bischöfe halfen.

Bonasero bereitete sich damit für die päpstliche Audienz vor, bei der er immer vor die Menschen trat, die sich auf dem Petersplatz versammelt hatten. Durch die geöffneten Türen, die auf den päpstlichen Balkon hinausführten, konnte er bereits das Stimmengewirr der wartenden Massen hören.

»Ein wirklich wunderschöner Tag«, sagte einer der Bischöfe, der gerade eine Falte der Mozetta glattstrich. »Nicht eine einzige Wolke ist am Himmel zu sehen. Aber es ist sehr schwül.«

Bonasero lächelte. Er genoss die Audienzen und das Bedürfnis der Menschen, Gott ein wenig näher zu sein, indem sie den höchsten christlichen Thron besuchten, sehr. Er liebte es, diesem Wunsch zu entsprechen, denn auf diese Weise konnte er jedem der Anwesenden einen unvergesslichen Moment bescheren. »In meinem Alter ist jeder Tag ein wunderschöner Tag, Alberico«, scherzte der Pontifex.

Der Bischof quittierte diesen Scherz mit einem sanften Lächeln. Nachdem er einen Schritt zurückgetreten war, um die päpstliche Tracht noch einmal in der Gesamtheit zu begutachten, nickte er zufrieden. »Sie sind bereit, Eure Heiligkeit. Der Sicherheitsdienst wird Sie jetzt zu Ihrem Mobil bringen.«

Bonasero streckte die Hand aus und ergriff dankbar den Arm des Bischofs. »Danke, Alberico. Bitte sorgen Sie dafür, dass bei meiner Rückkehr alles bereit ist.«

Der Bischof verbeugte sich leicht. »Natürlich, Eure Heiligkeit.«

Als der Papst vor seine Kammer trat, wurde er sofort von der vatikanischen Sicherheit umringt, allesamt kräftig aussehende Männer in scharlachroten Jacken, schwarzen Hosen, Krawatte und einem blütenweißen Hemd. Auf der Brusttasche der Jacken war das Logo des Vatikan eingestickt, die beiden sich kreuzenden Schlüssel Petri unter der päpstlichen Tiara.

Sie liefen im Schritttempo des Pontifex, welches sich in den letzten Monaten dramatisch verlangsamt hatte, gemeinsam zu dem Fuhrpark, wo das Papstmobil bereits auf sie wartete – eine Mercedes-Benz-Limousine ohne weitere Schutzvorrichtungen.

Nachdem sie dem Papst auf die Rückbank geholfen hatten, klopfte einer der Sicherheitsleute mit der flachen Hand auf das Wagendach, als Zeichen für den Fahrer, dass sie nun startbereit waren. Langsam rollte der Fahrer auf das Ausfalltor zu und begann danach seine weitläufige Runde über den Petersplatz.

Sobald das Papstmobil in Sichtweite war, begannen die Massen zu jubeln.

✠

In diesem Moment trennten sich die beiden Männer und schienen kurz darauf darum zu wetteifern, wer den besten Platz an der Absperrung nahe der Route ergatterte.

Einer von ihnen positionierte sich als erster Schütze etwa in der Mitte der Strecke. Der zweite Mann ging im hinteren Drittel in Position. Sollte der erste Schütze sein Ziel verfehlen, würde er eingreifen. Er würde vor das Fahrzeug springen, eine Kugel in den Fahrer pumpen und danach mit dem letzten Schuss meisterhaft die Brust des Pontifex treffen und ihn töten.

Sie hatten dieses Szenario im Dschungel von Brasilien wieder und wieder einstudiert, bis es ihnen völlig in Fleisch und Blut übergegangen war.

Sie standen an der Seitenlinie, starrten ausdruckslos vor sich hin und lauschten dabei den Befehlen der Stimmen in ihrem Kopf. Als das Papstmobil das erste Viertel des Weges zurückgelegt hatte, zog der erste Schütze unauffällig die Spezialanfertigung seiner Pistole hervor, hielt sie verborgen an seiner Seite und wartete.

Langsam kam das Fahrzeug immer näher. Die Menge jubelte laut, als der Pontifex sie segnete. Doch der Schütze blieb weiterhin ruhig. Seine Miene verriet nichts, weder Aufregung noch Euphorie, nur das absolute Minimum an Emotionen.

Der Papst winkte der Menge zu.

Der Wagen rollte näher.

Der Attentäter krümmte seinen Finger um den Abzug.

Noch zehn Meter.

Der Mann trat einen Schritt nach vorn.

Noch fünf Meter.

Das Flüstern in seinem Kopf war jetzt laut und deutlich zu hören. Worte, die forderten: *Töte ihn!*

Als der Wagen nur noch drei Meter entfernt war, zog der Attentäter dem Mann der Vatikanpolizei vor sich den Pistolengriff über den Schädel, was den Mann lautlos zusammenbrechen ließ, dann trat er in die Mitte der Fahrbahn, zielte auf den Fahrer und zog den Abzug zurück.

Die Kugel durchschlug die Windschutzscheibe, wo sie ein Loch in der Größe eines Fünf-Cent-Stückes hinterließ, das von spinnwebartigen Rissen umgeben war. Dadurch wurde die Kugel allerdings leicht abgelenkt und traf den Fahrer kurz unterhalb des Schlüsselbeins. Ein roter Nebel sprühte aus der Wunde. Als der Attentäter auf die Brust des Pontifex ansetzen wollte, um den tödlichen Schuss abzugeben, beschleunigte der Fahrer den Wagen, und der plötzliche Ruck sorgte dafür, dass der Papst das Gleichgewicht verlor. Trotzdem fand der zweite Schuss sein Ziel. Auf der weißen Mozetta des Papstes breitete sich kurz darauf ganz in der Nähe seines Herzens ein roter Fleck aus.

Die Menschen begannen zu schreien.

Der Schütze wurde von der Vatikanpolizei überwältigt, die ihn hastig entwaffneten und sich dann wie Haie auf einen verwundeten Fisch stürzten.

Doch der Attentäter verzog bei alldem keine Miene. Sein Blick war abwesend und seltsam leer. Als er auf dem

Boden lag, sah er dem Fahrzeug hinterher, welches nun mit hohem Tempo davonfuhr. Danach blickte er zu seinem Mittäter hinüber, der ihm jedoch keinerlei Beachtung schenkte, sondern sich regungslos abwandte und in der Menge verschwand.

Nachdem man den Mann in Handschellen gelegt und auf die Beine gehoben hatte, entluden sich die Beschimpfungen der versammelten Menge auf ihn, und plötzlich wurde ihm etwas bewusst: Die Stimmen in seinem Kopf waren auf einmal verschwunden.

✠

»Sein Blutdruck fällt, und alle anderen Vitalwerte ebenfalls«, rief der Rettungssanitäter panisch.

Bonasero Vessucci wurde so schnell es ging ins Gemelli-Krankenhaus in Rom gebracht. Seine Mozetta war aufgeschnitten worden, um das Geldstück-große Loch in seiner Brust freilegen zu können, das immer noch unablässig blutete und die ganze Zeit mit Mullkompressen abgetupft werden musste, um die Wunde sauber zu halten. Die unzähligen Geräte, die überwachen sollten, wie es um sein Leben bestellt war, zeigten allesamt an, dass es mit ihm zu Ende ging. Sein Gesicht war aufgrund des Blutverlustes bereits leichenblass und seine Lungen konnten nur noch mühsam Luft einsaugen.

Als der Krankenwagen schleudernd um eine Kurve bog, schien der Papst laut aufzuseufzen, als würde er große Schmerzen erleiden, doch er war bewusstlos und spürte daher nichts mehr, während ihm das Leben entglitt. Wenige Meter vor dem Eingang der Notaufnahme, als seine Rettung nur noch um Haaresbreite entfernt war, gab das EKG plötzlich einen anhaltenden, schrillen Heulton von sich.

Der Papst lag offiziell im Sterben.

Der zweite Attentäter stand jetzt inmitten einer fassungslosen, untröstlichen Menschenmenge hinter der Grenzlinie, die Rom von der Vatikanstadt trennte. Er zog ein Satellitentelefon hervor, das nicht größer als ein normales Handy war, und drückte nur eine Zahl auf dem Tastenfeld. Die deutsche Stimme am anderen Ende hörte sich weit entfernt und seltsam leer an.

»Ja?«

»Das Ziel wurde neutralisiert«, sagte der Attentäter in fließendem Deutsch.

»Kannst du das sicher bestätigen?«

»Ja, ich sah den Treffer. Obere Körperhälfte, nahe dem Herzen.«

»Bleib trotzdem in der Nähe, bis die Medien offiziell seinen Tod verkünden, und kehre erst dann nach Hause zurück.«

Der Attentäter beendete das Gespräch, steckte das Satellitentelefon in die Tasche und verschwand lautlos in der Menge.

KAPITEL 4

Kimball schlief mit dem Unterarm über seinen Augen, als jemand laut gegen seine Kammertür hämmerte. Das eindringliche Klopfen verkündete Kimball sofort, dass etwas nicht stimmte. Augenblicklich sprang er aus dem Bett und riss die Tür auf.

Auf der Schwelle stand Bischof Remaldi, in dessen Augen tiefste Sorgen abzulesen waren.

»Bischof?«, begrüßte ihn Kimball eher fragend.

Ohne seinen Gruß zu erwidern, sagte der Bischof: »Der Generalinspekteur der Vatikanpolizei wünscht Ihre sofortige Anwesenheit.« Die Vatikanpolizei war sowohl das Sicherheitsorgan des Vatikan als auch der exterritorialen Hoheitsgebiete des Heiligen Stuhls.

»Wieso?«

Der Bischof bemühte sich sichtlich, die Fassung zu bewahren.

»Haben Sie es denn noch nicht gehört?«

»Ich habe bis vor einer Sekunde geschlafen.«

»Papst Pius …«, stieß der Bischof mühsam hervor. Nach einer kurzen Pause fügte er hinzu: »… er ist auf dem Petersplatz angeschossen worden.«

Einen Moment lang hatte Kimball das Gefühl, dass ihm das Herz stehen blieb, als sich die Nachricht immer tiefer und schmerzlicher in seine Magengrube bohrte. Zuerst wollte er gegen diese ungeheuerliche Nachricht protestieren, doch als ihm klar wurde, dass er wahrscheinlich nichts weiter als unverständlichen Unsinn hervorbringen würde, stürmte er einfach wortlos aus seinem Quartier, ohne die Tür hinter sich zu schließen.

✠

Die Vatikanpolizei war für die Sicherheit, die Aufrechterhaltung der öffentlichen Ordnung, die Grenzkontrollen während der Papstaudienzen, kriminalistische Untersuchungen und klassische Polizeiarbeit im Vatikan zuständig. Außerdem verfügte sie über Verbindungen zu Interpol, zu deren Mitgliedern auch der Vatikan zählte. Zu den spezialisiertesten Einheiten der Vatikanpolizei gehörten zwei Eliteeinheiten – die *Gruppo Intervento Rapido*, eine schnelle Eingreiftruppe und eine Anti-Sabotage-Abteilung, die *Unità Antisabotaggio*.

Über der Tür, die in die Halle der Vatikanpolizei führte, war eine Statue des Erzengels Michaels zu sehen, dem Schutzpatron der Organisation. Zufälligerweise war *Erzengel* auch der frühere Rufname von Kimball gewesen, ein Name, den er später als Vatikanritter allerdings abgelehnt hatte.

Als Kimball die Halle betrat, fiel ihm als Erstes das hektische Treiben der Sicherheitsleute auf. Jeder von ihnen trug eine standardisierte Glock 17 als Pistole und die typische Tracht der Vatikanpolizei. Kimball hingegen trug das Gewand der Vatikanritter. Ein schwarzes klerikales Hemd, einen römisch-katholischen Kragen und von der Hüfte abwärts Militärhosen und Stiefel.

Er begab sich jetzt unverzüglich zum Empfangspult, welches ähnlich wie eine richterliche Kanzel etwas aufragte. Der Offizier sprach Kimball auf Italienisch an.

Kimball bat ihn daraufhin, ins Englische zu wechseln, was dieser sofort tat.

»Mir wurde gesagt, dass der Generalinspektor meine Anwesenheit wünscht«, erklärte Kimball ihm. Hinter ihnen herrschte rege Betriebsamkeit. Jene, die hier das Kommando hatten, riefen ständig Befehle in die Halle hinein, um zumindest den Anschein von Ordnung zu erwecken.

»Und Sie sind?«

»Kimball Hayden.«

Der Offizier nickte daraufhin und tätigte einen Anruf. Nachdem er Kimball angekündigt hatte, drehte er sich zu ihm um und sagte: »Links den Gang hinunter. Folgen Sie einfach den Zeichen bis zu Vernehmungszimmer Nummer Sieben. Sie erwarten Sie bereits.«

Sie? »Danke.«

Während Kimball den Korridor zu Vernehmungszimmer Nummer Sieben entlangschritt, sah er in Gedanken unweigerlich Bonaseros Gesicht vor sich und rief sich all ihre gemeinsamen Momente ins Gedächtnis, angefangen von seiner ersten Begegnung mit Bonasero in einer kleinen Bar in Venedig bis hin zu dem persönlichen Moment, den sie vor zwei Tagen erst in den päpstlichen Gemächern geteilt hatten. An alle Begebenheiten dazwischen erinnerte er sich mit reiner Liebe, denn Bonasero war stets mehr ein Vater für ihn gewesen, als es sein leiblicher Vater je gewesen war. Er war derjenige, der für Kimball immer ein offenes Ohr hatte und der ihm den rechten Weg wies, wenn Kimball mal verloren ging – was leider nicht selten geschah. Als der Bischof ihn über das Attentat informiert hatte, war Kimball nicht imstande gewesen, die furchtbare Wahrheit zu erfassen und hatte das Ganze vielmehr für einen grausamen Scherz gehalten. Doch die Augen des Bischofs hatten nicht gelogen, in ihrer tiefen Schwärze hatte er den Schmerz und die düstere Wahrheit lesen können. Als die Realität Kimball schließlich einholte, verschlang eine rohe und ungezügelte Wut den Vatikanritter. Das Gefühl war so stark, dass er es kaum unter Kontrolle halten konnte.

Er folgte dem Korridor wie angewiesen und erreichte schließlich einen Raum auf dessen Tür *Stanza degli interrogatori Sette* zu lesen war, eine Sprache, der Kimball immer noch nicht mächtig war. Also erkundigte er sich bei einem Polizisten in der Nähe, indem er auf das Schild am Eingang deutete: »Ist das der Vernehmungsraum Nummer Sieben?«

Der Gardist nickte. »Si.«

»Danke.«

Kimball klopfte daraufhin an die Tür und trat sofort ein, ohne auf eine Antwort zu warten. Im Raum befanden sich der Generalinspektor der Vatikanpolizei sowie zwei ihm bekannte Gesichter des vatikanischen Geheimdienstes, die Jesuitenpriester Pater Auciello und Pater Essex.

Kimball wunderte sich, wieso der SIV in die Sache involviert worden war, da das Attentat doch zweifellos in die Zuständigkeit der Vatikanpolizei fiel.

Pater Auciello winkte ihn heran und wies auf einen leeren Stuhl. Kimball bemerkte das fragende Gesicht des Generalinspektors, der offenbar gerade versuchte, sich einen Reim auf die Zusammenstellung von Kimballs Kleidung zu machen … bis zur Hüfte Priester, doch darunter Soldat.

Pater Auciello reichte dem Vatikanritter die Hand. »Schön, dich zu sehen, Kimball.« Seine Stimme klang seltsam tonlos.

Nachdem er auch Pater Essex die Hand geschüttelt und dem Generalinspektor vorgestellt worden war, nahm Kimball auf dem ihm angebotenen Stuhl Platz, der aufgrund seiner hünenhaften Statur allerdings viel zu klein wirkte.

»Ich wurde soeben von Bischof Remaldi darüber informiert, dass auf Bonasero geschossen worden ist«, sagte Kimball. »Wie ist sein aktueller Status?« Er hatte die Frage kaum gestellt, als er innerlich schon zusammen zuckte, denn obwohl er das Beste hoffte, rechnete er doch unweigerlich mit dem Schlimmsten.

Pater Auciello war ein tiefgebräunter Mann mit schlohweißem Haar und kakaobraunen Augen. »Auf dem Weg ins Gemelli«, antwortete er ruhig, »erlitt der Pontifex einen Herzstillstand.«

Kimball spürte einen unfassbaren Stich in seinen Eingeweiden.

»Aber es gelang ihnen, ihn wieder zurückzuholen«, fügte Auciello hastig hinzu. »Allerdings sind sie nicht sicher, ob er dabei Hirnschäden davongetragen hat, denn anschließend ist er ins Koma gefallen.«

Kimball nickte stumm. *Aber immerhin ist er noch am Leben!*

»Der Grund, warum wir dich hierher gebeten haben, Kimball«, begann Pater Essex, der stellvertretende Direktor und britischer Abstammung war, seines Akzents nach zu urteilen, nachdem er sich nach vorn gebeugt und seine Ellbogen auf den Tisch gestemmt hatte, »ist der, dass es der Vatikanpolizei gelungen ist, den Schützen festzunehmen.«

»Genau deshalb verstehe ich auch nicht, was meine Anwesenheit dann hier erforderlich macht«, erwiderte Kimball. »Diese Art der Untersuchung fällt doch ganz klar in den Verantwortungsbereich der Vatikanpolizei.«

Essex nickte. »Das ist vom Grundsatz her richtig, aber in diesem speziellen Fall ist es etwas komplizierter.«

»Warum?«

»Wir sind hier, weil wir wissen, wer der Schütze ist.«

Kimball lehnte sich in seinem Stuhl zurück und dachte nach.

Am 13. Mai 1981 war Papst Johannes Paul II. beinahe von Mehmet Ali Ağca umgebracht worden. Der Attentatsversuch war anscheinend auf Anweisung des KGBs in Auftrag gegeben worden, unter Mithilfe der Geheimdienste Bulgariens und der ehemaligen DDR. Spätere Untersuchungen ergaben, dass der KGB den bulgarischen Geheimdienst deshalb mit der Ermordung des Papstes beauftragt hatte, weil dieser öffentlich mit der polnischen *Solidarność* sympathisiert hatte, die als ernsthafte Bedrohung der sowjetischen Vormachtstellung in Osteuropa angesehen worden war. War dieser Mordanschlag hier ebenfalls politisch motiviert? Kimball hielt das für sehr unwahrscheinlich. Aber aus welchem Grund könnte der SIV sonst hier sein?

»Um wen handelt es sich?«, fragte Kimball neugierig.

»Zuerst einmal wurde der Generalinspektor zur Geheimhaltung verpflichtet. Es ist ihm nicht gestattet, mit irgendjemanden über deine Anwesenheit hier zu sprechen. Aus offensichtlichen Gründen haben wir bestimmte Informationen darüber, wer du bist oder was du tust, der Vatikanpolizei verschwiegen. Er weiß nur, dass du für die Kirche von großer Bedeutung bist.«

Kimball warf dem Generalinspektor, einem kleinen Mann mit scharf geschnittenen Gesichtszügen und schwarzen Augen, einen intensiven Blick zu. »Wieso tut ihr alle so, als wäre der Kerl gar nicht da? Er sitzt immerhin keinen Meter von mir entfernt.«

»Weil er kein Englisch spricht. Nicht ein einziges Wort. Aber er ist nun mal der Generalinspektor, was bedeutet, dass diese Sache hier in seinen Zuständigkeitsbereich fällt.«

»Wieso kriege ich immer mehr das Gefühl, dass das Ganze auch in meinen Zuständigkeitsbereich fällt?«

»Wegen des Schützen«, sagte Essex ernst.

»Und was ist mit ihm?«

»Dir wird nicht gefallen, was wir dir gleich zeigen.«

»Wieso nicht?«

»Ich denke, es ist das Beste, wenn du es dir selbst ansiehst.«

Essex und Auciello erhoben sich daraufhin. Der Generalinspektor folgte ihnen, und auch Kimball schloss sich ihnen an. Sie verließen jetzt den Raum und betraten einen angrenzenden Korridor, der so schmal war, dass sie ihn nur nacheinander durchqueren konnten. An dessen Ende befand sich ein quadratischer Raum, der in eine Gefängniszelle mündete. Vor der Tür hielten zwei Männer der Vatikanpolizei Wache. Nachdem der Generalinspektor auf Italienisch einen Befehl gebrüllt und wild mit der Hand gewedelt hatte, nickte der erste Wachmann, zog eine Karte über ein Lesegerät und tippte anschließend einen Code in ein Zahlenfeld ein, welches die Verriegelung der Zellentür zurückfahren ließ und diese öffnete. Mit einem leisen Flüstern öffnete sich die Tür und schwang einen Spalt breit auf. Der Wachmann packte den Türgriff, zog sie vollends auf und gestattete Kimball damit einen Blick in die Zelle.

Kaum, dass Kimball die Zelle betreten hatte, erkannte er den Schützen. Er öffnete leicht den Mund zu einem Protest, dann fasste er sich jedoch und trat noch ein paar Schritte in die Zelle hinein. Mit seinen Augen fixierte er unentwegt den Attentäter, der mit gekreuzten Beinen und den Händen auf seinen Knien auf der Matratze saß. Unterschiedliche und widersprüchliche Gedanken schossen Kimball nun durch den Kopf. Er war vollkommen verwirrt und unfassbar wütend, und jegliche Vernunft und Logik schienen ihm abhandengekommen zu sein.

Der Attentäter blickte mit leeren Augen zu ihm auf und sagte: »Hallo Kimball. Ich wünschte, ich könnte sagen, dass ich mich freue, dich zu sehen.«

Kimball hätte den Mann am liebsten umgebracht.

KAPITEL 5

Der zweite Attentäter hatte sich derweil in einem Hotel in Rom unweit des Kolosseums versteckt und verfolgte die Nachrichten, die das laufende Fernsehprogramm einfach an sich gerissen hatte. Papst Pius war angeschossen und schwer verwundet worden, aber er lebte noch und befand sich derzeit im Koma – das war zumindest die Spekulation diverser Berichterstatter ausgehend von den Informationen, die über das Krankenhauspersonal nach außen gedrungen waren. Darüber hinaus war allerdings nur wenig bekannt.

»Das wird den Meistern nicht gefallen«, sagte er auf Deutsch zu sich selbst. »Kein bisschen.«

Wie auf ein Stichwort hin begann nun sein Satellitentelefon zu klingeln. Nur eine einzige Nummer war darin eingespeichert. »Ja, ehrwürdige Meister«, meldete er sich.

»Der Papst lebt noch.«

»Aber nicht mehr lange.«

»Das können wir nicht wissen. Bonasero Vessucci ist ein sehr starker Mann. Ein Mann der Überzeugungen. Das weiß ich aus erster Hand.«

»Ja, Meister.«

»Bring es gefälligst zu Ende.«

»Ja, ehrwürdiger Meister.«

Nachdem er aufgelegt hatte, lief der Attentäter zu seinem Schrank, holte einen kleinen Aluminiumkoffer daraus hervor und legte ihn auf das Bett. Darin befanden sich die Einzelteile einer Glock, zusammen mit einem passenden Schalldämpfer, der beinahe so lang wie der Pistolenlauf selbst war. Nachdem er die Teile zusammengesetzt, das Magazin eingelegt und die Waffe durchgeladen hatte, entfernte er das Schaumstoffbett des Koffers, um das freizulegen, was sich darunter verbarg.

Ungerührt betrachtete der Attentäter die Weste. Jegliche Empfindungen oder Gedanken waren nun verstummt. Er reagierte nur noch auf die Wünsche, die man ihm eingepflanzt hatte und die nicht seine eigenen waren. Leben und Tod waren für ihn nicht mehr von Bedeutung, und deshalb empfand er auch keine Furcht.

Er nahm die Weste heraus, untersuchte sie sorgfältig und tastete über die dünnen Pakete Semtex, die daran befestigt waren. Die Drähte waren allerdings noch nicht mit der Zündvorrichtung verbunden. Nachdem er sich die Weste angelegt hatte, kümmerte er sich um die Verkabelung. Als ein rotes Warnlicht die korrekte Verbindung signalisierte, zog er den Draht zuerst zu dem Druckknopf-Auslöser an seinem Arm, dann bis hinunter zu seiner Hand und klebte ihn schließlich mit Klebeband daran fest. Um den Druckknopf betätigen zu können, musste man erst eine Abdeckung zurückklappen. Zu guter Letzt zog er sich ein Hemd und eine Anzugjacke über die Weste und ließ sein Schulterholster unter den Falten des Jacketts verschwinden.

Danach betrachtete sich der Attentäter aufmerksam im Spiegel. Sein Gesicht war jung und schlank, mit hauchdünnen Linien an den Stellen, wo sich einmal Krähenfüße bilden würden. Sein Haar war rabenschwarz und seine Augen waren ebenso dunkel. In ihnen schien nichts mehr zu existieren – kein freier Wille, kein Gewissen und kein Selbsterhaltungstrieb, der für seine Träume oder Beweggründe verantwortlich war … nichts außer einem Vakuum, angefüllt mit Stimmen, die ihm fremdartig und zugleich wohlvertraut erschienen.

Nachdem er seine Anzugjacke glatt gestrichen und auf verräterische Beulen untersucht hatte, die misstrauische Blicke hätten auslösen können, begannen ihm die Stimmen zuzuraunen, dass er den Papst im Gemelli-Krankenhaus mit einer Kugel in die Brust hinrichten musste.

Er spürte das Gewicht der Weste und des Semtex darin und war sich sicher, dass er nicht versagen würde.

Die ehrwürdigen Meister würden äußerst zufrieden mit ihm sein.

Nachdem der Meister sein Telefonat mit dem Attentäter beendet hatte, schritt er durch dunkle Korridore unterhalb des Dschungels, die ihren Ursprung in der Sakristei der alten Kathedrale hatten. Hier unten war es angenehm kühl, im Gegensatz zu der beinahe sirupartigen Schwüle an der Oberfläche, wo die Luftfeuchtigkeit nicht selten über achtzig Prozent betrug. Uralte Fackeln säumten die Wände mit ihren knisternden Flammen, die ein seltsames und gespenstisches Licht erzeugten. Jeder Schritt, oder vielmehr jedes Schlurfen über den steinernen Boden, hallte unheimlich von ihnen wider.

Im wahren Leben lautete sein Name Gunter Wilhelm, er war ein ehemaliges Mitglied der Hitlerjugend. Als Teil der strikten Trennung zwischen der Hitlerjugend und dem Jungvolk – die Knaben des Jungvolks waren zwischen zehn und vierzehn Jahren alt, die Hitlerjugend hingegen zwischen vierzehn und achtzehn Jahren – hatte Wilhelm mit sechzehn, als Deutschland den Krieg gegen die Angriffe der Sowjets und der Alliierten zu verlieren begann und beide Organisationen herangezogen wurden, als Truppenführer gedient. Damals hatte er sogar Jungen im Alter von zehn Jahren befehligt, die die Flakgeschütze in der Nähe von Berlin hatten bedienen sollen. Aber die Situation hatte sich immer mehr verschlechtert, und die Jungs waren schließlich nach ganz Deutschland abkommandiert worden, um Suchscheinwerfer zu bedienen, bei der Kommunikation zu assistieren oder auf ihren Fahrrädern Kurierpost zu überbringen. Wer im kampffähigeren Alter war, wurde stattdessen als Soldat an die russische Front geschickt, um sich dort der Roten Armee entgegenzustellen. Auf diese Weise war ihre Zeit bei der Hitlerjugend oft schon mit sechzehn Jahren beendet gewesen. Gunter war daraufhin wie so viele Jungen in seinem Alter gezwungen gewesen, mit Erinnerungen an eine Jugend aufzuwachsen, die ausschließlich aus Tod, Sterben und Blut bestand.

Als der Kampf immer hoffnungsloser wurde und die Schlachten die Jungen zu Heimatlosen mit leeren Augen und schmutzigen Gesichtern verkommen ließ, bewahrte sich Gunter Wilhelm dennoch die Ideologien des Dritten Reiches – Versatzstücke aus Antisemitismus und Eugenik, und dem Versuch, die Qualität des Erbgutes zu erhöhen. Außerdem glaubte er fest an die Ideologie einer Herrschaft, eines Gesetzes und einer Religion … eine kollektiv vereinte Welt, in der es keine eigenen Identitäten oder abweichende Ideen gab, da nur der einen Herrschaft, dem einen Gesetz und dem einen Glauben blind Folge geleistet werden sollte. Aus dieser Überzeugung würde eine alles umfassende Harmonie erwachsen, da alles und jeder eins war. Es würde keine Unterschiede und keine Intoleranz mehr geben, da alle die gleichen Ansichten und Werte teilten und nur die Stärksten in dieser Welt überlebten. Wer hingegen keinen Wert besaß oder geistig oder körperlich eingeschränkt war, würde im Namen der Eugenik einen gnädigen Tod erfahren, um so eine Welt zu schaffen, die reine Perfektion darstellte.

Für jüdischen, katholischen oder protestantischen Glauben war in Wilhelms Welt kein Raum, genauso wenig für Moslems oder jene, denen der islamische Glaube heilig war. Da aber auch das Christentum in seinen Plänen keinen Platz hatte, ebenso wenig wie jede andere Religion, die der einen Herrschaft, dem einen Gesetz und dem einen Glauben widersprach, sehnte sich der älteste Meister des Triumvirats nach einem weltweiten Putsch, basierend auf den Werten des Dritten Reiches. Die Ansichten Hitlers waren nie sehr weit von seinen eigenen Gedanken oder Vorstellungen abgewichen, sodass er die Welt des Führers als seine eigene ansah.

Es würde eine viel bessere Welt sein, dachte er.

Als der Krieg irgendwann verloren und die meisten Kinder verwaist waren, hatte Wilhelm seine Truppe trotzdem zusammengehalten, weil er insgeheim immer noch gehofft hatte, dass das Reich noch nicht ganz verloren war. In den meisten Menschen war dieser Glaube allerdings zu dieser Zeit schon erloschen. Wenn die Jungs in seinen Reihen den Wunsch geäußert hatten, zu gehen, waren sie entweder erschossen oder auf der Stelle erhängt worden, und dabei war es immer Wilhelm persönlich gewesen, der den Abzug betätigt oder seine Hand an der Schlinge gehabt hatte.

Doch eines Tages hatte es einen Jungen gegeben, der sich ihm entgegengestellt hatte, ein Dreizehnjähriger, dem offenbar jegliche Grausamkeiten fremd waren und der nie seine Hand gegen einen anderen hätte erheben können. Aber er war ein guter Redner und ein begnadeter Soldat gewesen, dem die anderen vertrauten und folgten, weil er eine vollkommen andere Art von Glauben vertrat als Gunter Wilhelm. Statt Gesetz und Religion ließ er einen Glauben in den anderen Kindern aufflammen, der lange unter den Maximen des Dritten Reiches vergraben gewesen war. Jetzt, wo alle danach trachteten, durch Euthanasie ein perfektes Regime zu bilden, gab er ihnen Hoffnung, in Zeiten, als alles hoffnungslos schien. Er wies ihnen einen Weg ins Licht, heraus aus der obszönen Schwärze des Hitlerreiches.

Das hatte Wilhelm natürlich zutiefst beunruhigt, denn dieses dreizehnjährige Kind untergrub damit seine gesamte Autorität, und er wusste ganz genau, dass sich alle stets jenen Anführern zuwenden würden, von denen sie sich die besten Antworten oder Lösungen erhofften.

Wilhelm verlor daraufhin mehr und mehr an Macht und seine Worte wurden immer unwirksamer. Er hatte sein Team an einen Jungen verloren, der nie wirklich an das Reich geglaubt hatte.

Nur wenige waren ihm letzten Endes geblieben, um an dem Traum des Führers festzuhalten. Die meisten hatten sich von ihm abgewandt und angefangen in Wilhelm den wiedergeborenen Teufel zu sehen.

Als der Krieg schließlich endete und die Kriegsverbrecher aus Deutschland flohen, um in anderen Ländern unterzutauchen, hatte Wilhelm seinen loyalen Gefolgsleuten versprochen, dass er das Dritte Reich wiederaufbauen und zu neuem Leben erwecken würde. Doch all seine Getreuen waren im Laufe der Jahre von Krankheiten gezeichnet oder vom Tod dahingerafft worden, bis schließlich nur noch drei von ihnen übrig geblieben waren ... das jetzige Triumvirat.

Tief im Gewirr der Tunnel gab es einen Bereich, der den Meistern als Wohnquartier diente. Die Räume waren großzügig und mit einigem Luxus ausgestattet ... ein großes Bett, eine alte Stereoanlage, auf der sich klassische Musik von Bach und Beethoven abspielen ließ, eine Kommode mit feinen Spirituosen und Gläsern, einer umfangreichen Bibliothek und anderen Dingen, mit denen sich die Freizeit ausfüllen ließ. Auf dem Sims eines unechten Kamins, dessen kunstvolle Verzierungen den Kampf der himmlischen Heerscharen gegen die gefallenen Engel darstellten, standen mehrere Fotos, von denen einige allerdings aufgrund ihres Alters bereits vergilbt waren. Wilhelm blieb jetzt vor dem Kaminsims stehen und fuhr mit seinem Finger, der so lang und dünn wie eine Kralle war, über die Bilderrahmen. Auf einem speziellen Bild ließ er seinen Finger ruhen und griff anschließend nach dem Rahmen. Es handelte sich dabei um eine alte Schwarz-Weiß-Fotografie, deren Ränder sich trotz des schützenden Rahmens langsam aufzulösen begannen. In der unteren linken Ecke befand sich außerdem ein weißer Fleck, wo der Film einst Blasen geworfen und sich gelöst hatte. Dem Foto tat es jedoch keinen Abbruch, da sich der Fleck an einer unwichtigen Stelle befand.

Danach fuhr er mit dem Finger über das Bild, das die schmutzverschmierten Gesichter seiner Hitlerjugend-Einheit zeigte. Die Gesichter trugen kein Lächeln zur Schau, nicht einmal eine Spur davon, in das sich eines hineininterpretieren lassen würde. Jeder der Jungen stand stoisch vor den Ruinen Deutschlands. Doch der Blick von einem Jungen schien zu leuchten und im Glanze einer Vision zu erstrahlen, die nicht die Vision Hitlers gewesen war. In diesem Blick lag eine Hoffnung, und er offenbarte eine Seele, etwas, das viele in dieser Gruppe seit langer Zeit nicht mehr erlebt hatten.

Er fuhr mit der Fingerspitze über das Bild und tippte schließlich mit seinem Fingernagel auf die entsprechende Person.

… Tipp … Tipp … Tipp …

Dann hielt er inne und seufzte.

»Franz Kleimer-Schmidt«, sagte er leise. Und dann noch einmal: »Franz … Kleimer-Schmidt.«

Anschließend legte er den Rahmen mit dem Bild nach unten auf den Kaminsims, lief zu seinem Grammofon und gab sich den beruhigenden Klängen Beethovens hin.

KAPITEL 6

Als der Attentäter das Wort ergriff, tat er es auf eine seltsam flache und monotone Weise. Als er Kimball ansah, konnte dieser erkennen, dass die Pupillen des Mannes nur Stecknadelkopf groß waren. Damit sollte verhindert werden, dass durch sie irgendetwas in seine Gedankenwelt eindringen konnte.

Kimball trat jetzt einen Schritt nach vorn und neigte den Kopf zur Seite, so als versuche er, die Wirklichkeit dieser Situation zu begreifen.

»Pinchas«, war alles, was er sagen konnte.

Doch der Attentäter blieb schweigend sitzen.

»Wieso?«, fragte Kimball fassungslos.

Pinchas beugte sich nach vorn. »Seine Tötung wurde mir von den Meistern befohlen«, antwortete er gleichgültig. Dann kehrte er sofort wieder in seine meditative Haltung zurück.

»Von wem?«

Pinchas schwieg erneut.

»Du bist vor drei Jahren an Bord der *Shepherd One* gewesen«, sagte Kimball verwirrt. »Das Flugzeug stürzte ab, und seitdem galten alle Personen an Bord als vermisst.«

Pinchas wirkte, als hätte er ihn gar nicht gehört, er schien komplett abwesend zu sein.

»Pinchas!«

Der Attentäter verharrte weiterhin regungslos in seiner sitzenden Haltung.

Als Kimball drohend einen Schritt auf ihn zu trat, reagierte Pinchas darauf, indem er seine Fäuste ballte. Kimball hielt sofort inne. Pinchas war ein erprobter Kämpfer, ein Vatikanritter mit außerordentlichen Fähigkeiten, an die nur wenige heranreichten. Die Tatsache, dass eine handfeste Auseinandersetzung in den Räumen der Vatikanpolizei nicht erlaubt war, trug nur noch mehr dazu bei, dass sich Kimballs Zorn weiter aufbaute.

»Rede mit mir, Pinchas! Wieso sollte jemand Bonasero umbringen wollen? Das ergibt doch überhaupt keinen Sinn!« *Und wo zur Hölle hast in den letzten drei Jahren gesteckt?*

So viele Fragen, auf die es keine Antwort zu geben schien.

»Pinchas!«

Der Attentäter schloss nun die Augen und flüsterte: »Die ehrwürdigen Meister.«

»Wer sind diese Meister, von denen du die ganze Zeit erzählst?« Die Frustration in Kimballs Stimme war jetzt so offenkundig, dass er schließlich von Pater Auciello hinausgeschickt werden musste.

Nachdem sich die Tür hinter ihnen beiden geschlossen hatte, sah Pater Auciello an Kimballs Gesichtszügen, wie der Zorn mehr und mehr die Kontrolle über ihn übernahm.

»Das ist nicht Pinchas«, erklärte der Priester ruhig.

»Natürlich ist das Pinchas.«

»Nein, Kimball. Der Pinchas, den wir kannten, ist verschwunden. Dieser Mann dort drin«, sagte er und deutete auf die Zelle, »ist nur ein Faksimile des Mannes, den wir einst kannten.«

»Was zur Hölle soll das denn nun schon wieder bedeuten?«

»Während der drei Jahre, seit das Flugzeug abgestürzt ist, muss ihm irgendetwas widerfahren sein. Wir waren der festen Überzeugung, dass alle bei dem Absturz umgekommen sind, und das mag wahrscheinlich auch für die meisten von ihnen gelten. Pinchas ist hier, weil ihn jemand ausgesandt hat, Bonasero zu töten, und Pinchas wäre niemals in der Lage gewesen, so etwas zu tun, es sei denn, man hat seinen Verstand vollkommen neu kalibriert.«

Nun dämmerte es Kimball endlich. »Er ist nur noch eine willenlose Hülle.«

Auciello nickte. »Er erkennt Gesichter wieder, er weiß, wer du bist, gleichzeitig verhält er sich aber extrem distanziert und ist auf offensichtliche Weise absolut teilnahmslos. Als die *Shepherd One* verschwunden ist, befanden sich insgesamt sechs Vatikanritter an Bord. Und sechs Vatikanritter sind eine Macht, mit der man rechnen muss, Kimball.«

»Du meinst, er ist vielleicht nicht allein hier?«

Auciello zuckte mit den Schultern. »Das ist die große Frage, nicht wahr? Schließlich wissen wir nicht, was mit Pinchas oder den anderen an Bord dieses Flugzeugs geschehen ist. Wir wissen nicht, ob sie tot sind oder noch am Leben, oder was ihnen passiert sein könnte. Doch Pinchas Auftauchen löst unweigerlich den Gedanken in mir aus: Wenn einer von ihnen hier ist …«

»… gibt es vielleicht noch weitere«, beendete Kimball seinen Satz.

»Kimball, dort draußen könnten sich noch fünf weitere Vatikanritter befinden, die wie Pinchas von dem Willen angetrieben werden, Bonasero zu töten … und nur diese seltsamen ehrwürdigen Meister, von denen Pinchas die ganze Zeit spricht, kennen den Grund dafür.«

Fünf Vatikanritter, überlegte Kimball schockiert. Fünf der besten Soldaten, die die Welt zu bieten hatte … noch dazu waren sie alle einmal Teil der vatikanischen Familie gewesen. »Wie bringt man es fertig, die eigene Familie auszuschalten?«, flüsterte er, mehr zu sich selbst.

Doch Pater Auciello antwortete ihm trotzdem. »Ganz genau.«

»Aber momentan spekulieren wir ja nur«, wandte Kimball ein.

»Das stimmt. Aber wir dürfen dennoch nicht untätig bleiben. Bonasero ist noch am Leben, auch wenn dieses gerade am seidenen Faden hängt. Wer kann wissen, ob dort draußen nicht noch mehr abtrünnige Vatikanritter lauern und darauf warten, das Werk von Pinchas zu vollenden?«

Mit einem plötzlichen Anflug von Eile sagte Kimball: »Bringt mich ins Gemelli. Sofort!«

KAPITEL 7

Sein Name als Vatikanritter war Mordechai gewesen, einst ein Mann der Tugend und der Rechtschaffenheit. Doch nun war er ein Mitglied des ehrwürdigen Kreises, ein gefallener Engel, so wie Pinchas, ein Mann, dessen Gedanken nicht mehr seine eigenen, sondern die seiner Meister waren.

Die vergangenen Stunden über hatte er in einer Bar in Rom gesessen und den Nachrichten gelauscht. Papst Pius hatte die Operation offenbar überstanden, sein Zustand war aber weiterhin kritisch und er lag noch immer im Koma. Seine Vitalwerte verbesserten sich allerdings, und die nächsten vierundzwanzig Stunden würden darüber entscheiden, ob er am Leben bleiben würde oder nicht. Über den Attentäter erfuhr man zu diesem Zeitpunkt nur sehr wenig. Der Mann blieb gesichts- und namenlos, während die Medien weltweit fieberhaft nach Antworten suchten.

Im Fernsehen spekulierten die Berichterstatter natürlich und stellten wilde Vermutungen darüber an, dass es womöglich terroristische Vereinigungen mit antichristlichen Weltbildern waren, die hinter dem Anschlag steckten. Mordechai konnte nur den Kopf darüber schütteln, wie schnell die Menschen gewillt waren, einen Täter zu finden, ganz egal, ob dieser nun schuldig war oder nicht.

Während er sich auf seinem Stuhl zurücklehnte und sein Whiskeyglas hin und her schwenkte, empfand er nichts, denn er besaß keinen moralischen Kompass mehr, verspürte keine Angst, keinen Mut und auch keine Traurigkeit … oder irgendeine andere Art von Emotion. Er existierte einfach nur und war emotional leer.

Er war genauso wie Pinchas, denn sie beide waren auf diese Art und Weise *umprogrammiert* worden.

Während der Fernseher weiterlief, schloss Mordechai die Augen und lauschte stattdessen den Stimmen in seinem Inneren … dem Flüstern der Meister, die ihm den Weg wiesen und ihn vorantrieben. Es würde keinen Schmerz, keine Angst und keine Erwartungen mehr geben, denn das Einzige, was für ihn im Leben noch einen echten Wert besaß, war der Glaube an das eine Gesetz und die eine Religion.

Er öffnete seine Augen nun wieder und fuhr behutsam mit der Hand über seine Semtex-Weste, deren Konturen er unter dem Stoff seiner Anzugjacke spüren konnte.

»Eine Herrschaft, ein Gesetz und ein Glaube«, sagte er leise zu sich selbst. Dies war der Weg der ehrwürdigen Meister, der Vorväter der gefallenen Engel.

Er stand auf, legte einige Euroscheine neben sein leeres Whiskeyglas und verließ nun das Lokal. Draußen auf dem Gehsteig kündeten die verblassenden Lichtstrahlen die bevorstehende Dämmerung an. Von dort aus, wo er stand, konnte er das Gemelli-Krankenhaus sehen, das fußläufig erreichbar war.

Hineinzugelangen würde äußerst schwierig werden, das war ihm durchaus bewusst, aber er hatte vorgesorgt. Er musste schließlich nicht direkt am Bett des Papstes stehen, um sein Werk zu vollbringen. Bei der Menge Semtex, die er bei sich trug, würde es genügen, sich lediglich in seiner Nähe aufzuhalten. Denn wenn das Semtex erst einmal gezündet worden war und explodierte, würden die Träger des Krankenhauses geschwächt werden und irgendwann brechen, und das Gemelli-Krankenhaus würde wie ein Kartenhaus in sich zusammenfallen.

»Eine Herrschaft, ein Gesetz und ein Glaube«, sagte er erneut und erregte damit die Aufmerksamkeit eines Passanten.

Mit dem geisterhaften Flüstern der Stimmen in seinem Kopf machte er sich auf den Weg ins Gemelli-Krankenhaus.

GEMELLI-KRANKENHAUS, ROM

Als Teil einer päpstlichen Entourage, die von einem Kardinal angeführt wurde, war Kimball Hayden schließlich in das Krankenhaus eskortiert worden. Das Sicherheitsaufgebot war extrem hoch, überall wimmelte es von der römischen Polizei und *Carabinieri*. Wegen seiner ungewöhnlichen Kleidung bekam Kimball viele misstrauische Blicke zugeworfen, doch er tat es als zu erwartende Reaktion ab.

Nachdem man ihnen Zutritt in den abgesperrten Bereich gewährt hatte, gestattete man Kimball und den vier Kardinälen die Anwesenheit im Aufwachraum, solange sie den Papst nicht störten. Die letzte Ölung, die von Kardinal Pastore durchgeführt werden würde, war ihnen bereits gestattet worden.

Als sie den Aufwachraum erreichten, entdeckten sie, dass dieser von unzähligen bewaffneten *Carabinieri* bewacht wurde. Kimball sog jedes Detail in sich auf und fragte sich unweigerlich, wie sich ein geübter Attentäter mit dem geringstmöglichen Widerstand diesem Areal nähern würde, denn das Gemelli war leider keine Festung, sondern nur ein normales Krankenhaus.

Kardinal Pastore bat die *Carabinieri* gerade, ihnen doch bitte einen ungestörten Moment mit Pius zu gewähren – eine Bitte, der diese sofort respektvoll nachkamen und die Tür hinter sich schlossen.

Bonasero Vessucci war an ein Beatmungsgerät angeschlossen worden. Seine Haut war wächsern und blass, beinahe grau, und sein schlohweißes Haar rahmte seinen Kopf mit strähnigen Locken ein. Sein Brustkorb hob und senkte sich gleichmäßig, in langsamen Atemzügen. Kimball griff nach der Hand des alten Mannes und umklammerte sie fest. Er spürte die Knochen, und die Finger schienen ihm so zerbrechlich wie ein verwundeter Vogel zu sein. Mit der anderen Hand streichelte er zärtlich über die Wange des Pontifex. »Du schaffst das, Bonasero«, sagte er so leise, dass die Kardinäle glaubten, er hätte nur stumm seinen Mund bewegt.

Der Papst atmete, unterstützt von dem Faltenbalg in dem Beatmungsgerät flach und regelmäßig.

Bonasero, du kannst das schaffen!

Kurz darauf richtete sich Kimball auf und musterte den Raum ausgiebig. »Wir müssen ihn hier rausschaffen«, sagte er dann knapp. »Und zwar sofort.«

»Aber das ist unmöglich«, sagte Kardinal Pastore. »Er ist zu schwer verletzt, um bewegt und transportiert zu werden.«

»Hier ist er nicht sicher«, erklärte Kimball nachdrücklich. »Wenn es da draußen noch jemanden geben sollte, der diese Mission beenden will, könnte sich dieses Krankenhaus als reinstes Pulverfass erweisen.«

»Er wird doch schwer bewacht, Kimball.«

Kardinal Pastore gehörte genau wie die anderen drei Kardinäle im Raum zum Rat der Sieben, einer Gruppe, die über die Existenz der Vatikanritter Bescheid wusste und über ihre Missionen entschied. Deshalb konnte Kimball ihnen gegenüber auch ganz offen sprechen. »Ihr wisst, wer das getan hat, nicht wahr?« Er deutete auf den Papst.

Kardinal Pastore nickte. »Pinchas.«

»Richtig! Ein ehemaliger Ritter des Vatikan. Bis jetzt können wir noch nicht genau sagen, ob noch andere frühere Vatikanritter in diese Sache involviert sind. Aber sollte das der Fall sein, müssen wir unbedingt Vorkehrungen treffen, und das hier ist nun mal ein Krankenhaus und keine Festung. Es gibt hier Schwachstellen, die sich ein Vatikanritter ohne Probleme zunutze machen könnte, trotz des Wachpersonals.«

»Kimball« begann nun Kardinal Kumphry, »der ehrenwerte Kardinal Pastore hat es ja gerade schon erklärt. Papst Pius kann in seinem jetzigen Zustand nicht verlegt werden. Das Risiko, dass er dabei stirbt, ist viel zu hoch.«

»Aber wenn wir ihn nicht verlegen, sorglos sind und glauben, Pinchas hätte allein gehandelt, obwohl er es in Wirklichkeit vielleicht nicht getan hat, wird Bonasero bis zum Morgengrauen so oder so tot sein. All diese Wachleute vor der Tür werden keinen Unterschied machen. Wenn ein Vatikanritter zu Bonasero gelangen will, wird es ihm selbst unter diesen erschwerten Bedingungen gelingen.«

»Kimball, ich vertraue deinem Urteil natürlich«, sagte Kardinal Pastore. »Das tun wir alle, das weißt du. Aber die Umstände zwingen uns nun mal zu dieser Entscheidung.

Wenn wir den Pontifex bewegen, wird er ganz sicher sterben. Sollte wirklich noch jemand hinter dem Papst her sein, dann müssen wir uns ihm hier, in diesem Krankenhaus, entgegenstellen.«

So frustriert Kimball über diese Lage auch war, so wusste er insgeheim doch, dass Kardinal Pastore recht hatte. Bonasero Vessuccis Leben hing momentan an einem sehr dünnen Faden, und jede Entscheidung, so klein sie auch erscheinen mochte, konnte diesen Faden zerreißen.

Kimball ließ die Schultern sinken. Ihm blieb nichts anderes übrig, als sich zu fügen. »Ich werde Jesaja und Leviticus benötigen«, sagte er nun entschieden. »Allein werde ich das nämlich nicht schaffen können.«

Kardinal Pastore nickte. »Natürlich. Beten wir, dass dies nur ein einmaliges Ereignis war«, sagte er. »Beten wir dafür, dass Pinchas nur auf eigene Faust agiert hat und er irgendwann seinen Weg zu uns zurückfinden wird.«

Kimball verzog die Mundwinkel zu einem bitteren Grinsen. *Darauf würde ich nicht wetten.*

✠

Das Gemelli-Krankenhaus war ein riesiges Gebäude mit mehreren Anbauten, von denen die meisten acht Stockwerke besaßen. Vor den Eingängen zum Haupthaus, der Notaufnahme, der Ambulanz und der Lieferzonen waren ebenfalls *Carabinieri* positioniert worden, die ihre volle Schutzausrüstung samt Protektoren, Helmen mit konvexen Visieren und Kevlarwesten trugen.

Mordechai beobachtete sie aufmerksam aus der Ferne.

Über mehrere Stunden hinweg, bis zum Anbruch der Dunkelheit hatte er das gesamte Areal ausgekundschaftet, um eine Schwachstelle zu finden. Auf der Rückseite des Gebäudes befand sich ein Personaleingang, der vollkommen unbewacht war. Die Tür selbst war verriegelt und alle vier Minuten fuhr ein Jeep des Sicherheitspersonals auf seiner Runde um das Gemelli-Krankenhaus daran vorbei, deshalb blieb ihm nur ein Zeitfenster von vier Minuten, um in das Gebäude einzudringen.

Verborgen im Schatten konnte er den Jeep hören und sah, wie er sich der Rückseite des Krankenhauses näherte. Als der an dem Seitenspiegel des Jeeps installierte Scheinwerfer die Dunkelheit erforschte, zog sich Mordechai langsam in seine Deckung zurück und wartete, bis sich der Jeep wieder entfernte.

Als dieser schließlich um die Kurve bog, eilte Mordechai auf den Personaleingang zu und legte die flache Hand an das Metall. Die Nacht war warm, das Metall ebenfalls. Er überprüfte nun den Türriegel, der aussah wie eine Art verlängerter Pistolenabzug, den man anheben und aufziehen musste, um die Tür zu öffnen, und stellte fest, dass dieser verschlossen war. Also trat er einen Schritt zurück, musterte den Mechanismus ausgiebig und bemerkte dabei das Schlüsselloch, für das man offenbar eine ganz besondere Art von Schlüssel brauchte.

Ihm blieben noch drei Minuten.

Er sah hoch und ließ seinen Blick an den glatten Wänden hinaufgleiten, die in die oberen Etagen führten – von hier unten war sie unerreichbar. Denn es gab keine Feuerleitern oder Ähnliches, nichts, woran er sich hätte hinaufziehen können.

Also wieder zurück zu dem Schloss.

Er zog die schallgedämpfte Pistole aus seinem Schulterholster, zielte auf das Schloss und feuerte dann zwei

Schüsse darauf ab. Das Mündungsfeuer erhellte die Umgebung mit zwei kurzen Lichtblitzen.

Noch zwei Minuten.

Aber die Tür war weiterhin verschlossen.

Er zielte noch einmal sorgfältig, dieses Mal direkt auf das Schlüsselloch, und gab zwei weitere Schüsse ab, und wieder erhellte das Mündungsfeuer das ganze Areal.

Jetzt öffnete sich die Tür kaum wahrnehmbar. Mordechai packte den Griff, zog die Tür auf und betrat vorsichtig das Gemelli-Krankenhaus. Er sicherte seine Waffe, steckte sie wieder ein und durchquerte dann den leeren Verwaltungsbereich, um zur Patientenaufnahme zu gelangen.

Er konnte das Semtex in seiner Weste deutlich fühlen und spürte das Gewicht.

Plötzlich waren die Stimmen wieder da – kalt und gefühllos füllten sie seinen Verstand mit Befehlen.

Seine Pupillen zogen sich auf die Größe von kleinen Punkten zusammen, was bedeutete, dass sein Verstand sich nun ausschließlich auf die vor ihm liegende Aufgabe konzentrierte: Bonasero Vessucci zu finden und ihn zu töten.

Die Kardinäle hatten Kimball Hayden mittlerweile verlassen, doch er war nicht allein. An seiner Seite standen seine beiden Lieutenants, Jesaja und Leviticus. Während Jesaja eher drahtig und dünn war, glich Leviticus mit seinen breiten Schultern und dem gewaltigen Brustkorb eher einer kleineren Ausgabe von Kimball.

Vor dem Aufwachraum A, der nun exklusiv dem Pontifex vorbehalten war, standen weiterhin schwerbewaffnete

Carabinieri. Der Papst lag regungslos in seinem Bett und atmete nur mithilfe des Beatmungsgeräts. Neben ihm saß Kimball, der noch immer seine Hand hielt und ein leichtes Pulsieren spüren konnte, das unendlich langsam durch die zerbrechlich wirkenden Adern rann.

Kardinal Pastore hatte dem Papst bereits die letzte Ölung verabreicht. Obwohl alle für einen freudigen Ausgang beteten, rechnete man doch insgeheim mit dem Schlimmsten. Alles hatte nun mal sein Ende – und dieses spezielle Ende war untrennbar mit einem glorreichen Neuanfang verbunden.

Natürlich hatte es unter den Kardinälen bereits Diskussionen darüber gegeben, ob man die Kurie einberufen sollte, um die Wahl eines neuen Papstes vorzubereiten, was Kimball persönlich schwer verstörte. Aber er verstand natürlich, dass der Vatikan ein politisches Gebilde war, welches selbst in schwierigen Zeiten seine Pflichten erfüllen musste. Das war durchaus etwas, was er nachempfinden konnte.

Dennoch war es nicht leicht für ihn, diesen Umstand zu akzeptieren.

Als er Leviticus Hand spürte, die sich sanft auf seine Schulter herabsenkte, verstand Kimball sofort, was diese einfache Geste zu bedeuten hatte. *Wir sind für dich da, Kimball. Wir wissen, wie du dich gerade fühlst. Was auch passiert – wir werden stets an deiner Seite stehen, damit du diesen Weg nicht allein gehen musst.*

Als Leviticus seine Hand irgendwann zurückzog, seufzte Kimball leise.

Über die Jahre hinweg war zwischen Kimball und Bonasero eine Verbindung gewachsen, die so eng war, dass sie wie Vater und Sohn geworden waren. Diese war außerdem von tiefem gegenseitigem Respekt geprägt. Wann immer Kimball gestrauchelt war, war es Bonasero gewesen, der ihn wiederaufgerichtet und ihm erneut den Weg ins rettende Licht gewiesen hatte – etwas, das Kimball auf seiner Suche nach Erlösung bis dahin verwehrt geblieben war.

Kimball spürte nun einen Kloß in seinem Hals und seinen Augen begannen sich mit Tränen zu füllen. *Was soll ich denn nur ohne dich tun?*, dachte er. *Was? Sag mir, was ich tun kann, Bonasero, um es wieder gutzumachen.*

Sein Blick fiel jetzt auf die Beatmungsmaschine, die langsam Sauerstoff in die Lungen eines alten Mannes pumpte, der in seinem Leben nichts als Güte verströmt hatte.

Das hast du einfach nicht verdient, dachte Kimball ein letztes Mal, bevor er Bonaseros Hand vorsichtig neben dessen Körper ablegte. *Ich werde die Person finden, die dahintersteckt, das verspreche ich dir.*

Kimball stand auf und drehte sich zu Jesaja und Leviticus um, die beide die Kluft der Vatikanritter trugen. »Wir werden wohl für eine Weile hierbleiben müssen«, erklärte er ihnen.

Jesaja sah ihn ernst an. »Vielleicht solltest du ein bisschen schlafen, Kimball. Du siehst müde aus.«

Doch Kimball schüttelte den Kopf. Auf gar keinen Fall würde er in dieser Situation von Bonaseros Seite weichen, ganz egal, ob es Tage oder Wochen dauern würde und wie viel Schlaf ihm irgendwann fehlen würde. »Mir geht es gut«, sagte er so leise, dass es fast wie ein Murmeln klang.

Danach lief Kimball im Krankenzimmer auf und ab. Es gab keine Fenster, nur zwei Türen und mehrere

Lüftungsschächte, die zu einer Klimaanlage ein paar Etagen unter ihnen führten. Der Raum war gut gesichert, nicht zuletzt wegen der bewaffneten Wachmänner vor beiden Türen und der drei Vatikanritter, die sich im Inneren befanden.

Bonasero Vessucci war vollkommen sicher.

Doch nichts hätte weiter von der Wahrheit entfernt sein können.

✠

Von dem Verwaltungsbereich aus begab sich Mordechai jetzt in die Waschküche unter dem Krankenhaus, wo er einen Krankenhauskittel fand, der ihm gut genug passte, um die Semtex-Weste darunter verbergen zu können. Doch diese Verkleidung allein genügte nicht, denn die Wachen ließen nur Schwestern und Ärzte passieren, die den *Carabinieri* bereits bekannt waren, und das machte die Sache kompliziert. Aber wenn Mordechai es schaffen wollte, den Papst zu töten, musste er sich eben den Gegebenheiten anpassen. Also wechselte er die Richtung und suchte nach einem Schlupfloch.

In dem gegenüberliegenden Krankenhausflügel standen zwei Polizisten Wache, in Schutzmontur und mit Helmen auf dem Kopf. Sturmgewehre hingen vor ihrer Brust, doch die Mündungen der Waffen zeigten zu Boden. Sie waren einander zugewandt und unterhielten sich offenbar, dabei wedelten sie hin und wieder mit der Hand, als wenn sie einen Standpunkt unterstreichen wollten.

Mordechai sah ihnen einen Augenblick lang zu und registrierte dabei ihre Unaufmerksamkeit. Die beiden

Carabinieri waren mit allem beschäftigt, nur nicht mit dem eigentlichen Grund ihres Hierseins. Nachdem er sich ein limettengrünes Klemmbrett mit einigen Dokumenten und einen Kugelschreiber geschnappt und den besorgten, aber souveränen Blick eines Arztes aufgesetzt hatte, schritt Mordechai auf die beiden Wachmänner zu. Als ihn eine der Wachen erblickte und ihn mit erhobener Hand aufhalten wollte, rammte Mordechai dem Mann blitzschnell das Klemmbrett gegen die Kehle. Der Rand der Plastikunterlage traf den schutzlosen Bereich unter dem Kinnriemen und zertrümmerte sofort den Kehlkopf des Polizisten. Während der erste Mann mit den Händen nach seinem Hals griff und in die Knie sank, wirbelte Mordechai bereits mit dem Kugelschreiber in der Hand herum und trieb diesen dem zweiten Wachmann mit drei schnellen Hieben tief in den Hals hinein. Dann ließ er von ihm ab, griff nach dem Kopf des ersten Polizisten, der neben ihm kniete, und riss ihn mit einem festen Ruck herum. Die Knochen brachen mit einem hörbaren Krachen. In einer fließenden Bewegung, die wie ein zusammenhängendes Manöver aussah, drehte er sich wieder zu dem zweiten Wachmann um und brach auch ihm das Genick.

Als beide Leichen schließlich auf dem Boden lagen, blickte sich Mordechai kurz prüfend um, zog die beiden Körper in einen nahe gelegenen Lagerraum, nahm ihnen die Ausrüstung ab, zog die Kevlar-Weste von einem der Polizisten über seine Semtex-Weste, nahm dessen Stiefel und Helm und überprüfte danach die Waffe, die sich als eine MP5 herausstellte. Er betrachtete sein Spiegelbild in einer Glasscheibe und fand, dass er nun genauso wie die anderen *Carabinieri* aussah.

Während er dastand, hörte er die Stimmen der drei Meister in seinem Kopf, deren Geflüster sich allerdings so sehr überlagerte, dass es keinen Sinn ergab. Doch er wusste dennoch, was sie ihm zu sagen versuchten, denn die Befehle, die man ihm in den letzten drei Jahren eingepflanzt hatte, waren immer die gleichen gewesen … es waren stets dieselben Worte gewesen, die ihm erklärt hatten, dass er diese Mission unter Einsatz seines unwichtigen Lebens auszuführen hatte.

Er schloss die Augen.

Das Flüstern der alten und müden Stimmen klang wie Schlangenhäute, die übereinander glitten, oder wie Sandpapier, das über Holz rieb.

Kurz darauf waren die Worte verschwunden.

Er öffnete die Augen, umklammerte das Gewehr fest mit beiden Händen und machte sich dann auf den Weg, um Bonasero Vessucci zu finden.

✠

Der Jeep des Sicherheitsdienstes drehte gerade eine weitere Runde um das Gemelli-Krankenhaus, als dem Fahrer auf der Rückseite des Gebäudes plötzlich auffiel, dass die Tür zum Personalbereich leicht offenstand. Sie hielten den Wagen sofort an. Fahrer und Beifahrer, beide mit Pistolen bewaffnet, stiegen aus dem Jeep und näherten sich vorsichtig und mit gezogenen Waffen der Tür.

Die Tür besaß keinen klassischen Türknauf, sondern einen Spannriegel. Drumherum waren nun Löcher mit nach innen gebogenen Rändern zu sehen, die offenbar von Schüssen stammten. Während der vordere Wachmann die Tür vorsichtig weiter öffnete, meldete der zweite Wachpolizist den Vorfall augenblicklich dem Zuständigen im Gemelli. Er berichtete, dass die Tür durch Schüsse aufgebrochen worden war, die schallgedämpft gewesen sein müssen und daher auf das Werk eines Profis hindeuteten.

Sofort wurden sämtliche *Carabinieri* im Krankenhaus in höchste Alarmbereitschaft versetzt und patrouillierten nun mit erhobenen Waffen durch die Gänge und führten Ärzte und Schwestern in abgetrennte Bereiche.

Als Kimball im Aufwachraum über Funk von dem Einbruch erfuhr, wurde ihm unmissverständlich klar: *Pinchas hat nicht allein gehandelt.*

✠

Die Notfallbeleuchtung sprang plötzlich an. Das war kein gutes Zeichen, dachte Mordechai auf seinem Weg durch die Krankenhausflure. Als er hörte, wie sich ihm *Carabinieri* näherten, begab er sich sofort in eine kniende Position und zielte auf die Männer. Seine Treffsicherheit war schon immer tödlich gewesen.

Die erste Welle in Form von vier Polizisten brach jetzt durch die Schwingtüren. Mordechai gab eine Reihe schneller Salven ab, und die Kugeln bohrten sich in die Kehlen der Angreifer oder durchschlugen ihre Visiere und töteten die Männer, bevor sie auf dem Boden aufschlugen.

Danach setzte sich Mordechai sofort wieder in Bewegung, denn er wusste, dass die Schüsse nur noch mehr Sicherheitskräfte zu seiner Position locken würden. Er pirschte geduckt vorwärts und ließ sich von dem Lauf seiner Waffe den Weg weisen. Sein Kopf schwang unaufhörlich hin und her, erst nach links, dann nach rechts, auf der Suche nach weiteren Zielen, die es auszuschalten galt.

Doch die Korridore waren verwaist und die angrenzenden Zimmer leer. Das kam Mordechai äußerst eigenartig vor.

Dann hörte er plötzlich Schritte, die auf seine Position zueilten.

Eilig verschwand er in einem der Zimmer am Ende des Korridors und verriegelte die Tür hinter sich. Binnen weniger Sekunden würden die *Carabinieri* die Leichen ihrer Kollegen gefunden haben und dann würden sie sofort über Funk Verstärkung anfordern.

Langsam wich Mordechai in den Raum zurück, während er die Waffe weiterhin auf die Tür richtete, und war bereit, sie sofort mit Schüssen einzudecken, wenn es notwendig sein würde. Doch durch den Spalt unter der Tür konnte er sehen, wie mehrere Schatten an dem Zimmer vorbeieilten. Als sie wieder verschwunden waren, wartete Mordechai regungslos wie eine Statue auf die Nachhut, doch diese blieb aus.

Das Zimmer, in dem er sich gerade befand, war ein einfacher Lagerraum voller Bleichmittel und sauberen Laken. Am hinteren Ende gab es eine weitere verschlossene Tür.

Er schob leise den Riegel zurück, öffnete die Tür und entdeckte, dass diese zu einer Reihe weiterer Korridor führte, die ebenfalls leer waren.

Sie wissen jetzt, dass ich hier bin.

Er betrat einen weiteren Gang und musterte seine Umgebung aufmerksam durch das Visier seiner Waffe. Die Aufwachräume befanden sich ganz in der Nähe, im nächsten Komplex.

Plötzlich hörte er die hastigen Schritte weiterer *Carabinieri* aus dem Westflügel, die auf ihn zuhielten. Dasselbe aus östlicher Richtung. Sie nahmen Mordechai offenbar in die Zange, flankierten ihn und zwangen ihn auf diese Weise in eine ausweglose Lage. Da dieser Korridor über eine Kurve verfügte, würden die *Carabinieri* nicht ins Schussfeld des flankierenden Teams geraten, weshalb sie von beiden Seiten das Feuer auf ihn eröffnen konnten.

Die Schritte wurden nun lauter und kamen immer näher. Die *Carabinieri* hatten ihn beinahe erreicht.

Mordechai überprüfte deshalb hastig den Druckauslöser, der mit den Semtex-Paketen unter seiner Weste verbunden war.

Vor und hinter ihm bezogen die *Carabinieri* nun Stellung und richteten ihre Sturmgewehre auf ihn. Mehr als ein Dutzend roter Laserpunkte tanzten jetzt über Mordechais Brust und Kopf.

Man befahl ihm, sich zu ergeben, doch Mordechai ignorierte ihre Rufe, stattdessen ließ er seinen Blick schweifen und entdeckte die Kameras in den Ecken des Korridors. *Sie haben mich die ganze Zeit über beobachtet.*

Weitere Befehle wie der, sich auf den Boden zu legen, wurden nun erteilt, doch Mordechai ignorierte auch diese und blieb genau zwischen den beiden Fraktionen stehen.

Als Antwort hob er schließlich sein Gewehr und feuerte mehrere kurze Salven auf die Männer. Die Kugeln durchschlugen die gewölbten Schutzblenden vor den Gesichtern der *Carabinieri*. Die Einschläge lösten tödliche Explosionen von rotem Nebel aus, die wie dichte Wolken aus den Männern hervorbrachen.

Drei der bewaffneten Männer sanken so schnell zu Boden, dass bereits alles Leben ihre Körper verlassen haben musste, bevor sie ihren Tod überhaupt kommen gesehen hatten.

Dann eröffneten die *Carabinieri* das Feuer, unerbittliche Salven, deren Kugeln in Mordechais Weste einschlugen und seinen Körper wie eine willenlose Puppe, die an Fäden befestigt war, herumtanzen ließen. Kurz darauf sank er in die Knie, doch die Schüsse verebbten immer noch nicht.

Eine der Kugeln traf seinen Unterarmschutz, und der Einschlag war stark genug, um ihm die Waffe aus der Hand zu reißen. Mordechai wurde mit weiteren Kugeln vollgepumpt. Die großkalibrigen Projektile ließen ihn wild hin und her zucken, bis schließlich eines der Geschosse eine weiche ungeschützte Stelle an seiner Hüfte traf, eine andere in seine Schulter einschlug und eine dritte ein Loch in seinen Bauch riss, kurz unterhalb der Kevlar-Weste.

Während Mordechai am Boden lag und die Welt sich mehr und mehr um ihn herum zu drehen begann, konnte er wieder die Stimmen hören … das Flüstern … die Gesänge der Meister, die ihn anwiesen, jedes Leben im Umkreis zu nehmen.

»Ja«, flüsterte er. »Ja, natürlich.«

Mordechai konnte den Schalter in seiner Rechten deutlich spüren. Er schloss seine Finger fester um den Zylinder, klappte die Abdeckung zurück und legte den Daumen auf den Druckknopf.

Die Stimmen wurden daraufhin lauter. Die Worte überlagerten sich, bis alles zu einem unverständlichen Lärm zusammenschmolz. Doch er wusste trotzdem, was sie ihm sagen wollten. Es war das, worauf sie ihn vorbereitet hatten, das, was die Meister ihm in den vergangenen drei Jahren tief im brasilianischen Dschungel beigebracht hatten.

Aus den Augenwinkeln sah er, wie die *Carabinieri* mit schussbereiten Waffen auf ihn zustürmten und ihn auf Italienisch anbrüllten, was Mordechai als den Befehl deutete, sich zu ergeben.

Die Polizisten ragten hoch über ihm auf, undeutliche, verschwommene Schemen, die Schulter an Schulter standen. Als einer der Männer Mordechai auf die Seite drehte, um ihm Handschellen anzulegen, drückte Mordechai – der weder Angst, Wut noch irgendetwas anderes empfand – auf den Auslöser.

KAPITEL 8

Mordechai war wirklich nahe herangekommen.

Die Wände zu dem Anbau, der zu den Aufwachräumen führte, explodierten mit ungeheurer Wucht und stürzten kurz darauf in sich zusammen. Trümmerteile aus Glassplittern und Betonbrocken rasten wie Geschosse durch die Luft und sorgten in einem Umkreis von vierhundert Metern für Verletzungen und Sachschäden.

Die Stützstrukturen und Träger wurden dadurch natürlich extrem geschwächt und nahmen dem Gebäude die Fähigkeit, sich selbst zu halten. Nur eine Minute später stürzte daher der gesamte Anbau in sich zusammen. Brodelnde Rauchwolken stiegen auf und breiteten sich in alle Richtungen aus. Dichter, erstickender Rauch erfüllte die Luft und nahm einem die Sicht.

Als sich der Staub ein wenig gelegt hatte, waren die Schreie weiterhin ununterbrochen zu hören. Der erste Schock war Angst und dann Tränen gewichen, zusammen mit der großen unbeantworteten Frage nach dem Warum. Die Welt schien sich nur noch mit der quälenden Langsamkeit eines grauenvollen Traumes zu bewegen.

Auf das Leben des Papstes war soeben ein zweiter Anschlag verübt worden, und irgendwo dort draußen lauerten unerkannt immer noch vier weitere Ritter.

Die Zimmer der Aufwachstation bebten. Die Druckwelle der Explosion ließ das Glas der Vitrinen zersplittern und Gegenstände fielen von den Tischen auf den Boden. Infusionsständer kippten um, Staubwolken tosten die Gänge entlang in dem wilden Versuch, sich auszubreiten, und füllten die Patientenzimmer mit einem dichten, staubigen Nebel. Als die Druckwelle die *Carabinieri* vor dem Aufwachraum von den Füßen riss, warf sich Kimball augenblicklich und ohne nachzudenken über den Pontifex und sorgte dafür, dass sich seine Intubation nicht löste, während Leviticus und Jesaja sich an den Edelstahltischen in der Nähe festklammerten.

Als das Beben endlich nachließ und der Staub sich lichtete, überprüfte Kimball sofort das Beatmungsgerät. Trotz der Explosion in dem angrenzenden Gebäude schien hier alles intakt geblieben zu sein – mit Ausnahme der Lampen, die gerade unkontrolliert flackerten und bestimmt bald ganz ausfallen würden.

»Der Papst«, rief Leviticus sofort mit sichtlicher Sorge. Jesaja stand direkt neben ihm.

Kimball wich von Bonasero zurück, der immer noch absolut regungslos in seinem Bett lag und dessen Brust sich in einem gleichmäßigen Rhythmus hob und senkte. Kalkartiger Staub begann sich auf die blütenweiße Bettdecke und das restliche Zimmer zu legen und überzog alles mit grauen Partikeln, die so fein wie Talkumpuder waren.

»Solange die Stromversorgung nicht komplett ausfällt, passiert ihm nichts.« Kimball deutete auf das Beatmungsgerät, welches den Einsturz des Anbaus offenbar schadlos überstanden hatte.

»Es geht ihm gut«, sagte er, dann befahl er: »Wir müssen Bonasero so schnell wie möglich hier rausschaffen.

Das Gemelli ist für ihn nicht mehr sicher, und mittlerweile dürfte es nun allen klar sein, dass Pinchas nicht auf eigene Faust und allein gehandelt hat.«

»Du willst ihn aus Rom rausschaffen?«

Kimball schüttelte den Kopf. »Ich glaube auch nicht, dass er einen längeren Transport überstehen würde. Ich dachte eher an die päpstlichen Gemächer. Wir könnten dort ein Krankenzimmer für ihn einrichten, ihn rund um die Uhr von Schwestern betreuen lassen, und für die nötige Sicherheit garantieren, indem wir ihn beschützen.«

»Kimball, selbst der kurze Weg in den Vatikan könnte seinen Tod bedeuten«, wandte Leviticus ein.

»Ich glaube aber nicht, dass uns eine andere Wahl bleibt«, erwiderte Kimball ernst. »Wer immer diese Explosion ausgelöst hat, ist Bonasero gefährlich nahegekommen. Wir wissen zwar, wo Pinchas steckt, aber was wir nicht wissen, ist, wie viele weitere noch dort draußen sind. Wenn es sich bei ihnen tatsächlich um alle vermissten Vatikanritter handelt, müssen wir unverzüglich einen Sicherheitsring aus der Schweizergarde, der Vatikanpolizei und der Gendarmerie aufstellen, wobei die Ritter des Vatikan den letzten Widerstand darstellen.«

Jesaja beugte sich über Bonasero Vessucci und beobachtete, wie sich dessen Brustkorb langsam bewegte. »Wir brauchen unbedingt Antworten«, sagte er. »Denn die beste Verteidigung ist es stets, den Gegner gut genug zu kennen, um seine nächsten Schritte vorhersagen zu können.«

Jesaja hatte recht. Ihren Gegner zu kennen war entscheidend, wenn sie in den kommenden Auseinandersetzungen Erfolg haben wollten. Oft hielten sich Spezialeinheiten an eine feste Routine, weil sich diese in der

Vergangenheit bewährt hatte, und irgendwann fand sie sogar Einzug in die allgemeinen Richtlinien. Aber nicht selten wurden genau diese Gewohnheiten vom Gegner aufgedeckt, der daraufhin Strategien erarbeitete und sie sich zunutze machte, und genau das war es, was die Vatikanritter tun mussten: Sie mussten lernen und zurückschlagen.

Kimball wusste auch schon genau, wo er anfangen würde.

Er würde mit Pinchas beginnen.

KAPITEL 9

Die Explosion im Gemelli-Krankenhaus hatte insgesamt sechsundzwanzig Todesopfer gefordert. Weitere fünfzehn Personen waren verwundet worden, sechs davon schwer, und dreizehn Menschen galten als vermisst, zu denen acht *Carabinieri* gehörten. Die meisten Opfer, die bei dem Einsturz des Gebäudes ums Leben gekommen waren, waren unter dem Krankenhauspersonal und den Patienten zu beklagen. Die *Carabinieri* im Umkreis des Attentäters waren von der Explosion des Semtex sofort in den Tod gerissen worden.

In den darauffolgenden Minuten bereitete man Bonasero Vessucci mit so viel Sorgfalt wie nur möglich darauf vor, transportiert zu werden, und betete, dass er die Fahrt unbeschadet überstand. Kimball, Jesaja und Leviticus fuhren zusammen mit dem Pontifex, der in einem kritischen, aber stabilen Zustand war, im Krankenwagen mit.

Nachdem sie den Apostolischen Palast erreicht hatten, wurde der Papst vorsichtig in sein Appartement im dritten Stock gebracht.

Im hinteren Teil des Palastes gab es eine Reihe angrenzender Räume, die man zu einer notdürftigen Krankenstation umfunktioniert hatte. Vitalparameter-Monitore, Sauerstoffflaschen, Messgeräte, Notstromaggregate und alles, was nötig war, um den Zustand des Papstes stabil zu halten, stand jetzt hier zur Verfügung. Trotzdem konnten die Räume natürlich nicht mit der Ausstattung des Gemelli-Krankenhauses mithalten.

Die Sicherheitsmaßnahmen im Palast waren drastisch verschärft worden. Die Schweizergarde und die Vatikanpolizei fungierten als erste Verteidigungslinie entlang der Grenze zwischen Rom und der Vatikanstadt. Der Petersplatz und alle touristischen Ziele waren abgeriegelt worden und die Schweizergarde hielt an allen wichtigen Punkten wie dem Petersdom Wache. Eine Einheit der Vatikanritter, die aus zwölf Kämpfern bestand, bemannte außerdem die Eingänge und die Korridore zum Apostolischen Palast.

Papst Pius lag jetzt in seinem eigenen Bett. Seine Atmung war weiterhin flach, aber gleichmäßig, seine Gesichtsfarbe allerdings immer noch grau. Kimball saß neben dem Bett und hatte eine Hand des Pontifex mit seinen beiden Händen umfasst, während er voller Trauer war. Er hatte schon Männer auf dem Schlachtfeld verloren und andere Vatikanritter begraben müssen. Er hatte Gott nie um Kraft gebeten, weil er fest daran glaubte, dass jeder Mensch in sich selbst die Seelenstärke finden musste, um weitermachen zu können. Er selbst hatte diesen Zustand der Erlösung, dieses umarmende Gefühl der Wärme und Göttlichkeit, welche die Vergebung und Erlösung mit sich bringen sollte, leider niemals erfahren.

Doch jetzt schloss Kimball die Augen, senkte sein Haupt und bat zum ersten Mal in seinem Leben für einen Gefallen, aber nicht für sich selbst, sondern für den alten Mann, der in diesem Bett lag und all das Gute der Menschen repräsentierte.

Als er sein Gebet beendet hatte, öffnete er die Augen und betrachtete seinen alten Freund, der wie ein Vater für ihn war. Dann fiel sein Blick auf das Beatmungsgerät und die Art, wie es sich regelmäßig hob und senkte und die schwachen Lungen des Papstes mit Sauerstoff füllte.

»Es ist alles geregelt«, raunte Leviticus Kimball über die Schulter zu. »Die Sicherheitsmaßnahmen, die Stromversorgung … alles ist in Ordnung.«

Kimball nickte und erhob sich, und während er sich zu seiner vollen Körpergröße aufrichtete, wurde wieder einmal offenbar, wie breit seine Schultern und seine Brust waren. Sanft legte er die Hand des alten Mannes neben dessen Körper ab und tätschelte sie noch einmal tröstend. *Alles wird gut, Bonasero.*

Das Beatmungsgerät verrichtete weiterhin unbeeindruckt seine Arbeit.

Kimball blickte jetzt Leviticus an. »Bist du bereit?«

Leviticus nickte. »Natürlich.«

»Dann holen wir uns mal ein paar Antworten.«

KAPITEL 10

Es war eine ganze Weile her, seit Pinchas die Stimmen gehört hatte. Seit einigen Stunden saß er nun schon in der Gefängniszelle der Vatikanpolizei-Station, und seine Augen starrten ins Leere, als würde ein ganz besonderer Punkt an der Wand, den nur er sehen konnte, eine hypnotische Anziehungskraft auf ihn ausüben. Aber er war schon in Situationen wie dieser gewesen, eingesperrt in engen Räumen, in denen die Zeit keine Rolle mehr zu spielen schien, und wo Sekunden, Minuten, Stunden, ein Tag oder ein Monat zu einer Unendlichkeit verschmolzen.

An die letzten drei Jahre seines Lebens besaß er nur noch wenige Erinnerungen und nur vage Bilder ... kurze Ausschnitte von dunklen Schatten und dem Schmerz, den sie ihm bereitet hatten. Er erinnerte sich daran, dass er an den Knöcheln und Handgelenken gefesselt gewesen war, an den Hunger und den Durst. Er erinnerte sich an kurze Augenblicke, in denen verhüllte Gestalten in wollenen Kutten erschienen waren, deren Gesichter jedoch immer in der Dunkelheit verborgen geblieben waren.

Und natürlich an die Stimmen und das grauenerregende Flüstern, das auf irgendeine Weise imstande gewesen war, alle Rechtschaffenheit und Gottesfürchtigkeit in ihm auszuradieren und ihm stattdessen Regeln eingepflanzt hatte, die ihn fortan ohne die Angst vor Konsequenzen oder moralischen Fragen beherrschen sollten.

Vage Bilder.

Unendlich viel Zeit.

Aber nicht alles war ausgelöscht worden.

Er erinnerte sich nämlich noch an Kimball Hayden – erinnerte sich an ihn als einen Mann, der so verloren war wie er selbst. Er wusste noch, wie er neben dem Hünen gekämpft hatte, und konnte Bruchstücke der Kämpfe vor sich sehen.

Doch dann verschwanden die Bilder plötzlich und sein Verstand wurde vollkommen leer, bis es nichts mehr gab außer einem mentalen Vakuum.

Als er hörte, wie die Tür entriegelt wurde, nahmen seine Augen seine Umgebung in sich auf und sahen, wie sich eine Reihe von Bolzen zurückzogen und sich die Zellentür öffnete. Drei Beamte der Vatikanpolizei betraten nun den Raum. Einer von ihnen hielt einen Taser in der Hand, ein anderer einen Schlagstock, und der Dritte Ketten und Fußfesseln. Als der Polizist die Ketten anhob und auf Italienisch Befehle erteilte, verstand Pinchas sofort das Wesentliche von dem, was er ihm sagen wollte: *Wir können es auf die einfache oder auf die harte Tour angehen. Es liegt ganz bei dir.*

Nach einem weiteren Blick auf die beiden Polizisten, die mit Schlagstock und Taser bewaffnet waren, fügte sich Pinchas und ließ sich die Fesseln widerstandslos anlegen.

Kimball und Leviticus saßen in einem kleinen Vernehmungsraum ohne Fenster und mit Wänden, von denen bereits die Farbe abblätterte. Über ihnen hing eine

Kamera, an der ein rotes Licht leuchtete, und in der Mitte des Raums befand sich ein Edelstahltisch, der fest mit dem Betonboden verschraubt war.

Nachdem die Beamten Pinchas in das Zimmer gebracht hatten, setzten sie ihn an den Tisch und ketteten ihn an einen metallenen Ring in der Mitte des Tisches an. Dann verließen sie den Raum und schlossen die Metalltür hinter sich.

Pinchas sah die beiden ihm gegenübersitzenden Menschen an, sagte aber kein Wort, er starrte sie einfach nur mit einem leeren Blick an.

»Pinchas«, begann Kimball tonlos, »ich brauche dringend Antworten … und du wirst sie mir geben.«

Genauso tonlos erwiderte Pinchas: »Natürlich.«

»Ich muss wissen, wo du während der letzten drei Jahre gewesen bist. Was ist mit der *Shepherd One* und ihren Passagieren passiert?«

Pinchas schien die Frage offenbar Kopfzerbrechen zu bereiten, denn sein Blick glitt an die Decke, als ob sein Verstand verzweifelt nach einer Antwort suchen würde. »Das Flugzeug«, sagte er schließlich.

»Die *Shepherd One* verschwand über dem Dschungel von Brasilien«, sagte Kimball. »Wir dachten, sie wäre abgestürzt, aber wir haben nie Trümmerteile oder eine genaue Absturzstelle finden können.«

Pinchas nickte. »Nein, natürlich nicht.«

»Wieso nicht? Was ist damals passiert?«

Pinchas schwieg.

»Pinchas.« Kimball wurde immer ungeduldiger. »Was ist dort passiert?«

»Die ehrwürdigen Meister haben uns nach Hause gerufen.«

Kimball warf Leviticus einen verwirrten Blick zu, der ihm mit einem knappen *Keine-Ahnung-wovon-er-da-redet*-Schulterzucken antwortete.

»Du hast diese Meister schon einmal erwähnt«, fuhr Kimball fort. »Haben sie dich hierher geschickt? Bist du allein gekommen?«

»Natürlich nicht«, erwiderte Pinchas knapp, als würde sich das ganz von selbst verstehen. »Ich kam zusammen mit Mordechai hierher.«

»Sonst niemand? Nur du und Mordechai?«

»Fürs Erste.«

Mordechai war der Attentäter im Gemelli-Krankenhaus gewesen – der damit gegen alle Lehren der Vatikanritter verstoßen hatte, denn Selbstmord galt als Todsünde, die zu ewiger Verdammnis führte. Zumindest wusste Kimball jetzt schon mal, mit wie vielen Attentätern sie es zu tun hatten.

»Also nur ihr beide? Sonst niemand?«

»Fürs Erste.«

»Fürs Erste? Willst du damit sagen, dass noch andere Ritter überlebt haben? Was ist mit Elias und Jakob? Mit Kish und Zadok? Sind sie noch am Leben?«

Pinchas beugte sich nun nach vorn. Sein Gesicht begann nervös zu zucken, so als würde er plötzlich gegen widersprüchliche Emotionen ankämpfen müssen.

»Pinchas?«, bohrte jetzt Leviticus nach.

Der ehemalige Vatikanritter gewann die Fassung zurück und sein Blick nahm wieder diesen speziellen unbeteiligten Ausdruck an.

»Pinchas«, begann Kimball erneut. »Was ist mit den Kardinälen, die ihr begleitet habt? Was ist aus ihnen geworden?«

Pinchas antwortete: »Die Kardinäle weilen in der vergessenen Kathedrale«, sagte er. »Sie sitzen dort und beten das Symbol an.«

»Die vergessene Kathedrale?«

»Der Palast der gefallenen Engel, wo das Triumvirat der Meister thront.«

»Diese Meister … haben sie dir das angetan?«

»Was angetan?«

Kimball empfand die Antworten, die mehr Rätsel als Lösungen aufwarfen, zunehmend als anstrengend. »Pinchas, diese vergessene Kathedrale … ist das der Ort, wo sich die restlichen Ritter momentan befinden? Sind sie bei den Kardinälen?«

»Nein. Aber sie sind ganz in ihrer Nähe. Die Kardinäle sitzen allein, um das Symbol auf dem Altar anzubeten.«

»Das Bild Jesu?«

Pinchas schüttelte den Kopf. »Nein, das Symbol.«

»Von welchem Symbol sprichst du denn sonst?«

Pinchas blickte auf den Edelstahltisch hinab. Mit der Fingerkuppe seines Zeigefingers begann er ein Bild zu malen. Er zeichnete Linien mit rechten Winkeln, die er anschließend miteinander verband. Dann lehnte er sich wieder in seinem Stuhl zurück.

Kimball und Leviticus beugten sich nach vorn und erkannten auf der schmutzigen Tischplatte das Zeichen, das Pinchas auf die Oberfläche gezeichnet hatte.

Es war ein Hakenkreuz.

»Ich bin jetzt müde«, sagte Pinchas. »Ich will in meine Zelle zurück.« Er zog die Worte in die Länge und hörte sich dadurch an, als würde er unter starken Medikamenteneinfluss stehen.

Doch Kimball ignorierte seinen Wunsch. »

Wieso hast du versucht, Bonasero zu töten, Pinchas?«

Pinchas sah ihn fragend an. »Wen?«

»Du hast mich schon verstanden!«

»Wir sind nicht hierhergekommen, um jemanden namens Bonasero zu töten«, sagte er monoton.

Nun war es Kimball, der ihn fragend anblickte.

Pinchas sah die beiden Vatikanritter nacheinander an und sagte dann: »Wir kamen hierher, um Franz Kleimer-Schmidt zu töten ... eine Herrschaft, ein Gesetz und ein Glaube.«

Weder Kimball noch Leviticus verstanden auch nur im Geringsten, wovon er sprach.

KAPITEL 11

VATIKANSTADT
HAUPTQUARTIER DES SERVIZIO INFORMAZIONI DEL VATICANO

Der *Servizio Informazioni del Vaticano* war der Geheimdienst des Vatikan, er war Anfang des neunzehnten Jahrhunderts als Antwort auf die Bestrebungen, die Macht des Vatikan zu untergraben, gegründet worden. Die Kirche hatte es zu diesem Zeitpunkt als notwendig angesehen, einen *inoffiziellen* Geheimdienst zu schaffen, der gewisse Probleme durch das Sammeln von Geheiminformationen ausräumen sollte. Mit der wachsenden Bedrohung durch extremistische Vereinigungen hatte sich der SIV schließlich nach und nach in eine äußerst mächtige Organisation verwandelt, vergleichbar mit dem Mossad oder der CIA.

Als verlängerter Arm des Heiligen Stuhls und unter Führung des Jesuitenordens befand sich das Hauptquartier des SIV in den unteren Etagen des Governatorats-Palastes. Die Sicherheitsmaßnahmen, um diese Räume betreten zu können, waren auf dem neuesten Stand der Technik. Es gab Stimmerkennungssensoren, Netzhaut-Scans und Kartenlesegeräte, die nur auf einen speziellen Chip ansprachen, der sich nicht duplizieren ließ.

Die Wände des Computerraums bestanden aus sieben Zentimeter dickem Plexiglas, welches den Blick auf riesige Monitore freigab, die die hintere Wand säumten und auf denen verschiedene Krisenherde auf der ganzen Welt zu sehen waren. Die übertragenen Bilder waren allesamt glasklar, gestochen scharf und entstammten geografischen Informationssystemen. Die Arbeitsplätze waren wie in einem Kino angelegt, jede Reihe der Computerarbeitsplätze war ein wenig höher als die davor, sodass die hier arbeitenden Jesuiten einen freien Blick auf alle Monitore hatten. Unablässig blinkten darauf irgendwelche Lichter. Computeranzeigen mit Diagrammen, die beinahe holografisch wirkten, erschienen regelmäßig, und die verlinkten Bilder auf den Schirmen ließen sich mithilfe eines Tastendrucks auf wenige Meter über den Erdboden heranzoomen.

Kimball Hayden stand in der untersten Reihe und sah zusammen mit den beiden Direktoren des SIV, Pater Auciello und Pater Essex, zu dem zentralen Bildschirm hinauf. Sie untersuchten gerade wieder einmal das Verschwinden der *Shepherd One* vor drei Jahren. Die Technik war zu dieser Zeit leider noch nicht so ausgereift gewesen wie heute, was die verpixelten Bilder auf dem Bildschirm erklärte, die ein brasilianischer Satellit vor drei Jahren geschossen hatte.

»Was du hier siehst«, erklärte Pater Auciello, »ist die *Shepherd One*, die plötzlich und ohne Erklärung nach Westen abgedreht und dadurch vom Kurs abgekommen ist. Danach scheint das Flugzeug in einem steilen Winkel von mindestens fünfundvierzig Grad geflogen zu sein.« Er klickte auf ein zweites Standbild von ebenfalls schlechter Qualität, welches das Flugzeug an einer anderen Position zeigte. »Hier haben wir die *Shepherd One* auf direktem Kurs nach Westen, während sie immer weiter an Höhe verliert.« Er klickte auf ein drittes Foto, auf dem das Flugzeug viel kleiner wirkte. »Sie sinkt weiter.«

Dann rief er ein viertes Foto auf. »Dann ist sie plötzlich verschwunden.« Der Bildschirm war nun leer, abgesehen von dem Blätterdach des Dschungels. Die *Shepherd One* war wie vom Erdboden verschluckt. »Es ist kein Rauch zu sehen, kein Feuer und auch kein Trümmerfeld. Sie ist einfach … weg.«

»Jetzt wissen wir auch, warum«, sagte Kimball. »Denn sie ist gar nicht abgestürzt.«

»Nein«, antwortete Pater Essex, »ganz offensichtlich ist sie das nicht.«

»Aber wo ist sie dann gelandet?«, fragte Kimball. »Die Region besteht schließlich aus dichtem Regenwald. Das ist ein absolutes Niemandsland, und zwar über viele Meilen hinweg. Es gibt dort keinen Platz, um ein so großes Flugzeug zu landen.«

»Das stimmt«, erwiderte Auciello. »Es sei denn, der Pilot hat den Transponder abgeschaltet und ist unter dem Radar geflogen, was hier höchstwahrscheinlich der Fall war.«

Kimball schüttelte nachdrücklich den Kopf. »Die Piloten am Steuer der *Shepherd One* gehörten zur *Aeronautica Militare*, und alle Piloten der *Militare* sind extrem prinzipientreu.«

»Es sei denn, einer von ihnen wurde einer Gehirnwäsche unterzogen. Vielleicht sogar beide«, sagte Essex. »Sieh dir doch Pinchas und Mordechai an. Die zwei waren Ritter des Vatikan, und haben über tiefgehende Prinzipien verfügt, und doch haben sie versucht, Bonasero zu töten, und Mordechai hat dabei sogar Selbstmord begangen … eine Todsünde in den Augen Gottes.«

Kimball trat noch näher an den Bildschirm heran und kniff die Augen zusammen. Doch alles, was er erkennen konnte, war Dschungel. »Man sollte doch annehmen, dass die Vatikanritter an Bord etwas dagegen unternommen haben.«

»Die Cockpit-Tür war gepanzert«, erklärte Auciello Kimball. »Vielleicht hat man die Ritter auch vorher betäubt. Es gibt ein Dutzend Gründe, wieso sie nicht eingegriffen haben. Ich bezweifle auch, dass sich Pinchas überhaupt an etwas erinnert, nachdem man ihn derart einer Gehirnwäsche unterzogen hat. Es überrascht mich ehrlich gesagt sogar, dass er sich an dich erinnern konnte.«

Kimball verschränkte die Arme vor der Brust und studierte weiter den Bildschirm. »Wenn sie mit abgeschaltetem Transponder unter dem Radar geflogen sind, könnte der Pilot also theoretisch unbemerkt noch Hunderte Kilometer zurückgelegt haben?«

»Das ist richtig.«

»Was bedeutet, dass er überall in Brasilien gelandet sein könnte.«

»Wir haben das Gelände damals vom Punkt ihres Verschwindens aus hundert Kilometer in jede Richtung nach Trümmern oder Rauch abgesucht«, erklärte Pater Essex. »Doch wir haben nichts finden können, dennoch blieb uns damals nur der Schluss, dass die *Shepherd One* abgestürzt sein musste.«

»Das wollten sie uns ja auch die ganze Zeit über Glauben machen«, erwiderte Kimball.

»Sie?«, fragte Pater Auciello mit hochgezogener Augenbraue.

»Pinchas erwähnt immer wieder irgendwelche Meister. Angeblich eine Triade der gefallenen Engel, und er sagt etwas über irgendeine vergessene Kathedrale. Angeblich sind alle, die sich an Bord befanden, noch immer am

Leben und befinden sich dort.« Er sah die beiden Priester aufmerksam an. »Habt ihr vielleicht irgendeine Idee, wovon er spricht?«

»Nicht, was die Meister oder die gefallenen Engel angeht«, antwortete Essex für sie beide.

»Aber es gibt tatsächlich Tempel im brasilianischen Dschungel, die auf diese Beschreibung passen, besonders im Nordwesten«, erklärte Auciello. »Aber davon gibt es leider viele, und die meisten davon sind schon vor langer Zeit vom Dschungel überwuchert worden, was bedeutet, dass wir sie mittels Satellit nicht ausfindig machen können.«

Kimball nickte verstehend. »Pinchas hat außerdem gesagt, dass die Kardinäle täglich ein bestimmtes Symbol in der Kathedrale verehren und sich die verbliebenen Vatikanritter in ihrer unmittelbaren Nähe befinden.«

»Und diese Ritter könnten eine zukünftige Gefahr für Bonasero bedeuten, sofern er überlebt«, folgerte Auciello ungerührt.

»Das ist richtig.« Kimball versuchte sich so viel wie nur möglich aus seiner Unterredung mit Pinchas ins Gedächtnis zurückzurufen; alles, was sie auf eine Spur bringen könnte, so klein der Hinweis vielleicht auch erschien.

»Als ich mit ihm gesprochen habe, hat Pinchas ein Zeichen auf den Tisch gemalt und gemeint, dies wäre das Symbol, das sie alle anbeten.«

»Es könnte sich dabei um einen alten indianischen Kodex handeln«, überlegte Pater Essex. »Die Wände der Tempel dürften voll von Bildern von alten, heidnischen Gottheiten sein.«

»Nein, so ein Symbol war es nicht«, widersprach ihm Kimball. »Er hat ein Hakenkreuz auf den Tisch gezeichnet.«

»Ein Hakenkreuz?« Essex schien ehrlich überrascht zu sein.

»Er hat gesagt, dass die Kardinäle dieses Symbol jeden Tag aufs Neue in der vergessenen Kathedrale anbeten würden.«

Auciello, der Harvard-Absolvent war, versuchte sich daraufhin die Ereignisse jener Zeit in Erinnerung zu rufen. »Als der Zweite Weltkrieg geendet hatte, flohen viele Nazi-Offiziere nach Südamerika und landeten schließlich in Ländern wie Argentinien oder Brasilien, wo auch Mengele untertauchte. Länder, die sich zu dieser Zeit noch mit der Nazi-Ideologie identifiziert haben. Sie hielten sich allerdings zumeist in den dichter bevölkerten Gebieten auf. Die vergessenen Kathedralen im Nordwesten hingegen liegen weitab der zivilisierten Welt. Dort gibt es höchstens ein paar kleine Dörfer. Sie liegen sogar eher an den Grenzen zu Peru oder Kolumbien.«

»Dann haben wir doch zumindest schon mal einen Anhaltspunkt. Wie weit erstrecken sich diese Grenzen denn?«, fragte Kimball.

»Nun, die zu Peru dürfte allein schon an die dreitausend Kilometer lang sein. Nach Kolumbien sind es bestimmt noch einmal eintausendsechshundert. Das kommt der sprichwörtlichen Suche nach der Nadel im Heuhaufen gleich … einem Heuhaufen von der Größe Manhattans.«

Kimball seufzte und spürte, dass er schon wieder die Geduld verlor. Ihm wurde bewusst, dass er unbedingt mehr Informationen aus Pinchas herausbekommen musste. Doch Pinchas war ganz offensichtlich tief in sich selbst gefangen und sprach daher eher in Rätseln als mit klaren Worten. Als Kimball Pater Auciello davon erzählte, wies dieser ihn darauf hin, dass in jedem Rätsel auch eine Antwort wohne. Alles, was Kimball tun müsse, wäre, ihm ganz genau zuzuhören und anschließend Schlussfolgerungen zu ziehen. So könnte er die Fakten ans Licht bringen.

Kimball war jedoch noch nie der Typ gewesen, der gern über Rätseln oder kryptischen Puzzles gebrütet hatte. Er war niemand, der gern um die Ecke dachte, sondern er wählte immer den direkten Ansatz und war es gewohnt, seine Antworten mit einem Fingerschnippen zu erhalten.

»Du musst Geduld mit Pinchas haben«, wies ihn Auciello an. »Der Mann wurde immerhin seines Gewissens und all seiner Moralvorstellungen beraubt.«

»Uns bleibt aber keine Zeit für so etwas«, entgegnete Kimball. »Denn da draußen warten vier weitere abtrünnige Vatikanritter nur darauf, ihren nächsten Zug machen zu können.«

»Kimball.« Pater Auciello zögerte kurz und suchte offenbar nach den richtigen Worten. »Ich habe dir damit nur sagen wollen, dass du vorsichtig sein sollst. Du hast selbst schon erlebt, wie es ist, mit der kalten Empfindungslosigkeit einer Maschine zu agieren, bar jeglicher Menschlichkeit und jeglichen Gewissens. Du warst einmal an einem sehr dunklen Ort, und nun befindet sich Pinchas ebenfalls an demselben dunklen Ort wie du damals. Er ist verloren, Kimball, vergiss das nicht. Immerhin erinnert er sich noch an dich. Also nutze das zu deinem Vorteil und kommuniziere mit ihm. Hilf ihm, wieder zu dem Mann zu werden, der er einmal war.«

Kimball starrte ihn nachdenklich an. Auciello hatte recht, das war ihm klar. Aber Kimball war ein sehr ungeduldiger Mann, eine der zahlreichen Tugenden, die er sich auch über all die Jahre nicht hatte aneignen können.

Aber ganz egal, ob er es auf ehrliche und einfühlsame Art und Weise schaffte, oder ob er die Informationen aus Pinchas herausprügeln musste – Kimball würde seine Antworten bekommen!

Ohne ein weiteres Wort zu verlieren, verließ der Vatikanritter die Kammer.

KAPITEL 12

DIE VERGESSENE KATHEDRALE

Als der alte Mann seine Beine aus dem Bett schwang, spürte er mal wieder ein unangenehmes Pulsieren in seinem rechten Oberschenkel. Im Alter von sechzehn Jahren hatte er sich dort eine Kugel eingefangen, die den Knochen zertrümmert hatte – eine Verletzung, die niemals richtig geheilt war. Zuerst hatte sie ihm keine großen Probleme bereitet. Ein Kind von sechzehn Jahren war äußerst robust und daher in der Lage, anhaltende Schmerzen wie diese weitgehend zu ignorieren, aber als er die siebzig überschritten hatte, wurden die Schmerzen schließlich so stark, dass er anfing zu humpeln.

Er lüftete den Saum seines Umhangs und starrte auf die hässliche sternenförmige Wunde. Sie war zu etwas verheilt, das an geschmolzenes Wachs erinnerte. Das Narbengewebe war wesentlich heller als die unversehrte Haut drumherum. Der alte Mann zog sein Gewand wieder herunter und stand auf. Er versuchte das Gleichgewicht zu halten und schritt langsam auf den ovalen Spiegel zu, der über der Kommode hing. Das Glas war gesprungen und ein gezackter Riss teilte es in zwei Hälften, was sein Spiegelbild grotesk verzerrte. Er war mit den Jahren kahl geworden und seine Glatze war mit Altersflecken überzogen. Seine Augen zeigten ein trübes Grau, das einst leuchtend blau gewesen war, und seine Haut mit ihren unzähligen Falten erinnerte mittlerweile eher an einen Shar-Pei.

Auf der Kommode befand sich außerdem eine in die Jahre gekommene Uhr. In weniger als zehn Minuten würde er eine Messe abhalten, so wie er es jeden Tag tat, mit dem immer gleichen Inhalt und Wortlaut. Es ging nämlich nur um das Eine – eine Herrschaft, ein Gesetz und ein Glaube.

Nachdem er einen Lederbeutel von der Größe eines Kissens an sich genommen hatte, griff der alte Mann nach seinem Stab und humpelte den von brennenden Ölfässern beleuchteten Korridor entlang. Mit seinem schmerzenden Bein schlurfte er kurz darauf in die Kathedrale. Durch seinen Stab hörte es sich an, als würde er drei Füße besitzen … *schlurf, schlurf, klack … schlurf, schlurf, klack … schlurf, schlurf, klack.*

Seit über sechzig Jahren nannte er diese Kathedrale nun schon sein Zuhause … seit jenen Tagen, als Deutschland sich den Alliierten geschlagen geben und die Nazis fliehen mussten. Menschen wie Josef Mengele, Adolf Eichmann, Martin Bormann und viele andere hatten daraufhin in Südamerika Zuflucht gesucht und dort den Traum vom Dritten Reich aufrecht erhalten … in dem festen Glauben, dass das alte Regime bald wieder zu neuem Glanz auferstehen würde.

Ein Traum, an dem sie nun schon seit sechzig Jahren arbeiteten.

Mittlerweile befand sich der alte Mann am Ende seines Lebens. Wenn man der Wahrheit ins Auge blickte, waren sie der Wiederbelebung des Reiches seit dem Tag, an dem Hitler sein Leben beendet hatte, keinen Schritt nähergekommen.

… schlurf, schlurf, klack … schlurf, schlurf, klack … schlurf, schlurf, klack.

Am Ende des unterirdischen Korridors führte ein gewölbter Durchgang in eine große Halle, deren hohe Decke aus einer von Ranken überzogenen Kuppel bestand. Löcher, die man in die Kuppel gebohrt hatte, erlaubten es dem natürlichen Licht, in Streifen zu ihnen hinab zu scheinen. Am Ende der Halle stand auf einem Podest ein Altar – ein uralter Tisch, der mit kunstvollen Schnitzereien heidnischer Götter und Dämonen, die sich im Krieg miteinander befanden, verziert war. Vor dem Altar befand sich eine Reihe von Steinbänken, die mindestens ebenso alt waren wie der Altar selbst. Auf diesen saßen die vierzehn Kardinäle in ihrem vollen Ornat und warteten auf ihn, so wie sie es in den letzten drei Jahren Tag für Tag getan hatten.

Nachdem der alte Mann den Kopf geneigt und sie auf Deutsch begrüßt hatte, nahm er hinter dem Altar Platz, legte den Stab beiseite und platzierte den Lederbeutel auf dem Altar. Anschließend öffnete er ihn und holte eine Naziflagge daraus hervor, die er sich wie einen Schal um seine Schultern legte. Sie erfüllte für ihn den gleichen Zweck wie eine priesterliche Robe.

Binnen weniger Minuten gesellten sich auch die anderen Meister zu ihm, die nun ihre angestammten Plätze auf den Steinthronen einnahmen, die den Altar flankierten. Kurz darauf schwärmten auch ihre Jünger bekleidet mit Kutten in die Kathedrale – die Liga der gefallenen Engel. Ihre Hände waren in den Falten der Kutten verborgen, die Gesichter von den weiten Kapuzen verdeckt, und die Säume ihrer langen Roben raschelten über den Boden.

Bald war die Halle restlos gefüllt, und das, obwohl die Bänke extrem unbequem waren. Viele von ihnen mussten auch in den Gängen oder an den Wänden stehen, denn der Orden besaß viele Jünger. Die Regeln waren simpel und ihre Anhängerschaft wuchs jeden Tag mehr, nicht nur hier in dieser alten Kathedrale, sondern überall auf der Welt.

Denn es war die Gabe des alten Mannes, Ideen, Vorurteile und Schwächen zu transportieren. Er hatte die Fähigkeit, andere dazu zu bringen, ohne jegliche Toleranz an bestimmte Ziele und Religionen zu glauben. Er hatte Hitler unfassbar verehrt, ihn daher genau studiert und sich seiner Manierismen wie der hohen Stimme angenommen. Er ahmte ihn seitdem nach und warb auf diese Weise um eine düstere Hoffnung. Viele würden ihm noch folgen und sich ohne Angst vor den Konsequenzen selbst opfern. Das Ziel der einen Herrschaft, des einen Gesetzes und des einen Glaubens war nun zum Greifen nahe.

Der alte Mann trug die Flagge wie eine Robe, als er über das Podest schritt, um sie zur Schau zu stellen. Die Liga der gefallenen Engel neigte darauf ehrfürchtig ihr Haupt und betete. Ihre Gesänge erinnerten dabei allerdings eher an gregorianische Choräle als an das Gewirr gesprochener Worte.

Als der alte Mann an den Altar zurückgekehrt war und sich jedermanns ungeteilter Aufmerksamkeit versichert hatte, begann er auf Deutsch seine Predigt zu halten, in deren Verlauf er schließlich immer erregter wurde, die Fäuste ballte und die Stimme erhob. Die Liga der gefallenen Engel lauschte seinen Worten aufmerksam, so wie es jeder seit seinem ersten Tag hier getan hatte.

Die Kardinäle saßen genauso regungslos auf ihren Bänken, wie auch schon in den vergangenen drei Jahren.

Die beiden Meister nickten zustimmend, voller Übereinstimmung mit den Worten, die sich seit jenem Tag vor sechzig Jahren, als der alte Mann das erste Mal vor den Altar getreten war, nicht geändert hatten.

Sie lauschten seinen Worten, und der alte Mann fuhr fort, den Verstand der jungen Menschen zu verdrehen.

KAPITEL 13

HAUPTQUARTIER DER VATIKANPOLIZEI VATIKANSTADT

Als sich Kimball dieses Mal mit Pinchas traf, waren sie allein im Vernehmungsraum. Wie schon zuvor war Pinchas allerdings an den Edelstahltisch gekettet worden.

»Ich habe dir bereits alles gesagt, was du wissen wolltest«, sagte Pinchas.

»Du hast mir *gar nichts* gesagt.« Kimball beugte sich nach vorn, stemmte seine Ellbogen auf den Tisch und ballte die Hände zu Fäusten. »Wie bist du hierhergekommen?«

Pinchas Augen wanderten wieder langsam zur Decke hinauf. In diesem Moment holte Kimball aus und schlug dem Mann mit der flachen Hand ins Gesicht, auf diese Weise holte er Pinchas sofort wieder in die Gegenwart zurück. »Wie bist du hierhergekommen?«, wiederholte Kimball.

Unsicher neigte Pinchas den Kopf zur Seite. »Flughafen«, sagte er zögerlich.

»Welcher Flughafen?«

»Peru.«

»Kennst du den Namen?«

Pinchas nickte. »Der Padre Aldamiz International Airport«, sagte er daraufhin.

»Sehr gut, Pinchas. Bleib weiter bei mir.« Kimball lehnte sich zurück. »Wann bist du mit Mordechai an Bord gegangen?«

»Vor drei Tagen.«

»Unter einem falschen Namen nehme ich mal an?«

»Natürlich.«

»Wieso gerade dort?«

»Er lag in der Nähe.«

»In der Nähe wovon?«

»Von der Kathedrale.«

Kimball zögerte, doch in seinem Geist formulierte er bereits weitere Fragen. »Die gleiche Kathedrale, in der sich die Meister befinden?«

Pinchas starrte ihn mit einem finsteren Blick an. »Du wirst sie niemals finden, Kimball. Hast du eine Vorstellung davon, wie dicht der Dschungel ist und wie undurchdringlich?«

»Pinchas, man hat dich einer Gehirnwäsche unterzogen! Du solltest einen guten Menschen umbringen.«

»Einen guten Menschen? Franz Kleimer-Schmidt ist ein Feigling. Er ist ein Feind unserer Sache.«

»Es gibt hier keinen Franz Kleimer-Schmidt. Welches Ziel du auch immer verfolgen magst, dir wurde eingeimpft, eine Bedrohung zu eliminieren, die gar nicht dir gilt. Kannst du das nicht sehen? Du wurdest darauf programmiert, gegen deine eigene Natur und deine Prinzipien zu handeln.«

»Wieso?«

»Wieso *was*? Wieso sie dich einer Gehirnwäsche unterzogen haben?«

»Nein. Wieso sollte mich jemand dazu bringen, eine Person zu töten, die für mich keinerlei Bedrohung darstellt?«

Kimball biss die Zähne aufeinander, sodass die Muskeln an seinem Kiefer hervortraten. Er hatte das Gefühl, als würde er sich mit einem ahnungslosen Kind unterhalten.

»Weil du Bonasero bei klarem Verstand niemals umbringen würdest. Also haben sie den Papst einfach aus deinem Verstand entfernt und ihn durch jemand anderes ersetzt, um ihre Ziele zu erreichen. Du hattest nämlich die nötigen Fähigkeiten dazu, dieses Attentat durchzuziehen. Ich muss wissen, wer dir das angetan hat. Ich muss wissen, ob die anderen vier Ritter auch noch am Leben sind, und wenn ja, ob sie sich noch im Spiel befinden.«

Pinchas Mundwinkel kräuselten sich leicht nach oben, als er den Anflug eines müden Grinsens zeigte. »Du liegst falsch, Kimball. So unglaublich falsch. Es gibt niemanden namens Bonasero, es gibt nur Kleimer-Schmidt.«

»Was ist mit den anderen Rittern?«

»Ist Kleimer-Schmidt tot?«

»Was, wenn er es nicht ist?«

»Dann werden sie ebenfalls hierherkommen. Eine Herrschaft, ein Gesetz, ein Glaube.«

Kimball war unwahrscheinlich frustriert. Auciello hatte sich geirrt, es gab keine Rätsel als Antworten, es gab nur noch mehr Fragen.

»Pinchas«, begann Kimball erneut und rang damit, die Fassung zu bewahren. »Würdest du gern in diese Kathedrale zurückkehren?«

Das Lächeln verschwand, und was stattdessen an seine Stelle trat, war der Gesichtsausdruck absoluten Begehrens. »Oh ja«, antwortete Pinchas sofort. »Mehr als alles andere.«

»Aber das ist unmöglich … es sei denn, du verrätst uns, wo sie sich befindet.«

Pinchas wurde schlagartig niedergeschlagen. »Ich weiß genau, was du da gerade versuchst«, sagte er. »Du willst, dass ich dich zu den Meistern führe … zu der vergessenen Kathedrale.«

Kimball schlug frustriert mit den Fäusten auf den Tisch. Er hatte genug. Bruder hin oder her, Pinchas würde jetzt reden! Er packte ihn brutal an der Kehle und zog ihn über den Tisch zu sich heran. Pinchas fing an zu würgen, während sein Gesicht dunkelrot anlief. »Du wirst mir jetzt ganz genau zuhören. Es ist mir egal, ob du ein Vatikanritter bist oder nicht. Du hast versucht, den Papst zu töten, und ich will auf der Stelle wissen, wieso. Ich will außerdem wissen, wer hinter diesen Meistern steckt und wo sie sich befinden. All das wirst du mir jetzt verraten. Ist das klar?«

Pinchas versuchte sich zu wehren, wurde aber von der Kette zurückgehalten, die ihn an den Tisch fesselte.

Kimball hörte, wie Türen geöffnet wurden. Beamte der Vatikanpolizei waren auf dem Weg, um Kimball davon abzuhalten, dem Gefangenen Leid zuzufügen.

»Wo sind sie?«, donnerte er. »Pinchas! Sag mir, wo sie sind!«

Die Tür des Vernehmungsraumes wurde jetzt entriegelt.

Doch Pinchas verdrehte die Augen, bis nur noch das Weiße in ihnen zu sehen war.

»Pinchas!«

Als sich die Tür öffnete, stürmte ein ganzes Team in den Raum und versuchte Kimball zurückzuzerren, doch dieser wehrte sich mit aller Kraft. In seiner Verzweiflung schlug Kimball wild um sich und traf dabei einen der Beamten mit der Handkante an der Kehle, woraufhin der Mann zu Boden sackte und nach Luft rang. Mit seinem Bein trat Kimball nach einem anderen Polizisten. Der Tritt traf den Mann an der Brust und ließ ihn gegen zwei weitere Polizisten prallen, die daraufhin wie Kegel umfielen.

Doch plötzlich spürte Kimball unvorstellbare Schmerzen, als ihn die Enden eines Tasers berührten und seinen Körper lähmend unter Strom setzten.

Während er zu Boden sank und merkte, wie man ihm die Handgelenke fesselte, schrie er weiter undeutlich: »Wo ist die Kathedrale, Pinchas? WO IST SIE?«

Das Letzte, was Kimball sah, als man ihn aus dem Vernehmungsraum zerrte, war Pinchas, der sich die Kehle massierte.

Der Kardinalstaatssekretär des Vatikan war der wichtigste Mann nach dem Papst selbst. Als er von dem Vorfall zwischen Kimball und Pinchas im Hauptquartier der Vatikanpolizei erfuhr, entsandte er sofort einige Kardinäle, um sich mit dem Generalinspekteur zu treffen und ihn zu bitten, von etwaigen rechtlichen Schritten gegen Kimball abzusehen. Was sie natürlich taten, schließlich kam die Bitte vom Kardinalstaatssekretär persönlich.

Kimball saß am Schreibtisch im Büro des Kardinalstaatssekretärs Antimone und stieß mit der Zunge von innen gegen seine Wange, was eine seltene Zurschaustellung von Nervosität war.

»Hast du eigentlich eine Ahnung, wie peinlich es für mich gewesen ist, als ich erfahren musste, dass du von der Vatikanpolizei in Gewahrsam genommen werden musstest?«, fragte Kardinal Antimone. »Und um wie vieles peinlicher, danach zwei hoch angesehene Kardinäle aussenden zu müssen, um bei dem Generalinspekteur um eine Freilassung zu betteln? Kannst du dir das auch nur im Entferntesten vorstellen?«

Kimball beugte sich nach vorn. »Da draußen gibt es Menschen, die Bonasero immer noch umbringen wollen«, antwortete er, »und Pinchas allein besitzt den Schlüssel, sie aufzuhalten.«

»Das gibt dir aber noch lange nicht das Recht, über den Tisch zu steigen und den Mann zu würgen!«

»Aber er hat mich rasend gemacht!«

Der Kardinal seufzte und ließ ein paar Augenblicke verstreichen, da er sehen konnte, wie aufgebracht Kimball war. Dann sagte er: »Kimball, solange du die Uniform eines Vatikanritters trägst, musst du einen höheren Maßstab an dich legen. Selbst Bonasero …«

»Hör sofort auf damit«, unterbrach ihn Kimball zornig. »Denke nicht einmal im Traum daran, Bonaseros Namen in diese Unterhaltung mit einfließen zu lassen. Der Mann liegt in diesem Moment in seinem Bett im Apostolischen Palast und ringt um sein Leben, und da draußen befinden sich vier weitere abtrünnige Vatikanritter, die wahrscheinlich darauf aus sind, das zu beenden, was Pinchas und Mordechai begonnen haben. Wenn ich also über einen Tisch springen und Pinchas würgen muss, um Antworten aus ihm herauszuquetschen, damit genau das nicht passiert, würde ich das ohne nachzudenken jederzeit wieder tun. Und deshalb werde ich, bei allem Respekt, Kardinal, mit oder ohne deinen Segen, alles Nötige tun, um dafür zu sorgen, dass Bonasero sich nicht fragen muss, woher die nächste Kugel kommen könnte. Das hat er einfach nicht verdient.«

»Stimmt, das hat er nicht. Aber deine Methoden, um an die entsprechenden Informationen zu gelangen, lassen einiges zu wünschen übrig. Wir sind hier schließlich nicht bei der spanischen Inquisition. Wir sind die heilige römisch-katholische Kirche!«

Kimball seufzte. Kardinal Antimone hatte ja recht … zumindest teilweise. Pinchas kannte die Antworten, hatte ihm aber nur marginale Hinweise gegeben, wie etwa, wann und von welchem Flughafen sie gestartet waren. Also besaß er jetzt zumindest ein Datum und einen Ort, von dem aus er die Spur zurückverfolgen konnte. Nach einer langen und unangenehmen Pause sagte Kimball schließlich: »Ich entschuldige mich hiermit.«

Der Kardinal klang daraufhin sehr viel sanfter. »Kimball, ich verstehe deine Frustration ja durchaus, und ich weiß, dass du dich um Bonasero sorgst, wie ein Sohn sich um seinen Vater sorgen würde. Ich kann das wirklich nachvollziehen. Aber du musst verstehen, dass Gewalt, ungeachtet der Situation, einfach nicht toleriert werden kann. Als Vatikanritter werden dir zwar gewisse Freiheiten gestattet, jedoch nur unter *extremen* Bedingungen … um dein eigenes Leben zu beschützen, oder das derer, die sich nicht selbst schützen können. Lass nicht zu, dass dich deine Gefühle überwältigen, Kimball. Lass sie nicht die Oberhand über dein Tun gewinnen.«

Erneut begann es in Kimball zu brodeln. Er hatte mehr und mehr den Eindruck, als würde ihn der Kardinal wie ein kleines Kind runterputzen. Doch es stand ihm leider nicht zu, einen Mann wie den Kardinal dafür zurechtzuweisen. Immerhin hatte sich dieser die Stellung in der Kirche hart erarbeitet, und dafür respektierte ihn Kimball. Er musste ihn tolerieren und deshalb genug

Geduld aufbringen, um dessen Worte über sich ergehen zu lassen.

»Ich verstehe durchaus, was du mir damit sagen willst«, erwiderte Kimball. *Aber so leicht, wie es sich anhört, ist es eben nicht.*

»Hör zu, Kimball. Ich weiß ganz genau, dass dich meine Worte gerade kränken. Das kann ich in deinem Gesicht lesen. Aber es gibt andere Mittel und Wege, dieser Situation zu begegnen. Ich liebe Bonasero ebenfalls von Herzen. Er war mir immer ein enger Bruder, länger, als ihr beiden befreundet seid. Nun, da wir wissen, dass die *Shepherd One* nicht abgestürzt ist, werden wir uns auf die Suche nach den anderen Rittern und Kardinälen machen und sie nach Hause bringen. Doch ich erwarte, dass du dich währenddessen zurücknimmst. Kannst du das für mich tun?«

Ja klar. Was immer du willst.

»Kimball?«

»Ja«, antwortete Kimball mit einer Spur Verärgerung in der Stimme. »Ich werde mich zurücknehmen.«

Der Kardinal nickte zufrieden. »Damit du es weißt – nun, da sich diese Sache in eine Such- und Rettungsmission verwandelt hat, hat der Rat der Sieben dich bereits dazu autorisiert, ein Team für diese Aktion zusammenzustellen.«

»Ich werde vorher aber noch einmal mit Pinchas sprechen müssen.«

»Das werden Jesaja oder Leviticus für dich übernehmen.«

»Vertraust du mir etwa nicht? Selbst nach dieser Gewissensprüfung?«

»Kimball, der Generalinspekteur der Vatikanpolizei will dich nicht mehr näher als fünfzehn Kilometer an sein Büro heranlassen.«

»Dann dürfte ich mich ja offiziell nicht einmal mehr in der Vatikanstadt selbst aufhalten!«

»So sehr hast du ihn also verärgert.«

»Kann er so etwas überhaupt durchsetzen?«

»Natürlich nicht. Was ich damit sagen will, ist, dass du hin und wieder gern zu präsent bist, wenn das Gegenteil geraten wäre. Du bist ein Vatikanritter, was bedeutet, dass du dich *unauffällig* verhalten solltest.«

Kimballs harte Schale begann daraufhin zu bröckeln. Der Kardinal hatte den Nagel mal wieder auf den Kopf getroffen. Die Ritter des Vatikan durften nämlich auf keinen Fall unnötige Aufmerksamkeit erregen, nicht einmal innerhalb der Vatikanstadt. Denn zu viel Aufmerksamkeit brachte automatisch zu viele neugierige Nachfragen mit sich, die dann mühsam abgewiegelt werden mussten. Dass bei der Vatikanpolizei sein Temperament mit ihm durchgegangen war, würde Schadensbegrenzung nötig machen, denn man musste unbedingt verhindern, dass dort Nachforschungen über den Mann angestellt wurden, der halb wie ein Geistlicher und halb wie ein Soldat gekleidet war und der auf direkten Befehl des Kardinalstaatssekretärs des Vatikan freigelassen worden war.

»Verstehst du jetzt, von welcher Warte aus ich die Dinge sehen muss?«

Kimball schien immer mehr in sich zusammenzusinken. »Ja, das tue ich.«

»Kontrolle.«

»Kontrolle«, wiederholte er.

»Falls es dich interessieren sollte: Man wird Pinchas nun nach Rom bringen, um ihn dort vor Gericht zu stellen. Er untersteht damit nicht länger der Gerichtsbarkeit der Vatikanpolizei oder des Vatikan im Allgemeinen.«

»Wann?«

»Morgen früh.«

Kimball brauchte dringend Antworten, doch Pinchas war eine zu große Herausforderung.

Kimball blickte an die Decke und seufzte. *Kontrolle.* »Pinchas sprach von einer vergessenen Kathedrale. Er sagte, dass sie vor drei Tagen vom Padre Aldamiz International Airport in Peru aus aufgebrochen sind. Von dort aus werde ich seine Spur also zurückverfolgen müssen.«

»Tu das. Stell ein Team zusammen, und dann findet die anderen. Bringt sie nach Hause zurück, Kimball.«

»Leichter gesagt als getan. Denn wenn die Gedanken der anderen Ritter auf die gleiche Weise wie die von Pinchas und Mordechai beeinflusst wurden, wird es unweigerlich zu einem Kampf kommen. Ein Team von Vatikanrittern gegen ein anderes, das ebenso gut ausgebildet ist. Das wird unausweichlich einen hohen Blutzoll fordern.«

»Aber es sind doch noch immer unsere Brüder«, wandte der Kardinal ein.

»Ich bete dafür, dass sie es noch sind, denn Pinchas und Mordechai haben uns das Gegenteil bewiesen. Es wäre idealistisch zu glauben, dass sie wieder ganz die Alten werden und sich ihrer Werte besinnen können. Realistisch betrachtet dürfte es also das Beste sein, vom Gegenteil auszugehen.«

Kimball erkannte, dass der Kardinal diesbezüglich Bedenken hegte.

»Du weißt, dass ich die Wahrheit sage«, erwiderte Kimball.

»So darf es aber nicht kommen. Bruder gegen Bruder …«

»Es ist unfassbar bedauerlich, aber solange wir diese Ritter nicht in Gewahrsam genommen haben, wird

Bonaseros Leben weiter in Gefahr und er den dunklen Plänen dieser seltsamen Meister ausgeliefert sein.«

»Wie lange?«

»Was meinst du damit?«

»Wie lange wird es dauern, bis du unsere Leute gefunden und sie nach Hause gebracht hast, wo sie hingehören?«

»Zuerst einmal muss ich sie irgendwie aufspüren können. Eine Kathedrale irgendwo im brasilianischen Dschungel zu finden wird nämlich nicht leicht sein. Ich werde dafür wahrscheinlich die Hilfe des SIV benötigen, damit ich Pinchas und Mordechais Aktionen von Peru aus zurückverfolgen kann.«

Der Kardinal nickte zustimmend und beugte sich dann über seinen Tisch. »Kimball, wenn es dir möglich ist, dann benutze deine Fähigkeiten dazu, um sie kampfunfähig zu machen und sie lebend zurückzubringen. Um ihren Verstand werden wir uns dann hier kümmern.«

»Noch einmal: Idealistisch betrachtet wäre das wirklich schön. Aber ein Kampf ist nun mal ein Kampf und kein Kinderspiel. Ich werde tun, was ich kann, um sie nicht zu töten, aber ich muss so reagieren, wie es die jeweilige Situation verlangt.«

»Das verstehe ich natürlich.«

Kimball stand auf. »Sie sind immer noch meine Brüder«, erklärte er. »Sie bedeuten mir etwas. Ich habe sie schließlich selbst trainiert. Sie sind Teil unserer Bruderschaft. Ich werde von daher alles in meiner Macht Stehende dafür tun, deiner Bitte nachzukommen. Die Kardinäle werden wir bestimmt befreien können. Bei den Vatikanrittern … werde ich es zumindest versuchen.«

»Bitte versuche es, Kimball. Man hat sie ihrer Seelen beraubt … doch wir können ihnen diese wieder zurückgeben.«

Diese Äußerung wunderte Kimball. Denn schon seit Jahren suchte er nach dem Licht, und seit Jahren wich es ihm scheinbar aus. Erlösung war nicht leicht zu erlangen, zumindest nicht für ihn. Was also machte Kardinal Antimone so sicher, dass sich Seelen einfach so stehlen und wieder zurückgeben ließen? Was sagte ihm, dass man sie retten konnte?

»Ich werde tun, was ich kann«, versprach ihm Kimball.

Während er das Büro des Staatssekretärs verließ, dachte: *Alles beginnt mit den Meistern. Sie sind der Kopf der Schlange. Solange sich diese nicht als Hydra entpuppte, musste er ihr also einfach nur den Kopf abschlagen und konnte das Problem auf diese Weise ein für alle Mal lösen.*

Doch Kimball wusste schon jetzt, dass es nicht so leicht werden würde.

Denn das war es nie.

KAPITEL 14

IN DEN RÄUMLICHKEITEN DES SIV
VATIKANSTADT

Kimball saß zusammen mit Pater Auciello und Pater Essex an einem abgetrennten Arbeitsplatz, der an den Hauptcomputerraum des SIV angrenzte. Dieser war mit den allerneuesten Sicherheitsmaßnahmen geschützt und nur wenigen Mitgliedern des Stabs war der Zutritt gestattet. An der Wand hing ein großer Flachbildschirm, der Bilder in außergewöhnlicher Schärfe darzustellen vermochte. Außerdem war das System mit dem Visage-Ware-Projekt gekoppelt, einer Gesichtserkennungssoftware, die in der Lage war, die wesentlichen Merkmale eines menschlichen Gesichtes auszulesen und dieses dann unter Zuhilfenahme von Sicherheitskameras auf der ganzen Welt aufzuspüren.

Im Moment brüteten die drei Männer über dem drei Tage alten Bildmaterial des Padre Aldamiz International Airport. Die Software arbeitete unermüdlich, suchte die Bilder nach Gesichtern ab, versah diese mit einer Reihe von Punkten, um sie zu analysieren und danach die Datenbanken zur Identifizierung abzusuchen.

Doch bis jetzt waren Pinchas und Mordechai noch nirgendwo aufgetaucht.

»Dieser Mistkerl hat mich angelogen«, rief Kimball wütend.

Der Computer fuhr damit fort, Gesichter einzuscannen und die Informationen weiterzugeben.

»Vielleicht hat er sich ja im Tag geirrt«, überlegte Pater Auciello. »Wir können einen weiteren Tag zurückgehen, oder auch mehrere, wenn es nötig sein sollte.«

Sie fuhren über Stunden hinweg damit fort, die Videoaufzeichnungen aller peruanischen Flughäfen zu durchstöbern. Die Software analysierte Tausende von Gesichtern.

Doch sie fanden die beiden Vatikanritter nicht.

»Es würde Sinn ergeben, von einem Flughafen aus zu starten, der sich der Kathedrale am nächsten befindet«, meinte Kimball. »Immerhin liegen diese alle Tempel tief im Dschungel, oder?«

Auciello nickte.

»Demnach dürfte es dort gar keine oder kaum Straßen geben. Also werden sie die kürzeste Linie von Punkt A zu Punkt B zu finden versucht haben … von der Kathedrale zum Flughafen also … wo auch immer sich die Kathedrale befindet.« Kimball bat Auciello, anstelle der Gesichtsanalysen kurz eine Darstellung der Grenzlinien zu Kolumbien, Peru und Brasilien auf den Schirm zu rufen. Dabei fiel ihnen sofort auf, dass sich drei kolumbianische Flughäfen in der Nähe der Grenze zu Brasilien befanden, von denen zwei sogar direkt an der Grenze lagen: der La Pedrera und der Leticia. Der Leticia Airport befand sich sogar im Grenzgebiet zu Peru, Kolumbien *und* Brasilien.

»Vielleicht meinte er stattdessen den Leticia Airport«, überlegte Pater Essex.

Kimball schüttelte den Kopf. »Nein, er hat ganz ausdrücklich den Padre Aldamiz International Airport erwähnt. Er wusste ganz genau, wofür ich diese Information brauchte, und hat mich bewusst auf eine falsche Fährte gebracht.«

»Östlich des La Pedrera gibt es allerdings auch einige alte Tempel.«

Kimball drehte sich überrascht zu ihm um. »Weißt du das sicher?«

»Sie werden von brasilianischer Seite aus offiziell als historische Anlagen geführt, die unter Denkmalschutz stehen. Außerdem sind sie Sperrgebiet.« Pater Auciello wechselte die Ansicht, um das brasilianische Denkmalschutzregister aufzurufen. Vier dieser historischen Anlagen befanden sich ganz in der Nähe des La-Pedrera-Flughafens, alle im Abstand von etwa hundert Kilometern zueinander, umgeben von dichtem Dschungel. Nachdem er einige weitere Befehle eingegeben hatte, war Pater Auciello imstande, eine Galerie mit Fotos der alten Tempel aufzurufen. Sie waren einst von den eingeborenen Stämmen errichtet worden, die wahrscheinlich von den Inkas oder Mayas abstammten. Die Motive, die in die Wände der Tempel gemeißelt waren, untermauerten diese Theorie bis zu einem gewissen Grad.

Er klickte sich langsam durch die Bildergalerie, welche die gleichen Bilder zeigte wie das Video des Denkmalschutzregisters. Es waren Schwarz-Weiß-Aufnahmen von Tempeln, die bereits von der Natur zurückerobert worden waren. Ranken und Lianen hatten sich um die Gemäuer gewickelt. Die letzten Aufnahmen waren, wie sie bemerkten, 1956 entstanden.

»1956?«, wunderte sich Kimball. »Danach gab es keine mehr?«

»Nicht im Register, nein.«

»Noch etwas anderes ist daran seltsam«, erklärte Pater Essex nun.

»Was denn?«, wollte Kimball wissen.

Pater Essex bat Pater Auciello, noch einmal zum Anfang der Galerie zurückkehren, was dieser tat. Als sie wieder bei dem ersten Foto waren, das 1926 aufgenommen worden war, entdeckten sie, dass jedes Foto mit dem Namen des jeweiligen Tempels versehen war. Der Bochica, der Sinaa und der Amana. Was jedoch fehlte, waren Bilder der vierten Anlage: dem Huecuvus. Von ihm existierte angeblich nicht eine einzige Aufnahme.

»Offenbar gibt es keine Aufzeichnungen über den vierten Tempel«, sagte Essex. »Wieso sollte der Denkmalschutz wissentlich eine der vier Anlagen in dieser Region der Öffentlichkeit vorenthalten?«

»Wissen wir denn irgendetwas über den Huecuvus?«, fragte ihn Kimball.

»Nicht viel, nur, dass der Name übersetzt so viel bedeutet wie *böse Geister.*«

Kimball betrachtete den Bildschirm und kniff die Augen zusammen. Böse Geister. Historische Aufzeichnungen belegten, dass einige Länder Südamerikas, besonders Argentinien und Brasilien, trotz ihrer offiziell neutralen Haltung während des Zweiten Weltkriegs Handelsbeziehungen zu den Achsenmächten aufrecht gehalten und mit ihnen sympathisiert hatten. Als die Nazis schließlich flohen, hatten diese Länder ihnen eine sichere Zuflucht geboten. Kimball begann sich unweigerlich zu fragen, ob dieser Huecuvus-Tempel vielleicht eine ganz besondere Art von Zufluchtsstätte für sie gewesen war. Das würde zumindest erklären, wieso es keine genaueren Aufzeichnungen und Fotos von ihm gab und weshalb das Gebiet nur als denkmalgeschütztes Kulturgut geführt wurde.

Denn manchmal waren es Menschen mit rückständigen Überzeugungen, die lokale Mythen aufrechterhielten.

Das Wort Huecuvus bedeutete also böse Geister. Kimball fragte sich, ob der Name allein vielleicht bereits darauf hindeutete, dass sich die Nazis dort verschanzt hatten.

»Wo genau befindet sich denn dieser Huecuvus-Tempel?«, fragte Kimball deshalb. »Wie weit ist er vom La-Pedrera-Flughafen entfernt?«

Pater Auciello verglich daraufhin verschiedene Quellen miteinander und verschaffte sich Zugriff auf die Einträge des historischen Registers. Nach ein paar Minuten ließ er sich in seinen Stuhl zurücksinken und deutete auf den Bildschirm. Der Huecuvus war weniger als zwanzig Kilometer vom La-Pedrera-Airport entfernt.

»Das muss es sein!«, sagte Kimball aufgeregt. »Werft VisageWare noch einmal an und sucht Pinchas und Mordechai im La-Pedrera-Airport. Mehrere Tage zurück, wenn es nötig sein sollte.« Nach einer kurzen Pause sagte er zu sich selbst: »Das ergibt alles einen Sinn.«

Als die VisageWare einsatzbereit war, waren sie imstande, sich in das Sicherheitssystem des La-Pedrera-Flughafens einzuklinken, von dem aus sie Zugriff auf Hunderte von Kameras aus allen erdenklichen Winkeln hatten … was bedeutete, dass es eine ganze Menge Gesichter zu scannen gab.

»Das wird eine Weile dauern, Kimball.«

»Wie lange ungefähr?«

»Das System ist schnell. Aber es könnte dennoch zwischen einer und mehreren Stunden dauern, abhängig davon, wie viele Tage wir zurückgehen müssen, und dann auch nur, falls wir sie wirklich aufspüren. Wenn das System keinen Treffer basierend unserer Eingaben ausspuckt, werde ich die Suche weiter fortführen.«

Kimball starrte auf den Bildschirm. Mehrere Punkte erschienen auf den verschiedenen Gesichtern und verschwanden beinahe sofort wieder, so schnell analysierte der Computer sie und verwarf sie als nicht übereinstimmend. »Meldet euch bitte sofort bei mir, wenn es einen Treffer gibt«, wies er sie an. »Ich werde in der Zwischenzeit ein Team für die Mission zusammenstellen.«

»Wird gemacht«, antwortete Pater Auciello.

Kimball stand auf und überragte die beiden Jesuiten einen Moment lang bedrohlich, bevor er den Raum verließ.

KAPITEL 15

DIE VERGESSENE KATHEDRALE

Als die Predigt vorüber war, verließen die Konvertiten mit ihren langen Kutten die Halle und verschwanden in den Schatten der Kathedrale. Der Anführer aber bewegte sich mit der Bedächtigkeit des Alters. Er nahm die Nazi-Flagge von seinen Schultern und legte sie auf den Altar. Ihre ursprüngliche satte rote Farbe war längst zu einem blassen Rosa verblichen und das einstmals so strahlende Weiß hatte sich in ein sanftes Gelb verwandelt. Das Symbol der Nazis, das Hakenkreuz, war mit den Jahren ebenfalls zu einem matten Grau geworden.

Er erinnerte sich plötzlich daran, wie er einst zusammen mit seinem Leutnant Schutz in einem aus Feldsteinen errichteten Bauernhaus gesucht hatte. Eine Hälfte des Daches hatte gefehlt, aber die verbliebene Hälfte hatte sie dennoch trocken gehalten. In einem der Räume hatte ihnen ein noch funktionierender Kaminofen luxuriöse Wärme gespendet, und im Schlafzimmer im zweiten Stockwerk hatten sie versteckt in einem Schrank eine Kiste gefunden, und darin hatten sie die Flagge entdeckt. Sie war das Prächtigste gewesen, was Gunter Wilhelm bis zu diesem Tag je gesehen hatte. Sie war so strahlend und kraftvoll gewesen und der Stoff beinahe neu.

Für ihn war dieser Fund ein Zeichen gewesen.

Das Reich wird weiter bestehen!

Hier ist es, das Symbol für eine Herrschaft, ein Gesetz und einen Glauben!

Das Symbol der arischen Rasse!

Das Symbol der Intoleranz!

In jener Nacht, in der der Regen einfach nicht hatte nachlassen wollen, hatte er sich in die Flagge gewickelt wie in eine Decke, um sich warmzuhalten. Nun trug er sie als priesterlichen Umhang, wie schon in den letzten sechzig Jahren zuvor. Sie gab ihm immer noch ein Gefühl unglaublicher Sicherheit.

Gunter, dessen Hände von Krankheiten und vom Alter knorrig geworden waren, versuchte die Flagge wieder ordentlich zusammenzufalten, als ihm zwei hilfreiche Hände die Arbeit abnahmen. Danach wurde die gefaltete und glatt gestrichene Flagge sorgsam in dem Lederbeutel verstaut.

»Danke, Simon«, sagte Gunter. »Wenn der Letzte der alten Meister gestorben ist, möchte ich, dass du diese Flagge trägst. Der Orden der gefallenen Engel wird dann dir gehören. Regiere ihn weise.«

»Ja, ehrwürdiger Meister.«

»Gibt es schon Neuigkeiten aus dem Vatikan?«

»Ja, die gibt es.«

»Welche?«

»Mordechai ist tot und Pinchas wurde verhaftet …« Simon verstummte.

»Und weiter?«

»Der Papst lebt, aber er schwebt in Lebensgefahr. Außerdem wird berichtet, dass man ihn in den Apostolischen Palast gebracht hat, wo ihn die Vatikanritter persönlich beschützen.«

Gunter beugte sich nach vorn, bis Simon nach ihm griff, weil er fürchtete, dass der alte Mann umkippte, doch dieser hob die Hand. »Mir geht es gut.« Er griff nach dem Lederbeutel und seinem Stab und machte sich dann, zusammen mit Simon auf den Rückweg zu seiner Kammer.

»Wir werden beobachten, ob sich der Zustand des Papstes mit der Zeit bessert«, erklärte er Simon.

»Und wenn er das tut, gibt es noch vier weitere Kämpfer«, antwortete der Alte, »die genauso tödlich und loyal dem Orden gegenüber sind, wie die anderen beiden. Dafür werde ich sorgen, und wenn es das Letzte ist, was ich in diesem Leben tue.«

Sie kamen nur sehr langsam voran, denn der alte Mann schlurfte angestrengt vor sich hin, und sein Stab diente ihm dabei eher als Krücke als das Symbol seiner Macht. Simon schritt bedächtig neben ihm her und passte sein Tempo dem des alten Mannes an, während er die Hände in den langen Falten seiner Kutte verborgen hielt.

Irgendwann ergriff der alte Mann wieder das Wort. Seine Stimme war kaum noch lauter als ein Flüstern, denn die Predigt hatte seine Stimmbänder ermüdet. »Bald, Simon, wenn der letzte Meister von uns gegangen ist, wirst du der Anführer des Ordens sein. Doch wähle deine Adjutanten mit Bedacht.«

»Das werde ich, ehrwürdiger Meister.«

»Wenn die Werte des Reiches zu meinen Lebzeiten noch einmal an Bedeutung gewinnen sollten, habe ich alles erreicht, wovon ich je geträumt habe, und wenn nicht, kann ich wenigstens in dem Bewusstsein sterben, dass diese Prinzipien täglich weiter genährt werden.«

Den Rest des Weges legte der alte Mann immer schwerfälliger zurück. Simon schwieg nun ebenfalls. Als sie Gunter Wilhelms Wohnquartier erreichten, half Simon dem alten Mann, an seinem Schreibtisch Platz zu nehmen, damit er Passagen in einen dicken Folianten schreiben konnte, der irgendwann in den Regalen der Bibliothek der Kathedrale enden würde.

»Danke«, sagte der Mann leise. Während er in einer Hand einen Stift hielt und gedankenverloren die Wand anstarrte, fügte er hinzu: »Ich bin müde, Simon. Über sechzig Jahre lang habe ich Ideologien nachgehangen. Nun sitze ich in dieser Kammer, umgeben von steinernen Wänden, und bereue, dass ich nicht mehr getan habe, um die Vorherrschaft der arischen Rasse zu verwirklichen.«

»Es wird geschehen, Meister!«

Der alte Mann rang sich ein Lächeln ab und schnaubte leise. Obwohl er weiterhin an seinen Überzeugungen festhielt, wusste er doch insgeheim, dass die Welt ihn abgehängt hatte und er zu langsam Maßnahmen ergriffen hatte, um seine Ziele zu erreichen. Sein Tod würde nichts ändern – ganz im Gegenteil. »Simon, du darfst nicht zulassen, dass meine Ideale in Vergessenheit geraten. Das musst du mir versprechen.«

Simon legte Gunter sanft eine Hand auf die Schulter. »Wir werden mit jedem Tag weiterwachsen.«

Der alte Mann hob seine krallenartige Hand und legte sie auf Simons. »Ich weiß, mein Freund. Aber in der wenigen Zeit, die mir hier auf Erden noch bleibt, muss wenigstens eine Sache noch getan werden. Eine Obsession, die so eng mit mir verbunden ist wie der Wunsch, das Dritte Reich wieder erstarken zu sehen.«

Simon wusste ganz genau, wovon er sprach. Denn seit über drei Jahren wurde Gunter nun schon von dieser Obsession beherrscht.

»Wir müssen warten, wie sich der Zustand des Mannes, der sich im Vatikan an sein Leben klammert, entwickelt«, sagte Wilhelm schließlich. »Sollte es Anzeichen dafür geben, dass er sich wieder erholt, musst du die anderen losschicken.«

»Die vier verbliebenen Ritter?«

»Und jene, die von ihnen angelernt wurden. Es gibt noch eine Sache, die getan werden muss, bevor ich sterbe, Simon … wir müssen dafür sorgen, dass Franz Kleimer-Schmidt stirbt.«

KAPITEL 16

Als Simon in seine Kammer zurückkehrte, zog er sich die Kapuze seiner schweren Kutte vom Kopf und starrte sein Spiegelbild an. Sein Gesicht hatte sich in den letzten Jahren mehr und mehr verändert. Seine Züge waren kantiger geworden, seine Wangenknochen traten mehr hervor und auch sein Kinn wies markantere Züge auf, nachdem er so viel Gewicht verloren hatte, dass seine Kutte von seinen früher einmal breiten Schultern wie ein Vorhang herabhing. Das Leben im Dschungel, wo es stets heiß und schwül war und der Körper sämtliche Vitamine und Kalorien einfach herausschwitzte, war extrem hart.

Innerhalb des Ordens der gefallenen Engel wurde er Simon genannt, doch sein wahrer Name lautete Enzio Colombo. Er war ehemaliger Elite-Pilot der italienischen Luftwaffe. Seine Erinnerungen waren zwar gelöscht worden, doch er verfügte immer noch über Überreste und kurze Erinnerungsfetzen, wer und wie er früher einmal gewesen war. Er besaß vage Erinnerungen an seinen Großvater, die man ihm gelassen hatte. Er konnte sich an ihn als einen überzeugten Faschisten erinnern, als einen Mann, der der Meinung gewesen war, das Mussolini ein Visionär war und dieser sie in eine neue und wundervolle Zukunft führen würde.

Er konnte sich noch an die Prinzipien erinnern, von denen sein Großvater oft gesprochen hatte, die absolute Macht des Staates, eine strikte soziale Ordnung, dem Überleben des Stärkeren, einer autoritären Führung und all den anderen Doktrinen, die den Überzeugungen der Nazis so sehr glichen.

Er wusste auch noch, wie er als Pilot gelernt hatte zu fliegen. Diese Erinnerungen hatte der Orden ihm erlaubt zu behalten, was ihm vor drei Jahren geholfen hatte, die *Shepherd One* zu lenken. Andere Dinge waren durch die anhaltende Gehirnwäsche allerdings so vernebelt worden, dass sie eher flüchtigen Gedanken glichen, trotzdem waren sie noch präsent genug, dass er sich immer wieder dabei ertappte, wie er verzweifelt versuchte, sie zu fassen zu bekommen, doch es gelang ihm nicht. Diese Bruchstücke waren einfach zu flüchtig. Außer dem Orden existierte nichts mehr in seiner Welt. Erinnerungen an enge Freunde waren ebenso verschwunden wie an seine Heldentaten aus seiner Zeit bei der *Aeronautica Militare.*

Er konnte sich noch nicht einmal mehr entsinnen, wie er von Mitgliedern des Ordens in Rom entführt worden war, oder an die Vernehmungen, bei denen der Klan seinen Verstand nach und nach geleert und ihn mit neuen Visionen und neuen Hoffnungen gefüllt hatte.

Während dieser Vernehmungen hatte er von dem neuen Papst erzählt, von einem Mann namens Bonasero Vessucci, und auch von den Rittern des Vatikan, die diesen Mann umgaben. Das war etwas gewesen, das die Meister offenbar fasziniert hatte. Die Vatikanritter waren eine Eliteeinheit von Kämpfern – Soldaten, die sich dem Schutz der Kirche, ihrer Souveränität und des Wohlergehens ihrer Bürger verschworen hatten. Ein Mann schien dabei von besonderer Wichtigkeit zu sein: Kimball Hayden, der Leiter dieses Teams.

Sie hatten ihm daraufhin weitere Fragen über die Vatikanritter gestellt, und noch mehr Fragen zu Bonasero

Vessucci, dem neuen Papst. Während die Tage, Wochen und Monate verstrichen, veränderte sich der Mann mehr und mehr und wurde letzten Endes zu einem Teil des Kollektivs der gefallenen Engel, die daran glaubten, dass eines Tages eine neue Ära anbrechen würde, in der jeder seinen Platz und seine Aufgabe zu erfüllen hatte.

Die ehrwürdigen Meister sahen Enzio wegen der faschistischen Kernüberzeugungen seines Großvaters als nützlich an, denn Wurzeln reichten immer tiefer. Der Samen, der vor Jahren von seinem Großvater gepflanzt worden war, musste nur zum Wachsen gebracht werden. Außerdem stand er dem Papst sehr nahe und hatte bereits bei zwei Gelegenheiten das päpstliche Flugzeug mit Vessucci an Bord fliegen dürfen.

Doch so wie die ehrwürdigen Meister wurde auch der Papst immer älter, und das schmälerte offenbar seine Reisefreudigkeit.

Danach hatte Enzio die Stimmen der Meister in seinem Kopf gehört, und sie hatten seinen Geist und seine Gedanken mit Visionen und Träumen einer besseren Zukunft beherrscht. Enzio, der nun Simon genannt wurde, würde irgendwann die Befehlsgewalt übernehmen und den Orden anführen. Er würde diese Gruppe in die Zukunft führen und sie stärken, wenn die alten Meister von ihnen gegangen waren.

Eine Herrschaft, ein Gesetz und ein Glaube – die Leitlinien für ein neues Utopia und das neue Reich. Nichts anderes zählte für ihn.

Eines Tages nach der Predigt war er in die Kammer der ehrwürdigen Meister gerufen worden. Die Medien hatten berichtet, dass der Papst beabsichtigte, Kardinäle in die armen Regionen von Brasilien zu entsenden. Während dies mit der Absicht geschah, den Ärmsten der Armen wieder Hoffnung zu geben, sahen die Meister darin etwas ganz anderes: eine Chance.

Da es üblich war, für ausreichenden Schutz der Würdenträger zu sorgen – ganz besonders in Gegenden, die von Unruhen geprägt waren und in denen die Regierungen nur wenig Interesse daran zeigten, für Recht und Gesetz zu sorgen – würde sich ein Kontingent an Vatikanrittern an Bord der *Shepherd One* befinden. Diese Information verriet ihnen Enzio während seiner schwächsten Momente bei den experimentellen Vernehmungen.

Das würde ihr Preis sein!

Vatikanritter, und somit Elite-Kämpfer, die sie nach eigenem Ermessen befehligen könnten. Soldaten, die sich von ihnen beherrschen lassen und ihre Befehle mit eiskalter Rücksichtslosigkeit durchführen würden.

Die Kardinäle hingegen, falls sie sich aufgrund ihres tief sitzenden Glaubens nicht konvertieren lassen würden, würden als Kollateralschäden zurückbleiben müssen.

Simon erwies sich daraufhin als noch wertvoller, als gedacht, daher arbeiteten die Meister daran, noch tiefer in seinen Verstand einzudringen. Sie formten seinen Willen vollkommen neu, sodass er den Befehlen der Meister widerstandslos und seelenlos folgen würde. Er würde eine Mission absolvieren, die ihnen die Vatikanritter liefern würde, und das würde von unschätzbarem Wert bei zukünftigen Schlachten sein.

Nachdem man ihn nach Rom zurückgeschickt hatte, wusste Enzio, dass es nicht mehr lange dauern würde, bis die Geistlichen nach Brasilien entsendet wurden und man Enzio mit einem weiteren Flug betrauen würde.

Denn er hatte schon viele dieser Flüge absolviert und wurde deshalb vom Heiligen Stuhl als vertrauenswürdig angesehen.

Der Mann, der schließlich das Alitalia-Flugzeug bestieg, war jedoch alles andere als das.

Denn in seiner Tasche befand sich eine schallgedämpfte Waffe, und er war darauf programmiert worden, mit der *Shepherd One* zu verschwinden.

Pläne wurden geschmiedet und eine abweichende Route ausgearbeitet.

Enzio Colombo, der Mann, der von den Meistern nun Simon genannt wurde, folgte diesem Plan ohne jedes schlechte Gewissen.

In dem Moment, als er seinen Co-Piloten erschoss, hörte er die Stimmen in sich, die ihm sagten, was er tun sollte. Worte, die sich immer und immer wieder wie ein Mantra in seinem Kopf wiederholten.

Er übernahm schließlich die Führung der *Shepherd One* und steuerte die Maschine mit abgeschaltetem Transponder unterhalb des Radars zuerst nach Westen und dann nach Norden. Von draußen wurde währenddessen unaufhörlich gegen die Cockpittür gehämmert, doch die Tür war gepanzert und konnte deshalb nicht aufgebrochen werden.

Er hatte weiterhin seinen Kurs gehalten und das Flugzeug dreißig Meter über die Baumkronen des Dschungels hinweg geflogen.

Etwa hundert Kilometer weiter war schließlich eine Landebahn in Sicht gekommen … eine dünne Schneise, die extra für die Landung der *Shepherd One* in den Dschungel geschlagen worden war. Der Landeplatz lag nahe der brasilianischen, peruanischen und kolumbianischen Grenze und war weit entfernt von dem ursprünglich geplanten Ziel.

Die Landebahn war schmal und eigentlich viel zu kurz für eine Verkehrsmaschine, doch Simon empfand keine Angst.

Er stieß das Steuerruder nach vorn und verlangsamte ihre Geschwindigkeit. Die Maschine setzte hart auf dem unebenen Gelände auf, die Reifen sprangen über den Boden, die Hydraulik ächzte und gab schließlich nach. Das Flugzeug neigte sich nach Steuerbord, bis die Tragfläche hart auf der notdürftigen Landebahn auftraf und wenig später abriss.

Das Flugzeug geriet daraufhin ins Schleudern und rutschte über den Boden. Vor den Fenstern flog verschwommen die Landschaft vorbei.

Das Ende der Landebahn mit der so behelfsmäßigen wie nutzlosen Barriere aus Gestrüpp kam daraufhin immer näher.

Der Widerstand des Fahrgestells, das über den Boden schrammte, bremste die Maschine zwar ab, allerdings nicht genug. Das Flugzeug brach deshalb durch die Barriere und bohrte sich letzten Endes in eine Gruppe aus dicht zusammenstehenden Bäumen und Büschen. Die verbliebene Tragfläche kappte Bäume in der Umgebung und pflügte durch das Dickicht. Der Rumpf wurde eingedellt, blieb aber überraschenderweise intakt. Als das Flugzeug schließlich zum Stillstand kam, stiegen Rauchwolken aus den Rissen des Rumpfes in den Himmel auf.

Simon war unverletzt geblieben. Nachdem er nach seiner Waffe gegriffen hatte, löste er seinen Sicherheitsgurt, begab sich zur Cockpittür und öffnete diese. Dahinter lagen die Ritter des Vatikan benommen auf dem Boden.

Die Kardinäle saßen angeschnallt auf ihren Sitzen, wirkten aber ebenso benommen.

Da es der Vorschrift entsprach, dass alle Waffen im Gepäckraum unterzubringen waren, war Simon der Einzige, der bewaffnet war. Die schallgedämpfte Waffe in seiner Hand war praktisch sein Zepter der Macht, und niemand an Bord wagte es, diese Macht infrage zu stellen.

An das, was danach geschah, konnte er sich nur noch äußerst bruchstückhaft erinnern. Es war nicht mehr als ein Schatten in seiner Erinnerung.

Vor seinem Spiegel stehend, zog er jetzt seine Robe aus und trat nackt davor, um sich zu betrachten. Er war dünn und hatte mindestens zehn Kilo verloren. Die Rippen zeichneten sich deutlich unter seiner Haut ab und ließen ihn beinahe magersüchtig wirken, obwohl er jeden Tag ausreichend aß.

Seine Augen, grau mit goldenen Tupfern darin, zeugten von Intelligenz. Was ihnen jedoch fehlte, war der Weitblick, denn es war ihm nicht mehr erlaubt, über den Rand der Prinzipien des Ordens hinauszublicken.

Simon legte seine Kutte wieder an und kehrte zu seiner Arbeit zurück … pflichtbewusst und ohne es infrage zu stellen.

KAPITEL 17

Nachdem er ausgiebig in sein Tagebuch geschrieben hatte, lehnte sich Gunter Wilhelm in seinem Sessel zurück und dachte nach. Der Versuch, das Dritte Reich wiederaufzubauen, hatte schon mehr als sechzig Jahre in Anspruch genommen. Erst die Geburt des Internets hatte dazu geführt, dass der Orden der Gefallenen Engel erstarkt war, denn über verschiedene Webseiten waren Geldmittel aus dem Lager neo-nazistischer Vereinigungen gesammelt worden, deren Ansichten von der restlichen Welt geächtet wurden. Da sich in der Geschichte alles in irgendeiner Form wiederholte, konnten schließlich immer mehr Anhänger rekrutiert und die Kassen gefüllt werden. In den letzten fünfundzwanzig Jahren waren selbst angesehene Geschäftsleute wie Bankiers und Großindustrielle zu ihnen gestoßen und nutzten seitdem ihre Mittel, um eine weltweite Infrastruktur zu erschaffen. Das Internet wurde zwar gründlich überwacht, der Orden der Gefallenen Engel war jedoch als harmlose Organisation eingestuft worden. Die einzige Sorge bestand darin, dass die Vereinigung scheinbar über keine Adresse oder Knotenpunkt verfügte, sondern nur über verschiedene Bankkonten, auf denen Zahlungen eingehen konnten und die so häufig wechselten, dass es schwerfiel, ihnen auf der Spur zu bleiben.

Der alte Mann kniff die Augen zusammen. Der Schmerz in seinem Unterleib war wieder aufgeflammt.

Seit einigen Monaten war er körperlich immer schwächer geworden und seine Schritte waren zu einem langsamen Schlurfen verkommen. Etwa zwei Wochen nach seinem achtundachtzigsten Geburtstag hatte er außerdem eine rötliche Färbung in seinem Urin bemerkt. Mit den Wochen wurde die Flüssigkeit, die seinen Nachttopf füllte, immer dunkelroter.

Er pisste nun also auch noch Blut.

Gunter öffnete seine Augen, die in den letzten Tagen immer gelblicher geworden waren. Diese, die einmal voller Leben erstrahlt hatten, waren zu einem leblosen Schiefergrau verblasst. Als er in seinen Spiegel blickte, wusste er, dass sein Tod kurz bevorstand.

Er erhob sich mühsam aus seinem Sessel, was ihn allein schon große Anstrengungen kostete, und seine Blase schrie sofort danach, sich zu erleichtern. Die Schmerzen machten ihm extrem zu schaffen, und als er sich auf den Weg zu seinem Nachttopf begab, spürte er bereits, dass seine Beckenmuskeln zu schwach waren, um den Harn zu halten.

Er sank in die Knie, denn die Schmerzen waren einfach zu groß, um sie weiter ertragen zu können, deshalb gestattete er seiner Blase, sich zu erleichtern. Urin bildete unter ihm eine Pfütze und breitete sich kreisförmig aus. Die Flüssigkeit war leuchtend rot, aber wässriger als die Viskosität von Blut. Er stöhnte, während die Flut scheinbar endlos aus ihm herausfloss. Als er sich schließlich vollständig entleert hatte, fiel Gunter Wilhelm auf die Seite und schnappte nach Luft, als wäre er gerade einen Marathon gelaufen, so sehr hatte ihn das Wasserlassen angestrengt.

Während er auf dem Boden lag, betrachtete er die Urin-Pfütze, die im schwachen Licht einen teerfarbenen

Fleck gebildet hatte. Bei hellem Licht betrachtet wäre sie rot gewesen, hellrot. Ihm war bewusst, dass er jedes Mal Blut verlor, wenn er sich erleichterte, und für ihn gab es nichts Schlimmeres, als auf diese Weise langsam dahinzusiechen.

Schließlich gelang es ihm wieder auf die Füße zu kommen und er schlurfte angestrengt zu dem Kaminsims hinüber, auf dem sich seine vergilbten Fotografien befanden. Mit Fingern, die dürr und knöchern geworden waren, strich er zärtlich über die Fotografien und schwelgte dabei in Erinnerungen an den Ruhm, als er seine Einheit vor der Roten Armee bewahrt und geschworen hatte, ein noch größeres Vermächtnis als Hitler zu hinterlassen.

Sechzig Jahre später war dies immer noch ein Traum geblieben.

So kurz vor seinem Tod wurde ihm klar, dass er in dem Wissen sterben würde, dass er während seiner Herrschaft nichts weiter erreicht hatte, als ihrer Gruppe einen gewissen Kultstatus zu verleihen, obwohl sie keine echte Zukunft besaßen. Vielleicht würde Simon Größeres gelingen, nun, da die anderen beiden Meister zu alt und zu schwach geworden waren, um das Zepter zu führen, überlegte er.

Mit der Fingerspitze fuhr er über den Rahmen des Bildes. Die Hitlerjugend war die Zukunft gewesen. Die Hitlerjugend und die Kinder aus dem Jungvolk hatten erbitterte Schlachten gegen den Feind entlang der russischen Frontlinie gekämpft. Doch die Einheit hatte hohe Verluste erlitten und die Kinder waren irgendwann zu schwach und zu verängstigt gewesen. Immer wieder hatten sie nach ihren Müttern gerufen, die sie im Stich gelassen hatten, als der Hunger, die Kälte und die

Krankheiten schließlich unerträglich geworden und sie gestorben waren.

Und dann war da natürlich noch das Morden gewesen.

Immer wieder neue Morde.

Aber einer von ihnen, ein Kind mit ungebrochenem Glauben, hatte das Reich eher als einen Schandfleck angesehen.

Jenes dreizehnjährige Kind auf dem Foto lächelte auch nicht.

Ich hätte dich am nächstbesten Baum aufknüpfen sollen, dachte Gunter jetzt.

Sein ganzes Leben lang hatte er nach diesem Jungen gesucht. Er war davon besessen gewesen, und doch war er immer wieder gescheitert. Vor drei Jahren aber hatte er endlich gefunden, wonach er gesucht hatte, und das sogar eher durch einen Zufall.

Denn Papst Gregor war gestorben, und an seiner Stelle hatte Papst Pius XIV. die Leitung des Vatikan übernommen. Das Gesicht war ihm zunächst gar nicht bekannt vorgekommen, es waren die Augen gewesen, die ihn verraten hatten. Die Wahrheit lag nämlich stets in den Augen verborgen, da diese das Fenster zur Seele waren.

Das Problem bestand allerdings darin, dass der Name dieses Mannes Bonasero Vessucci lautete und dieser angeblich aus Mailand stammte, und das ließ ihn für eine Weile zweifeln.

Seine Obsession saß jedoch bereits so tief und seine Seele war vom Hass und dem Verlangen nach Rache bereits so verdorben, dass er nun, da er sich dem Ende seines Lebens näherte, danach trachtete, das Versprechen einzulösen, welches er Franz als Kind gegeben hatte: dafür zu sorgen, dass er vor ihm starb.

Vielleicht war Bonasero Vessucci nicht wirklich der Mann, nach dem er suchte, aber zumindest würde er einen perfekten Ersatz für ihn abgeben.

Tief in seinem Herzen wusste er es nämlich, denn er hatte es in seinen Augen gesehen.

»Ich werde zu Lebzeiten vielleicht nicht mehr die Wiedergeburt des Dritten Reiches erleben«, sagte er leise, »aber zumindest werde ich so lange leben, um für deinen Tod sorgen zu können, so, wie ich es dir versprochen habe.«

Plötzlich begannen die stechenden Schmerzen in seinem Unterleib von Neuem.

Dieses Mal schaffte er es allerdings bis zu seinem Nachttopf.

KAPITEL 18

VATIKANPOLIZEI-STATION VATIKANSTADT

Pinchas saß im Schneidersitz auf seiner Pritsche, so wie es die amerikanischen Ureinwohner getan hatten, als sie in ihrem Steinkreis gesessen und auf ein Lagerfeuer gestarrt hatten – nur dass es hier weder Steinkreise noch ein Feuer gab. Seine Augen waren auf einen weit entfernten Punkt gerichtet, an dem Zeit keine Bedeutung hatte.

Als Kimball bei ihm gewesen war, hatte er natürlich sofort gewusst, was der Vatikanritter von ihm wollte. Er hatte die Lage der vergessenen Kathedrale erfahren wollen, um jegliche Bedrohung gegen die vatikanischen Interessen, und im speziellen Papst Pius XIV., im Keim ersticken zu können. Also hatte er ihm stattdessen einfach einen Flughafen Hunderte Kilometer weiter südlich ihrer eigentlichen Position genannt, um den Standort der Kathedrale nicht zu verraten. Er wusste nämlich, dass Kimball garantiert seine Hausaufgaben gemacht hatte und daher wusste, dass die *Shepherd One* wahrscheinlich in der Nähe der Region gelandet sein musste, in der sie vom Radar verschwunden war. Diese Annahme, wenn sie auch weit von der Wahrheit entfernt war, brauchte er nur zu unterfüttern, indem er ihm einen Köder zuwarf, der ihn zu dem nächstgelegenen Flughafen führte. Die Grenze zu Peru und Kolumbien war lang, und die zu Brasilien sogar noch länger. Es war wie die sprichwörtliche Suche nach der Nadel im Heuhaufen. Es war schlichtweg unmöglich.

Das Wort unmöglich schien für Kimball jedoch nicht zu existieren, für ihn beschrieb es eher den Schwierigkeitsgrad einer Herausforderung.

Er kontrollierte bewusst seine Atmung, während er den Stimmen in seinem Kopf lauschte, die ihn dazu drängten, Franz Kleimer-Schmidt umzubringen. Eine Schuld, die noch zu begleichen war, denn er hatte versagt, und Mordechai war bei dem gescheiterten Versuch sogar getötet worden, und er hatte den Pontifex nur in akute Lebensgefahr gebracht.

Zwei Mordversuche, zwei Fehlschläge.

Die Stimmen machten ihm deswegen unentwegt Vorwürfe und hielten ihn vom Schlafen ab.

Morgen würde er sich nicht mehr in der Zuständigkeit der Vatikanpolizei befinden, denn man würde ihn nach Rom transportieren und dort vor Gericht stellen. Die Vatikanpolizei war zwar gut darin, ihrer Aufgabe als Gesetzeshüter nachzukommen, aber sie waren nun mal keine Vatikanritter.

Ganz im Gegensatz zu ihm.

Da seine Fähigkeiten einzigartig waren, so wie bei allen Vatikanrittern, würde er sie dafür einsetzen, die Vatikanpolizei zu überwältigen und zu beenden, was er begonnen hatte. Er würde Kleimer-Schmidt aufspüren und dessen Leben beenden oder bei dem Versuch sterben.

Sein einziges Ziel war es, diesen Mann zu töten und dabei nicht dem Kodex zu folgen, dem er einst als Vatikanritter die Treue geschworen hatte. Denn diese Werte waren verschwunden, ausgelöscht und mit der Philosophie einer neuen Weltordnung ersetzt worden.

Über Stunden hinweg tat er nichts anderes, als dazusitzen und mit leerem Blick vor sich hinzustarren, während sein Verstand den Meistern lauschte, und dabei einen Fluchtplan zu ersinnen und sich alles bis ins kleinste Detail auszumalen.

Morgen, dachte er.

Morgen.

KAPITEL 19

Nachdem Kimball Hayden sein Team aus sieben Männern ausgewählt hatte, das ihn in Brasilien unterstützen sollte, kehrte er in seine Kammer zurück.

Doch Pinchas ging ihm einfach nicht aus dem Kopf. Als er zusammen mit Pater Auciello im Einsatzraum des SIV gesessen hatte, hatte der Jesuit irgendwie einen Nerv bei ihm getroffen, als er ihn daran erinnert hatte, dass er selbst einmal als kalter und gewissenloser Attentäter für die amerikanische Regierung gearbeitet hatte, so wie es Pinchas nun für die Meister tat.

In seiner Vergangenheit hatte Kimball viele Menschen töten müssen, um seine Ziele erreichen zu können, und er hatte dies auf Befehl der Regierung getan, die ihm dadurch Stück für Stück seine Menschlichkeit genommen hatte, bis schließlich nichts Anständiges mehr in ihm gewesen war. Auf gewisse Weise war er also genauso unbarmherzig und eiskalt gewesen wie Pinchas. Er hatte das Gleiche durchgemacht und war ein absolut berechnender Killer gewesen, daher hätte er Pinchas Lage verstehen müssen, anstatt bei der Vatikanpolizei die Kontrolle über sich zu verlieren und ihn zu attackieren. Was er dort in seiner Funktion als Ritter des Vatikan getan hatte, beschämte ihn zutiefst, denn seine Reaktion war von Frustration gekennzeichnet gewesen, anstatt von Verständnis.

Er war emotional einfach zu eng mit Bonasero verbunden, der in diesen Augenblicken immer noch um sein

Leben kämpfte. Aber es gab eben auch noch die andere Seite von Kimball, eine wilde Seite, die ihn zwischendurch immer noch beherrschte. Eine kaum gezügelte Wut, die stets dicht unter der Oberfläche brodelte. Da Pinchas mit der gleichen Frostigkeit reagiert hatte, war es schwer für ihn, ihm zu vergeben, denn Pinchas war ein Vatikanritter gewesen, ein Mann von starkem Geist und Willen … absolut unbestechlich … und doch hatte er ohne darüber nachzudenken eine Pistole gegen den Pontifex erhoben und den Abzug gedrückt. Kimballs Reaktion ließ sich durch nichts rechtfertigen, aber Pinchas Handlungen waren ebenso unverzeihlich wie seine. So sah es zumindest Kimball.

Mordechai war tot, nachdem er die ungeheuerliche Todsünde des Selbstmords begangen und seine Seele damit auf ewig der Verdammnis verschrieben hatte. Auch er war einst ein Mann von vergleichbar starkem Willen und Geist gewesen, und zu einer willenlosen Hülle verwandelt worden, für die das Leben keinen Wert mehr besaß, weder sein Eigenes noch das von anderen.

Wer immer diese Meister waren, sie verfügten über eine nicht zu unterschätzende Macht und stellten eine unmittelbare Gefahr für die Kirche und ihre Interessen dar.

Für Kimball ging diese Mission allerdings weit über die üblichen Kriterien hinaus, nach denen die Vatikanritter eingesetzt und in den Kampf geschickt wurde. Hier ging es nämlich darum, das Leben von Bonasero Vessucci zu schützen und Kimballs verlorene Brüder nach Hause zu holen, die sich an Bord der *Shepherd One* befunden hatten.

Kimball setzte sich auf den Rand seines Betts und betrachtete sein Zimmer. Auf dem Betstuhl standen unbenutzte Kerzen, die Kniebank musste dringend vom Staub befreit werden. Die Bibel, die auf dem Podest lag, war geschlossen und gehörte ebenfalls abgestaubt, und hoch oben in der Mitte der Wand in seinem Zimmer streckte das Buntglas-Abbild der Jungfrau Maria die Arme nach ihm aus.

Für einen Moment starrte er das Kunstwerk und die satten Farben der Glasscheiben an, aus denen das Bild zusammengesetzt war. Ihr Gesicht war so voller Güte, ihre Arme wartend ausgebreitet. Alles, was er tun musste, war, sich ihrer Umarmung hinzugeben, in Form des warmen Lichtes, das strahlenförmig durch das Fenster fiel, wenn die Sonne im Zenit stand. Heute war die Sonne allerdings hinter dichten Wolken verborgen, was bedeutete, dass es keine Erlösung geben würde.

Kimball stand auf, lief zum Spiegel hinüber und betrachtete sein Spiegelbild darin. Seine Gesichtszüge waren schmal und seine Augen funkelten wie blaue Saphire. Unter seinem Kinn zeichnete sich das blütenweiße Kollar ab, ein Zeichen seiner Hingabe an die Kirche. Aber es war noch mehr als das. Das Kollar war die ständige Erinnerung daran, ein rechtschaffener Mensch zu sein, auch wenn ihm seine persönliche Vergebung genauso wie sein Seelenfrieden immer noch verwehrt blieben. Er hob seine Fingerspitzen zu seinem geistlichen Kragen und berührte das Material sanft. Nur darum ging es doch am Ende, dachte er. Dinge zu berichtigen, wenn alles ganz fürchterlich aus den Fugen geraten war, und es war genau dieser Kragen, der ihm dafür die nötige Kraft verlieh, so wie Supermans Umhang.

Kimball ließ die Hand sinken, trat von dem Spiegel weg und dachte nach. Es würde nicht leicht werden, es mit vier Vatikanrittern aufzunehmen, die von ihrem Weg abgekommen waren. Eine Auseinandersetzung mit ihnen würde einen Kampf Bruder gegen Bruder bedeuten. Wie Kain gegen Abel, und sehr wahrscheinlich würde er auf die gleiche Weise enden.

Es würde unweigerlich Tote geben.

Er wollte sein Zimmer gerade verlassen, als sich sein Pager meldete und ihm verriet, dass das SIV eine positive Identifizierung über die VisageWare erhalten hatte.

Ohne zu zögern, eilte Kimball in den Überwachungsraum des SIV.

KAPITEL 20

ÜBERWACHUNGSRAUM DES SIV
VATIKANSTADT

»Wir haben eine Übereinstimmung vom La-Pedrera-Airport. Das Ganze ist vor sechs Tagen gewesen, nicht vor drei, wie Pinchas dir erzählt hat«, sagte Pater Essex, der an der Konsole vor dem riesigen Flachbildschirm saß. Pater Auciello stand neben ihm, die Hände auf dem Rücken verschränkt.

»Pinchas wusste ganz genau, wann die *Shepherd One* vom Radar verschwunden war, und er wollte, dass wir annehmen, sie sei in der Nähe des Padre Aldamiz International Airports abgestürzt«, sagte Kimball. »Er versucht, uns in ein Gebiet aus Tausenden Quadratmeilen dichten Dschungels zu locken, um dort nach der Kathedrale zu suchen, während die *Shepherd One* tatsächlich noch Hunderte Kilometer weiter nach Norden geflogen ist und erst dann verschwand. Es muss also der Huecuvus-Tempel sein. Die vergessene Kathedrale, von der wir gesprochen haben. Dort werden wir sie alle finden.«

»Vielleicht«, antwortete Pater Essex. »Pinchas war mit seinen Antworten nicht gerade wahrheitsliebend. Andererseits ...«

Nach ein paar Tastenschlägen rief Essex ein Standbild auf den Bildschirm. Es zeigte sechs Männer, unter denen auch Pinchas und Mordechai waren. Drei waren nicht richtig zu erkennen, aber der letzte Mann, der auf einem Stuhl saß und eine Art Zepter hielt, wurde aktuell von

Interpol und dem brasilianischen Geheimdienst ABIN gesucht.

»Wer ist das?«, fragte Kimball neugierig.

Dieses Mal war es Pater Auciello, der ihm antwortete: »Sein Name ist Gunter Wilhelm«, sagte er. »Er leitet einen Orden, der die Gefallenen Engel heißt, eine Neo-Nazi-Vereinigung, die versucht, das Gedankengut der Nazis wieder aufleben zu lassen. Die meiste Zeit über haben sie sich unauffällig verhalten und Geld für ihr großes Ziel gesammelt, nämlich um – und jetzt halte dich fest – eine Herrschaft, ein Gesetz und eine Religion zu erreichen.«

Kimball drehte sich zu ihm um.

»Du hast richtig gehört«, sagte Pater Auciello ernst. Dann deutete er wieder auf den Bildschirm. »Dieser Mann leitet die Gruppe jetzt schon seit mehr als sechzig Jahren und konnte in dieser Zeit mehr Geld sammeln, als du dir vorstellen kannst. Es ist ihnen gelungen, sogar Geschäftsleute, Bankiers und Berühmtheiten für ihre Vereinigung zu rekrutieren. Erst, als sich die Geldbeschaffung auch auf Unterschlagung und Bankbetrug ausgeweitet hat, wurden Interpol und ABIN auf sie aufmerksam. Daraufhin verschwanden ihre Websites plötzlich, und mit ihnen auch das Gesicht der Organisation: Gunter Wilhelm.«

»Was wissen wir denn über ihn?«

»Wilhelm hat nie versucht, seine Vergangenheit zu verhehlen. Tatsächlich hat er sie sogar als Werkzeug benutzt, um damit all jene zu erreichen, die für die Ideen des Dritten Reiches empfänglich waren. Ende der Dreißigerjahre hat er sich freiwillig für das Jungvolk gemeldet, bevor er später Teil der Hitlerjugend wurde. Das bestätigen viele Aufzeichnungen … etwas, worin die Deutschen immer sehr gründlich waren. Als Deutschland den Krieg zu verlieren schien, sandte man das Jungvolk und die Hitlerjugend gemeinsam aus, um deutsche Großstädte wie Berlin oder München zu beschützen, und als sich die Reihen der deutschen Soldaten an der russischen Front lichteten, wurden sie schließlich als verzweifelter Akt auch dorthin entsandt. Was als unaufhaltsame Angriffswelle begann, verwandelte sich letzten Endes in einen Abwehrkampf von Kindern.«

»Und Wilhelm?«

»Der befehligte Heranwachsende und Kinder, die das taten, was man ihnen beigebracht hatte: Sie kämpften und hielten die Stellung. Wir wissen natürlich, dass die Rote Armee schließlich die Verteidigungslinien durchbrach, und von Gunter verliert sich danach die Spur, bis er schließlich zehn Jahre später in Brasilien auftaucht, wo er den Orden der Gefallenen Engel gründet. Zu dieser Zeit sympathisierte Brasilien noch mit dem Dritten Reich und bot daher selbst Kriegsverbrechern Unterschlupf. Man kann Gunter Wilhelm allerdings schwerlich einen Kriegsverbrecher nennen. Er ist eher ein Kind gewesen, welches sich geweigert hat, seine Vergangenheit loszulassen.«

»Und der zu einem Mann heranwuchs, der den Absturz der *Shepherd One* orchestriert und versucht hat, den Papst zu töten. Die Frage ist nur, warum? Was hätte er dadurch gewonnen, Bonasero zu töten?«

»Laut den Informationen der ABIN konnte sich Wilhelms Organisation weltweit insgesamt dreihundert Millionen Dollar beschaffen. Sie haben überall auf dem Globus Anhänger. Vielleicht haben sie die Zeit für gekommen gehalten, ihrem Wahn von einer Herrschaft, einem Gesetz und einer Religion endlich Ausdruck zu verleihen. Du musst bedenken, dass die ISIS vor ein paar Jahren auch mal als kleine Organisation begonnen hat, und jetzt haben sie sich bereits über Nordafrika, den Mittleren Osten und Teile Europas ausgebreitet. In den Vereinigten Staaten gelten sie sogar bereits als radikalisiert, die Bundesstaaten melden aktive Mitglieder. Was also früher einmal als unbedeutend galt, wuchs irgendwann zu einer ernst zu nehmenden Gefahr heran.«

Kimball war davon nicht wirklich überzeugt. Während die ISIS stets als Verursacher von Terroranschlägen genannt werden wollte, hielt sich der Orden der Gefallenen Engel, aus welchem Grund auch immer, äußerst bedeckt. Wie wollte der Orden also Bekanntheit erlangen, wenn er sich irgendwo im Dschungel versteckte?

Kimball studierte aufmerksam den Bildschirm. »Und das ist das erste Mal, dass dieser Mann gesehen wurde, nachdem er verschwand?«

»Soweit es uns bekannt ist zumindest«, antwortete Essex.

Dann sprach Kimball das Offensichtliche aus. »Er sitzt bestimmt in einem Rollstuhl.«

»Er ist zumindest schon sehr alt, über achtzig.«

»Was ich damit sagen will, ist: Um die Kathedrale zu erreichen, muss man einen dichten Dschungel durchqueren – ein Terrain, das sich in seinem Zustand unmöglich bewältigen lässt. Vielleicht lebt er in Wirklichkeit also in einer der angrenzenden Städte oder in einem Unterschlupf, der von der örtlichen Regierung beschützt wird.«

»Daran haben wir auch schon gedacht«, sagte Pater Auciello, »aber der ABIN verneint das. Gunter Wilhelm wird nicht von den Einheimischen beschützt, denn das Gebiet dort wird von Banden regiert, die seine Autorität nicht anerkennen. Er könnte sich also überall befinden.«

»Weiß die ABIN vom Huecuvus-Tempel?«

»Ja, das tun sie.«

»Und?«

»Sie sagen, dass es dort keinerlei Aktivitäten gibt. Der Orden war angeblich nur zwei Mal an dem Denkmal, jedes Mal mit Genehmigung der Denkmalbehörde.«

»Sie könnten mit Wilhelm unter einer Decke stecken«, gab Kimball zu bedenken. »Eine Organisation, die in der Lage ist, mit Millionen um sich zu werfen, könnte die Denkmalbehörde doch bestochen haben, damit diese sie im Fall des Falles rechtzeitig warnt. Sie hätten das Gebiet säubern können, und niemand hätte etwas bemerkt. Was bedeutet, dass mein Team dort vollkommen im Dunkeln tappen wird.«

»Ihr würdet euch nicht nur mit Wilhelm und seiner Gruppe anlegen, Kimball. Wenn die brasilianische Regierung erst mal Wind von eurer Anwesenheit bekommt, würde das den Vatikan automatisch in politische Schwierigkeiten bringen.«

»Würde die brasilianische Regierung lieber zugeben, dass sie seit Jahren eine Nazi-Vereinigung deckt, die vielleicht für den Mordanschlag auf den Papst verantwortlich ist? Ich denke, wenn diese Wahrheit ans Licht kommt, werden es sehr schnell sie selbst sein, die ins Fadenkreuz geraten.«

»Die Begeisterung für das Dritte Reich ist mit den letzten Überlebenden dieser Zeit gestorben«, meinte Pater Auciello. »Aber natürlich ist das alles nur Spekulation. Der Orden könnte sich genauso gut in Peru befinden, oder in Kolumbien. Sie könnten sich überall verstecken.«

»Aber du bezweifelst es«, entgegnete Kimball, als er dessen Blick sah. »Soll ich dir sagen, was ich denke? Ich glaube, dass Leute in bestimmten Bereichen der Regierung gekauft worden sind, um den Orden im Notfall rechtzeitig zu warnen und sie zu unterstützen.«

»Das sind aber nur Vermutungen«, konterte Auciello tonlos.

Kimball nickte. Natürlich waren das alles nur Vermutungen. Vielleicht war der Huecuvus auch wirklich nur das, was der ABIN behauptete – ein leerer, verlassener Tempel. Vielleicht war er aber in Wirklichkeit auch der Knotenpunkt aller Aktivitäten des Ordens und auf brillante Weise getarnt.

»Sollte Bonasero dieses Attentat überleben, werden sie bestimmt einen weiteren Versuch starten, und dieser Mann …« Kimball deutete auf den Bildschirm. »… ist dafür verantwortlich, denn er ist der Kopf der Schlange. Aber ich *werde* ihn finden.«

Und dann werde ich mich gebührend um ihn und seine Gefolgschaft kümmern.

Auciello und Essex sahen einander an, wohlwissend, dass Kimball Hayden eine ganz besondere Art hatte, sich um gewisse Dinge zu kümmern, wenn sein Zorn erst mal geweckt worden war.

Nun erklärte Kimball: »Jesaja und sein Team werden hierbleiben, um Bonasero zu bewachen. Der Staatssekretär hat bereits grünes Licht für unsere Mission gegeben. Alles Wichtige wird deshalb über ihn abgewickelt werden.«

»Kimball«, begann Pater Essex, dem man durch seine Aufregung nun wieder seinen Londoner Akzent anhören konnte, »sei bitte vorsichtig. Der Orden ist sehr groß und besitzt viele Anhänger, und auch wenn ich dich daran nicht zu erinnern brauche …«

»Ich weiß«, unterbrach ihn Kimball sofort ruhig. »Die vier vermissten Vatikanritter werden nicht mehr die Alten sein.«

»Nicht einmal annähernd. Versuche, dir bitte ständig ins Gedächtnis zu rufen, dass sie verloren sind, Kimball … so wie du es einst ebenfalls warst.«

»Es vergeht keine Minute, in der ich nicht daran denke, aber auch ihr dürft eines nicht vergessen.«

»Und das wäre?«

»Krieg ist Krieg.«

Kimball nickte beiden Priestern noch einmal zu und verließ dann den Raum. Hinter ihm schlossen sich die Glastüren sofort wieder.

KAPITEL 21

Alles Nötige war eingeleitet worden. Der Vatikan hatte ein Flugzeug gechartert, das die acht Ritter nach Miami, Florida bringen sollte. Von dort aus ging es dann weiter nach Mexiko Stadt. Von Mexiko Stadt würden sie den letzten Teil des Weges bis zum La-Pedrera-Flughafen in Kolumbien zurücklegen, was eine sehr lange und ermüdende Reise werden würde.

Das Flugzeug gehörte zur Flotte der *Alitalia*, es war ein Embraer E-Jet mit einer Reichweite von zweitausendzweihundert Flugmeilen. Es bot einhundert Personen Platz und war daher nach Flugverkehrsstandards eine eher kleine Maschine. Das Wesen ihrer Mission machte allerdings einen unauffälligen Transport notwendig, hatte der Staatssekretär des Vatikan in seiner Eigenschaft als Stellvertreter des Papstes beschlossen.

Im hinteren Bereich des Flugzeugs überprüften Kimball und sein siebenköpfiges Team, darunter sein erster Lieutenant Leviticus, gerade ihre Waffen. Nachdem sie sich von deren Funktionsfähigkeit überzeugt hatten, gingen sie auch noch den Rest ihrer Ausrüstung durch. Diese bestand aus Kevlar-Westen, Schienbein- und Unterarmschonern, Laserzielsuchsystemen, Schalldämpfern, Blendgranaten und Tasern. Außerdem hatten sie auch noch Plastikfesseln und ein Ketamin-Präparat dabei, welches einen Gegner binnen weniger Sekunden kampfunfähig konnte.

Nachdem sie ihren Einsatzplan erneut besprochen hatten, sodass sich das gesamte Szenario bereits wie eine Erinnerung in ihre Gedächtnisse eingebrannt hatte, nahm Kimball auf einem der vorderen Sitze des Flugzeugs Platz.

Dort führte er sich noch einmal alle Situationen vor Augen, in denen er schon einmal getötet hatte ... ganz besonders jene, als er dies noch ohne Reue und als Auftragsmörder getan hatte. Dabei hatte man ihn jeglicher Menschlichkeit beraubt, und er hatte es noch nicht einmal gemerkt. Es hatte erst eines Momentes der Erleuchtung bedurft, als er zwei kleine Jungen getötet hatte, die seine damalige Mission hätten vereiteln können, um zu bemerken, was wirklich aus ihm geworden war: ein Monster.

Auch er war also schon einmal verloren gewesen, so wie Pinchas, Mordechai und wahrscheinlich auch die restlichen Ritter es jetzt waren.

Man kann seine Menschlichkeit viel zu leicht verlieren, dachte er. *Man wird viel zu leicht blind.*

Er schloss seine Augen.

Seit er sich den Vatikanrittern angeschlossen hatte, suchte Kimball Hayden nach Erlösung und Vergebung. Doch wann immer er glaubte, einen Schritt in die richtige Richtung gemacht zu haben, tat er etwas, was ihn wieder zwei Schritte in Richtung Verdammnis zurückwarf. Für Kimball Hayden gab es nur einen äußerst schmalen Grat zwischen Recht und Gerechtigkeit und zwischen richtig und falsch. Da er von einem verkümmerten Gewissen geleitet wurde, und angetrieben von dem Ziel, jede Ungerechtigkeit mit allen Mitteln zu korrigieren, gab es für ihn keinerlei Grenzen. Wenn er jemals das Licht finden wollte, würde er sich selbst strenge Regeln auferlegen müssen.

Doch das war ein Ding der Unmöglichkeit.

Das kleine Rütteln, das jetzt durch die Maschine ging, ließ ihn die Augen öffnen und aus dem Fenster blicken. Der Ozean unter ihm glitzerte wie Silber und Glas, und auf den wogenden Wellen schimmerte hier und da die weiße Gischt.

Erinnere dich daran, dass diese Ritter deine Brüder sind. Außerdem sind sie ein Spiegel dessen, was du einmal gewesen bist. Werde zu ihrem Retter. Werde ihr Erlöser.

Kimball seufzte leise. Er konnte nicht alles kontrollieren, das wusste er. Er wusste auch, dass die Erlösung nur auf jene wartete, die sie sich am meisten ersehnten, und aus einem unerfindlichen Grund glaubte er nicht, dass die Ritter im Dschungel überhaupt erlöst werden *wollten*.

In der Ferne, dort, wo sich der Ozean und der Himmel am Horizont trafen, sah er jetzt schwarze und graue Wolken, die sich mehr und mehr zusammenbrauten. Das perfekte Bild für das, was er gerade in Gedanken vor sich sah: *Ein gewaltiger Sturm zieht auf.*

KAPITEL 22

DER APOSTOLISCHE PALAST

Dunkelheit, vollkommene und absolute Dunkelheit.

Der lange Weg ins Licht.

Das Zittern der Augenlider, als sie sich mühsam öffneten.

Die Decke.

Das Geräusch der Beatmungsmaschine.

Wände, die mit teuren Tapeten verziert waren.

Schmerz, der von starken Medikamenten im Zaum gehalten wurde.

»Eure Heiligkeit.« Eine Stimme, blechern und weit entfernt, als würde sie aus großer Entfernung nach ihm rufen.

Bonaseros Augen begannen, sich langsam an seine Umgebung zu gewöhnen, bis sich sein Blick schließlich komplett aufklarte.

Über ihn gebeugt stand Jesaja. »Eure Heiligkeit!«

Der Pontifex blickte auf seine Hand hinunter, die sich in sanfter Umklammerung des Vatikanritters befand.

»Eure Heiligkeit«, wiederholte Jesaja noch einmal sanft. »Können Sie mich hören?«

Bonasero blinzelte. *Ja.*

Kurz darauf tauchten weitere Personen an seinem Bett auf, ein Arzt und eine Krankenschwester.

Das Letzte, woran er sich erinnern konnte, war, dass er mit dem Papamobil über den Petersplatz gefahren war, als plötzlich ein Mann vor den Wagen getreten war und mit seiner Pistole auf ihn gezielt hatte. Er erinnerte sich auch noch an das Aufblitzen der Mündung und an die Geräusche, als die Waffe abgefeuert worden war … an den Fleck, der daraufhin auf seiner Brust erschien … und an den weiß glühenden Schmerz, der ihn zu verschlingen drohte, bevor die Dunkelheit schließlich über ihn kam.

Woran er sich aber am allerbesten erinnern konnte – als der Attentäter seine Pistole auf ihn gerichtet hatte – war der leere Ausdruck in dem Gesicht des Mannes gewesen, den er einmal so gut gekannt hatte. Das Haar, die Augen, die Gesichtszüge – Pinchas hatte noch ganz genauso ausgesehen wie vor drei Jahren, als er mit der *Shepherd One* aufgebrochen war.

Eine Hundertstelsekunde, bevor die Kugel ihn getroffen hatte, hatte er noch gedacht, dass er sich vielleicht geirrt hatte.

Pinchas war schließlich ein Vatikanritter gewesen.

Doch tief in seinem Herzen hatte er gewusst, dass ihn seine Augen nicht getrogen hatten.

Pinchas hatte wahrhaftig versucht, ihn umzubringen.

Aber warum?

Er schloss seine Augen und konnte Pinchas nun wieder deutlich vor sich sehen. Er konnte die langsame Bewegung sehen, mit der dieser seinen Arm und seine Waffe gehoben hatte, und er konnte die Kugel sehen, die auf ihn zugeschossen war … und das alles in quälender Langsamkeit.

Warum nur?

Doch schon bald würde er eine Antwort darauf bekommen.

KAPITEL 23

LA-PEDRERA-AIRPORT
KOLUMBIEN

Der Flug war unfassbar lang gewesen. Zusammen mit den Zwischenstopps zum Auftanken in Miami und Mexiko Stadt hatte er beinahe vierzehn Stunden gedauert. Nachdem das Flugzeug über die Landebahn zum Terminal gerollt war, verließen Kimball und sein Team den Flughafen und begaben sich in ein Hotel, in dem man bereits Zimmer für sie reserviert hatte.

Es war spät, schon beinahe Nacht, daher war die Hektik der Stadt ein wenig abgeebbt. Soweit es Kimball von seinem Balkon aus sehen konnte, glitzerten die Lichter der Stadt wie Diamanten auf schwarzem Samt.

Eine leichte Brise strich über seine Haut und er schloss die Augen. Sanft und kühl spielte der Wind mit einer Locke, die ihm in die Stirn gefallen war. Sein Team war ausgiebig instruiert worden, und sie hatten unzählige Stunden über den Landkarten gebrütet. Jetzt war es an der Zeit, sich auszuruhen, denn das war ebenso essenziell.

Doch Kimball war ruhelos und fand daher genau wie vor jeder anderen Mission keinen Schlaf.

Im Morgengrauen würde er seine Vatikanritter zu einem letzten Briefing versammeln und noch einmal ihr Vorgehen besprechen, damit wirklich nichts dem Zufall überlassen blieb. Doch andererseits funktionierten solche Pläne meist nur auf dem Papier. Was sich nie vorhersehen ließ, zumindest aus Kimballs Erfahrung, war der menschliche Faktor, denn das waren Reaktionen, die sich niemals mit absoluter Sicherheit vorherbestimmen ließen.

Nachdem Kimball in sein Zimmer zurückgekehrt war, schaltete er den Fernseher ein. Eine Late-Night-Show in Spanisch lief gerade. Er schaltete kurze Zeit später sowohl den Fernseher als auch die Nachttischlampe aus und saß dann im Dunkeln da. Das einzige Licht war das des Mondes, das als silberne Streifen durch die Vorhänge drang, die die Schiebeglastüren des Balkons verhängten.

Kimball war Dunkelheit gewöhnt, schließlich hatte er fast sein gesamtes Leben in der Abwesenheit des Lichtes verbracht.

Er war es, der das Bindeglied zwischen Sünder und Heiligem darstellte. Immer wieder pendelte er auf seiner Suche nach Erlösung zwischen richtig und falsch hin und her, und ähnlich wie der Schlaf, wollte auch diese sich einfach nicht bei ihm einstellen, egal wie oft sie auch zum Greifen nah erschien.

Er seufzte leise, seine Nasenlöcher bebten.

Selbsthass.

Er konnte es mit allen äußeren Widrigkeiten aufnehmen und jeden Gegner mit beispielhafter Effizienz besiegen, aber was seinen inneren Kampf anbelangte, scheiterte er immer wieder aufs Neue, und das hatte irgendwann eine Leere in ihm hinterlassen, die sich unaufhörlich nach dem Licht sehnte.

Weiterhin saß er in fast vollkommener Dunkelheit in seinem Sessel und wartete mit der Regungslosigkeit einer Statue.

Doch seine Errettung ließ weiterhin auf sich warten.

Sie muss erst verdient werden.

Morgen würden er und sein Team zu der vergessenen Kathedrale aufbrechen, und dort würden sie dann die Wahrheit hinter dem Orden der Gefallenen Engel aufdecken, und erfahren, warum diese gute Menschen aussandten, um einen noch besseren Menschen zu töten.

Wenn es eine Sache gab, die Kimball im Laufe der Jahre gelernt hatte, dann, dass die schmerzlichsten Wahrheiten oft die tiefsten Wunden hinterließen.

Die Wahrheit, die auf ihn wartete – eine Antwort, mit der er niemals gerechnet hätte – würde ihn bis ins Mark treffen.

Aber so war nun mal das Leben.

KAPITEL 24

DIE VATIKANPOLIZEI-STATION AM NÄCHSTEN MORGEN

Das Schlafen war Pinchas in den letzten drei Jahren nicht leichtgefallen. Die meiste Zeit über hielt ihn nämlich das Flüstern wach. Als die Wachen Pinchas Zelle betraten, um ihm Bein- und Leibketten anzulegen, wirkte Pinchas jedoch so ausgeruht wie jemand, der mehrere Stunden lang geschlafen hatte.

Nachdem man ihn in Ketten gelegt hatte, wurde er eilig zur Rückseite der Vatikanpolizei-Station geführt und zu einem wartenden Transporter gebracht. Dessen Hecktüren standen bereits offen und im Inneren befanden sich zwei bewaffnete Wachmänner, die Kevlar-Westen und Waffen in der Größe von Uzis trugen. Sie halfen Pinchas, in den Transporter zu steigen, und dann folgte ihm ein dritter Wachmann, der sich neben ihn setzte. Der Vatikanritter war nun flankiert von zwei Polizeibeamten, während der dritte ihm direkt gegenüber saß.

Pinchas durchbohrte sein Gegenüber mit finsterem Blick. Doch keiner der beiden Männer war offenbar gewillt, die Augen abzuwenden. Der Wachmann war ein richtiger Hüne und besaß kantige Züge, einen wuchtigen Kiefer und einen dicken Hals. Trotz der Kevlar-Weste, die er trug, war es offensichtlich, dass er auch breite Schultern und einen kräftigen Brustkorb besaß.

Die Männer neben ihm waren schlank, aber kräftig gebaut.

Pinchas untersuchte unauffällig seine Ketten, denn seine Beweglichkeit war durch sie stark eingeschränkt und der Laderaum des Transporters sehr eng.

Er ließ seinen Blick langsam umherschweifen und sog seine Umgebung aufmerksam in sich auf.

Anschließend begann sein Verstand, mögliche Szenarien durchzuspielen.

Als der Transporter zurücksetzte und das warnende Piepen des Rückwärtsgangs erklang, wusste Pinchas bereits, dass der Fahrtweg elf Kilometer betragen würde. Was nicht besonders viel Zeit war, um irgendetwas zu tun.

Der Transporter stoppte kurz, dann fuhr er vorwärts. Pinchas schloss die Augen, beruhigte seine Atmung und nahm all seine Konzentration zusammen, dann öffnete er die Augen wieder. Ein Funkeln war plötzlich darin zu erkennen.

Er trat jetzt mit beiden Beinen kräftig nach vorn … ein gerader Tritt gegen das Kinn des Mannes vor ihm, der dessen Kieferknochen nach innen trieb, das Gelenk durch das Fleisch kurz unterhalb der Ohren des Wachmannes bohrte und ihn auf der Stelle tötete.

Mit einem Ellenbogenschlag versetzte er dem Mann links neben sich einen gezielten Hieb gegen die Nase. Ein Knochensplitter bohrte sich Sekunden später in das Gehirn des Wachmannes und tötete ihn, bevor dieser die schnelle Bewegung des Gefangenen überhaupt richtig hatte erfassen können.

Mit einer fließenden Bewegung holte er nun mit dem rechten Ellenbogen aus, doch der Wachmann reagierte rasend schnell und riss sofort seine Maschinenpistole nach oben. Doch Pinchas schaffte es, den Lauf zur Seite zu schlagen, woraufhin eine kurze Salve in die Körperpanzerung des Mannes ihm gegenüber einschlug.

Pinchas holte erneut mit seinem Ellenbogen aus – einmal, zweimal, dreimal – bis der Polizist die Augen verdrehte und nur noch das Weiße darin zu sehen war. Anschließend legte er seinen Arm um den Hals des Polizisten, presste ihn zwischen seinem Bizeps und seiner Seite ein wie in einem Schraubstock und drehte dessen Kopf dann mit einem kraftvollen Ruck herum. Das Genick des Wachmannes brach augenblicklich.

Die Salve, die im hinteren Teil ertönt war, sorgte dafür, dass der Transporter langsamer wurde. Pinchas hob die Maschinenpistole auf, zielte damit auf den Fahrerraum und deckte diesen mit Kugeln ein. Die Schüsse rissen große Löcher in das Metall, und Pinchas wusste, dass er getroffen hatte, weil der Transporter langsam auszuscheren begann. Kurz darauf stieß er gegen ein Hindernis. Ein parkender Wagen wahrscheinlich, dem Geräusch von Metall, das gegen Metall schrammte, nach zu urteilen.

Pinchas griff hastig nach den Schlüsseln des Wachmanns, um sich seiner Fesseln entledigen zu können, dann ergriff er wieder die Maschinenpistole, riss die Hecktür auf und verschwand in den Straßen Roms.

Seine Befreiung hatte nicht einmal sechzig Sekunden gedauert.

KAPITEL 25

»Hallo, mein Name ist Kimball Hayden.« Kimball streckte dem Priester, der ihn vorsichtig und beinahe argwöhnisch musterte, die Hand entgegen. In seiner Kampfuniform sah Kimball nämlich so gar nicht wie ein Geistlicher aus, wenn man einmal von dem klerikalen Hemd und dem Kragen absah.

Der Priester schüttelte zögernd seine Hand. »Pater Corvecci«, stellte er sich vor und nahm an dem kleinen Tisch gegenüber von Kimball Platz.

Sie saßen vor einer Bar in einem kleinen Dorf nicht weit von der Stadt entfernt. Die Vorderseite der Bar bestand aus Bambus, das Dach aus Stroh. Kimball nippte an einem hellen Bier.

»Sind Sie der Botschafter aus dem Vatikan?«, erkundigte sich der Priester jetzt.

»Ja, das bin ich.« Kimball hob das Glas an die Lippen und trank einen großen Schluck, dann stellte er das Glas ab und musterte den Priester, einen kleinen hageren Mann mit dunklem Haar und noch dunkleren Augen. Seine Hautfarbe ähnelte der Farbe dunklen Leders.

»Ich wurde vor Kurzem darüber informiert, dass ich mich hier mit Ihnen treffen soll. Es geht um eine Mission zum Huecuvus-Tempel?«

»Das ist korrekt«, antwortete Kimball. »Ich muss aber zuerst so viel wie möglich über diese Kathedrale in Erfahrung bringen.«

»Es ist eher ein Tempel«, erklärte der Priester knapp. Englisch war ganz offensichtlich nur eine Zweitsprache für ihn. »Man glaubt, dass es …«

»An der Geschichte selbst, bin ich nicht interessiert«, unterbrach ihn Kimball. »Ich möchte eher mehr über die Geister wissen, die dort ihr Unwesen treiben sollen.«

Der Priester schüttelte den Kopf. »Es gibt dort keine Geister«, widersprach er. »Das ist nur Aberglauben, mehr nicht.«

»Wieso nennen die Einheimischen ihn dann Huecuvus? *Die bösen Geister*?«

»Die Menschen, die hier leben, sind mit alten Traditionen aufgewachsen, Geschichten werden hier von Generation zu Generation weitergegeben. Manchmal ist es schwer, mit diesen Dingen zu brechen. Die Ältesten hier erzählen oft Schauergeschichten, um die Kinder damit auf den rechten Weg zu bringen, und diese Geschichten verwandeln sich hin und wieder leider in urbane Mythen.«

»Alle Legenden beruhen letzten Endes auf wahren Begebenheiten«, sagte Kimball.

»Manchmal. Im Falle des Huecuvus-Tempels wurden diese sogenannten bösen Geister von den Dorfbewohnern als Schatten beschrieben, die durch den Dschungel huschen, alles beobachten und leise flüstern. Gebildete Menschen wie Sie und ich wissen aber natürlich, dass es eine logische Erklärung für all diese Mythen gibt.«

»Und die wäre?«

»Wir sprechen hier über den tiefsten Dschungel«, sagte der Priester. »Diese Schatten sind wahrscheinlich nichts weiter als Pumas, die durch das Dickicht streifen. Der Dschungel ist voll von ihnen. Sie schleichen beinahe lautlos durch das Unterholz, und nur selten kann man durch die Blätter einen flüchtigen Blick auf sie erhaschen.«

»Dann glauben Sie also nicht an diese Geschichten über die Geister?«

»Natürlich nicht. Wie ich schon sagte: Diese Menschen sind zwar Christen, aber obwohl sie Gott in ihr Herz gelassen haben, fällt es ihnen manchmal schwer, die alten Traditionen oder Geschichten ganz abzulegen.«

»Und doch sind im Laufe der Jahre angeblich mehrere Personen in der Nähe des Huecuvus-Tempels verschwunden.«

»Angeblich. Doch es gibt keine Beweise dafür, dass ihr Verschwinden tatsächlich mit dem Tempel zusammenhängt. Das alles sind nur Gerüchte. Väter verlassen ihre Familien wegen einer anderen Frau ... Kinder suchen das Abenteuer jenseits ihres Dorfes. Der Huecuvus ist einfach nur eine Antwort für jene, die nicht wissen, wohin ihre Lieben verschwunden sind. Eine Antwort, die weniger schmerzlich ist als nicht zu wissen, was mit ihnen geschehen ist. Der Huecuvus-Tempel bietet ihnen die Möglichkeit, mit dem Ganzen abzuschließen, zumindest im Geiste. Irgendwann kommen sie zu mir, suchen nach der Bestätigung, dass ihre Lieben ihren Frieden gefunden haben, und dann beten sie für ihr Wohlergehen und ihren Seelenfrieden.«

»Also glauben Sie nicht, dass im Huecuvus-Tempel etwas Ungewöhnliches vor sich geht?«

»Es gibt dort nichts außer dem Dschungel selbst, dieser jedoch kann brutal und unerbittlich sein.« Ein Kellner kam zu ihnen, um die Bestellung des Priesters aufzunehmen, aber Pater Corvecci lehnte mit einer schwachen

Handbewegung freundlich ab. Kimball hingegen bestellte sich noch ein weiteres Bier.

»Darf ich Sie etwas fragen?«, erkundigte sich Pater Corvecci nun.

Kimball sah ihn nur stumm an.

»Wieso dieses Interesse an dem Tempel und all den Legenden, die ihn umranken?«

»Wie ich annehme, haben die offiziellen Stellen des Vatikan Sie darüber unterrichtet, dass die Einzelheiten dieser Mission nur denen vorbehalten sind, die direkt an dieser Mission teilnehmen, nicht wahr Pater? Und dass es Ihre *alleinige* Aufgabe ist, uns mit allen Antworten zu helfen, aber nicht, Fragen zu stellen.« Kimball konnte sehen, dass diese Antwort den Priester erstaunte. »Pater Corvecci, das soll nichts Persönliches sein. Es ist einfach nur der Wunsch des Vatikan, dass dieser Einsatz so geheim wie möglich gehalten wird, und je weniger davon wissen, umso besser. Glauben Sie mir.«

Das zweite Glas Bier wurde gebracht. Kimball nahm es entgegen und stellte es vor sich auf den Tisch.

Pater Corvecci sah Kimball abwertend an, als wäre das Trinken allein bereits ein schändliches Laster.

»Bedrückt Sie etwas, Pater?«

Der Priester schüttelte den Kopf. »Wenn ich es richtig verstanden habe, brauchen Sie auch jemanden, der Sie dorthin bringt, nicht wahr?«

Kimball nickte. »Mein Team kann es unbemerkt nach Brasilien schaffen, aber dann bräuchten wir jemanden, der uns zu dieser vergessenen Kathedrale führt.«

»Der Tempel ist nicht leicht aufzuspüren, noch schwieriger ist es allerdings, jemanden zu finden, der Ihnen den Weg dorthin zeigen will«, erwiderte Pater Corvecci.

»Aber ich konnte jemanden ausfindig machen, der sich bereit erklärt hat, sie bis auf zehn Kilometer heranzuführen, doch dann wird er augenblicklich umkehren. Die letzten zehn Kilometer werden Sie also allein zurücklegen müssen.«

Kimball wusste, dass der Dschungel extrem schnell wuchs und geschlagene Pfade daher oft binnen weniger Tage wieder so überwuchert waren, dass sie sich neue Schneisen würden schlagen müssen. Zehn Kilometer durch den brasilianischen Dschungel konnten also extrem lang und anstrengend werden. Es gab keine Landezonen für Hubschrauber, denn dafür war das Blätterdach einfach zu dicht. GPS- oder Satellitensignale waren ebenfalls nicht imstande, dieses zu durchdringen. Kimball hatte allerdings schon früher mehrere Dschungel durchquert, besonders an der südlichen Spitze der Philippinen.

»Sein Name ist Pasqual«, sagte der Priester. »Er ist ein guter Christ, der daran glaubt, Gottes Werk zu verrichten, indem er Sie zu dieser Kathedrale führt. Aber die Mythen um den Tempel sind dennoch zu präsent für Pasqual, um Sie den ganzen Weg dorthin führen, ob er nun an Gott glaubt oder nicht. Nach der Hälfte der Strecke wird er Ihnen eine Liste mit spezifischen Anhaltspunkten geben, die Sie bis zum Tempel leiten. Aber wenn Sie auch nur einen davon übersehen, wird es nicht mehr leicht sein, den Weg zurückzufinden, denn der brasilianische Dschungel ist dafür bekannt, die Leben derer einzufordern, die sich nicht bewusst machen, wie gefährlich er sein kann.«

»Wir sind erfahren in so etwas.«

»Daran zweifle ich nicht, aber dieser spezielle Dschungel ist äußerst tückisch.« Der Priester erhob sich nun und trat von dem Tisch zurück. »Pasqual wird sich morgen früh um sechs Uhr hier mit Ihnen treffen. Sie haben doch ein Transportmittel, oder nicht?«

»Ja, das haben wir.«

»Er wird Ihnen zeigen, wie Sie unbemerkt über die Grenze kommen. Wenn Sie diese überquert haben, werden Sie das Fahrzeug fürchte ich zurücklassen müssen, um ihre eigentliche Reise zum Huecuvus-Tempel zu beginnen.« Pater Corvecci schlug ein Kreuz und sprach dann auf Spanisch einen Segen. Danach verabschiedete er sich in englischer Sprache von Kimball. »Möge Gott mit Ihnen sein.«

Nachdem Corvecci in der Menge verschwunden war, sah Kimball zu dem Kirchturm auf, der in der Ferne aufragte. Das war ein ganz schön langer Weg in dieser Hitze und Schwüle, aber er nahm an, dass Corvecci an Spaziergänge bei diesem Klima gewöhnt war.

Kimball starrte auf die Schaumkrone seines Bieres. Er selbst glaubte durchaus, dass an Legenden mehr dran war und dass diese Schatten und Umrisse mehr als nur Pumas waren. Böse Geister? *Nein, natürlich nicht.* Pumas? *Bis zu einem gewissen Grad, bestimmt.* Mitglieder des Ordens der Gefallenen Engel, die ein wachsames Auge auf das umliegende Terrain hatten? *Das würde er bald herausfinden.*

Er hob sein Glas und trank es aus.

KAPITEL 26

ROM, ITALIEN

Pinchas saß am Fenster eines Restaurants und beobachtete die Bewohner Roms, die emsig die Straßen bevölkerten. Nachdem er aus dem Transporter entkommen war, hatte er als Erstes ein Bekleidungsgeschäft aufgesucht und ein neues Outfit samt Hut und Sonnenbrille anprobiert. Als der Angestellte im vorderen Ladenbereich mit einem anderen Kunden beschäftigt gewesen war, war er schnell zum Hinterausgang hinausgeschlüpft, während er die kompakte Waffe unter seinem neuen, illegal erworbenen Anzug verborgen hatte.

Er hielt den Kopf gesenkt, hatte den Blick auf den Gehweg gerichtet, und sah nie lange genug auf, um jemandem die Chance zu geben, seine Gesichtszüge genauer zu studieren. Nachdem er das Restaurant betreten hatte, hatte er sich einen Kaffee bestellt und das Fernsehprogramm verfolgt, das auf einem kleinen Fernseher an der hinteren Wand lief.

Der Mann, der für den Anschlag auf das Leben des Papstes verantwortlich war, hatte entkommen können und wurde als bewaffnet und gefährlich beschrieben. Sein Foto erschien nun ebenfalls auf dem Bildschirm, was ihn dazu veranlasste, die Krempe seines Hutes noch tiefer in sein Gesicht zu ziehen. Dann wurde zu dem Gesundheitszustand des Papstes übergeleitet, der sich mittlerweile offenbar in einem stabilen Zustand befand und Anzeichen für eine vollkommene Genesung zeigte.

Dann war er also noch am Leben.

Ich habe versagt!

Es folgte eine weitere Überleitung, und dieses Mal war der zusammengestürzte Flügel des Gemelli-Krankenhauses zu sehen. Trümmer aus Stahl und Beton türmten sich zu kleinen Pyramiden auf, in einer Landschaft, die einem Kriegsgebiet ähnelte.

Als die Kellnerin kam, um ihm Kaffee nachzuschenken, legte er seine Hand über die Tasse und lehnte ab. Er sah dabei nicht auf und antwortete ihr auch nicht. Er blieb einfach mit gesenktem Blick auf seinem Platz sitzen, bis sie sich wieder entfernte.

Weitere Berichte über seine Flucht folgten. Vier Männer waren getötet worden. Der Killer befand sich auf freiem Fuß und war womöglich geistig verwirrt, was Pinchas kurz auflachen ließ.

Er war doch nicht verrückt. Man hatte ihm einfach nur andere Werte eingepflanzt. Doch seine tödlichen Fähigkeiten resultierten immer noch aus seinem Training als Vatikanritter.

Er überlegte kurz, ob er einen zweiten Anschlag auf das Leben des Pontifex unternehmen sollte, denn zweifellos befand er sich nicht mehr im Gemelli-Krankenhaus. Angesichts seines Zustands, hatte man ihn garantiert an einen Ort ganz in der Nähe gebracht. *Mit einiger Sicherheit in den Apostolischen Palast,* überlegte er. Denn dort würde er von Einheiten der Schweizergarde, der Vatikanpolizei und den Vatikanrittern umringt sein – und das war ein undurchdringbarer Sicherheitswall, selbst für ihn.

Deshalb beschloss er, wieder nach Brasilien und zu der vergessenen Kathedrale zurückzukehren, um dort weiter im Dienste der Meister zu kämpfen. Viel wichtiger aber war es ihm, wieder mit seinen Brüdern vereint zu sein, mit denen er sich stark verbunden fühlte.

Als der Fernsehsender dazu überging, alles ohne wirklich neue Erkenntnisse zu wiederholen, begab sich Pinchas auf die Toilette. Wie schon zuvor in dem Bekleidungsgeschäft verließ er das Restaurant unauffällig durch die Hintertür und prellte die Kellnerin um die Rechnung.

KAPITEL 27

DER APOSTOLISCHE PALAST
VATIKANSTADT

Vier Tote, Pinchas war auf der Flucht und Kimball befand sich außer Landes. *Eine denkbar schlechte Verkettung der Umstände*, dachte Jesaja und legte den Telefonhörer auf die Gabel zurück. Er hatte gerade einen Anruf der Vatikanpolizei erhalten, dass Pinchas während seines Transports entkommen und nun voll bewaffnet auf der Flucht war. Ein Fahndungsaufruf war bereits an alle Strafverfolgungsbehörden ergangen, aber alle Versuche, ihn aufzuspüren, waren bislang leider fehlgeschlagen. Pinchas war eine extrem große Bedrohung, denn niemand konnte sagen, ob er einen zweiten Anschlag auf den Papst plante oder ob er das Land verlassen würde. Das Einzige, was sie jetzt tun konnten, war darauf zu warten, dass er wieder auf der Bildfläche auftauchte.

Während Jesaja nervös durch den Raum schritt, in dem der Arzt gerade die Vitalwerte des Papstes prüfte, konnte Jesaja sehen, dass der Monitor den gleichmäßigen Ausschlag eines Menschen in einer stabilen Verfassung zeigte. Bonasero war dem Tod also tatsächlich von der Schippe gesprungen und erholte sich, wenn auch langsam. Die Schläuche hatte man bereits aus seiner Kehle entfernt, ebenso wie die Sauerstoffmaske auf seinem Mund. Wenn er sprach, brachte er allerdings immer nur wenige Worte hervor, bevor die Erschöpfung ihn wieder übermannte. Doch sein Verstand war hellwach, genauso wie seine Augen. Er schlief zwar viel, wachte aber immer wieder auf, und dann trank er Saft aus Tetrapacks, an deren Seiten Strohhalme klebten. Nach den Worten des Arztes gaben seine Werte Anlass zur Hoffnung und verbesserten sich noch dazu stündlich.

Nachdem der Arzt seine Untersuchung abgeschlossen hatte, trat Jesaja an das Bett des Papstes und legte sanft eine Hand auf Bonaseros Schulter. »Wie fühlen Sie sich, Eure Heiligkeit? Haben Sie auch alles, was Sie brauchen?«

Bonasero deutete daraufhin auf das Saftpäckchen, das auf dem Tablett vor ihm stand. Jesaja ergriff es und hielt es dem Pontifex an die Lippen. Nach ein paar gierigen Schlucken ließ der alte Mann sich wieder zufrieden auf sein Kissen sinken. »Ich dachte … ich hätte … Pinchas gesehen«, flüsterte er jetzt.

Jesaja wusste sofort, dass er von dem versuchten Mordanschlag sprach.

»Haben mich meine Augen … getrogen?«

Jesaja schüttelte bedauernd den Kopf. »Sie haben richtig gesehen«, erklärte er ihm. »Es war tatsächlich Pinchas, und er war nicht allein. Mordechai war bei ihm.«

»Mordechai?«

Wieder nickte Jesaja. »Mordechai hat sich selbst das Leben genommen«, erzählte er betrübt.

Millionen unterschiedlicher Emotionen, die zwischen Verwirrung und Trauer schwankten, schienen über das Gesicht des Pontifex zu huschen. »Ich verstehe das alles nicht … wieso?«

»Kimball versucht gerade, genau das herauszufinden«, erklärte ihm Jesaja. »Deshalb befindet er sich im Moment auch mit einem Team in Kolumbien.«

»In Kolumbien?«

Jesaja nickte. »Wir haben Grund zu der Annahme, dass der Pilot der *Shepherd One* das Flugzeug vor drei Jahren wissentlich in Brasilien nahe der kolumbianischen Grenze heruntergebracht hat, und dass er für eine Sekte, die sich selbst der Orden der Gefallenen Engel nennt, gearbeitet hat.«

Bonasero hörte ihm aufmerksam zu.

»Die Vatikanpolizei hat Pinchas festgenommen.« Jesaja beschloss, den Papst aber nicht über dessen kürzliche Flucht zu informieren. »Es scheint, als wäre Pinchas … nicht mehr er selbst.«

»Das verstehe ich nicht.«

»Es hat den Anschein, als hätte man Pinchas und Mordechai einer Gehirnwäsche unterzogen.«

»Einer Gehirnwäsche?«

»Ja, die beiden haben unter einem vollkommen neuen Wertekodex agiert – oder besser gesagt dem Fehlen eines solchen. Alles, was sie als Vatikanritter gelernt haben, wurde offenbar gelöscht, mit Ausnahme einiger weniger Erinnerungen. Wir glauben, dass sie darauf programmiert wurden, einen terroristischen Akt gegen den Vatikan zu verüben, und wer wäre besser dafür geeignet als eine Gruppe von Elitekämpfern, die genau wissen, wie man in den Vatikan eindringen und die Ermordung des Papstes bewerkstelligen könnte?«

»Und die anderen Ritter und die Kardinäle?«

»Wir glauben, dass die restlichen vier Ritter noch am Leben sein könnten, in Brasilien, im Verborgenen, zusammen mit den Kardinälen.«

»Aber wieso wollten sie mich … tot sehen?«

»Pinchas hat von der Aufrechterhaltung der Idee einer Herrschaft, eines Gesetzes und einer Religion gesprochen.

Aber er ist nicht weiter ins Detail gegangen. Offenbar hat er Sie für jemand vollkommen anderen gehalten. Wie ich schon sagte, Pinchas ist nicht mehr der Alte.«

Von einer Sekunde auf die andere rang Bonasero plötzlich nach Atem. Seine Augen starrten an die Decke und der Monitor begann ein wenig schneller zu piepen.

Besorgt beugte sich Jesaja über ihn. »Eure Heiligkeit?«

Doch dann beruhigte sich das Piepen wieder. Die Atemzüge des Papstes wurden wieder gleichmäßiger, wenn auch immer noch etwas abgehackt.

»Dieser Orden«, sagte er tonlos. »Erzähl mir mehr davon.«

»Ich weiß nur, dass sie vor Jahrzehnten als Neo-Nazi-Vereinigung begonnen haben, um die kriegerischen Ideologien des Dritten Reiches weiter aufrechtzuerhalten. Aber es gelang ihnen nicht, viel mehr, als ein Syndikat zu werden, das Gelder aus verschiedenen Organisationen abgezweigt und verlorene Seelen beraubt hat. Nachdem vor sechs Jahren bekannt wurde, dass Interpol und der ABIN das Oberhaupt der Organisation wegen illegaler Geldgeschäfte suchen, verschwand dieser plötzlich wie vom Erdboden. Er galt lange als verschollen, bis er kürzlich an einem Flughafen in Kolumbien gesichtet wurde.«

»Dieses … Oberhaupt. Wie heißt er?«

»Gunter Wilhelm.«

Der Monitor begann nun immer hastiger zu piepen, und der Papst schien sich plötzlich extrem unwohl zu führen, was die Ärzte dazu veranlasste, sofort einzuschreiten. Als die Werte sich wieder ein wenig beruhigt hatten, drängte der Pontifex Jesaja, weiterzusprechen. »Gunter Wilhelm?«

»Sie müssen sich jetzt unbedingt ausruhen«, warnte der Arzt.

Aber der Pontifex ignorierte ihn und durchbohrte Jesaja förmlich mit seinem Blick. »Du sagtest doch Gunter Wilhelm, nicht wahr?«

»Ja, das tat ich, Eure Heiligkeit.«

Der Pontifex ließ sich daraufhin wieder auf sein Kissen sinken. *Gunter Wilhelm!*

»Kein Grund zur Sorge«, tröstete ihn Jesaja und legte seine Hand beruhigend auf Bonaseros Unterarm. »Kimball geht der Sache bereits nach. Pinchas und Mordechai wurden lediglich als Werkzeuge ausgesandt, um die wie auch immer gearteten Ziele dieser Gruppe zu verwirklichen. Ihr Verstand wurde so sehr beeinflusst, dass sie Sie nicht mehr erkannt haben. Sie wurden von dem Orden so programmiert, dass sie in Ihnen nicht länger den Papst, sondern einen Mann namens Franz Kleimer-Schmidt zu sehen geglaubt haben.«

Plötzlich füllten sich Bonaseros Augen mit Tränen. Er blinzelte, doch ein paar davon rannen ihm aus den Augenwinkeln und tropften auf das Kissen.

»Sie wurden nicht getäuscht«, presste er mühsam hervor. »Sie haben genau den gefunden, nach dem sie gesucht haben.« Dann hob er seine gebrechlich aussehende Hand und tippte sich damit leicht auf die Brust. »Ich bin Franz Kleimer-Schmidt.«

TEIL 2

DIE KNABEN DES JUNGVOLKS

KAPITEL 28

DEUTSCHLAND
22. MAI 1945

Sie waren nichts weiter als ein paar Jungen, die zwei Wochen nach der Kapitulation Deutschlands auf der Straße zu überleben versuchten. Sie befanden sich gerade südlich von München und waren auf dem Weg nach Italien, weg von der Roten Armee, die aus dem Norden und von Osten her anrückte.

Sie waren nur noch Straßenkinder, Überbleibsel des Nazireiches, welches in jenem Moment gestorben war, als Adolf Hitler sich eine Pistole an die Schläfe gehalten und den Abzug gedrückt hatte, während er noch zusätzlich Gift geschluckt hatte. Ideen und Überzeugungen waren jedoch kugelsicher, weshalb die Ideologie des Dritten Reiches in den Herzen und den Köpfen all jener weiterlebte, die alles verloren hatten und denen nur noch eines geblieben war: der Glaube an etwas.

Nachdem die wahren Soldaten bei den Angriffen der Roten Armee an den Fronten dezimiert worden waren, hatte man 1942 kurzerhand das Jungvolk zusammen mit der Hitlerjugend an die russische Front geschickt. Zwei Jahre später waren erfahrene Kämpfer aus den Überlebenden geworden, die entweder Zeuge abscheulicher Verbrechen geworden waren oder diese sogar selbst begangen hatten. Nicht selten auch beides.

Nun, zwei Wochen nach der Kapitulation von Deutschland, befand sich eine Gruppe von ihnen auf der

Flucht vor der Roten Armee und versuchte dabei immer noch, den Traum an eine Herrschaft, ein Gesetz und einen Glauben aufrechtzuerhalten. Der Traum von der Erschaffung einer wahren arischen Gesellschaft.

Als sie ihre Flucht begonnen hatten, hatte ihre Einheit aus sechzehn Jungen bestanden. Mittlerweile war ihre Zahl auf zwölf geschrumpft, nachdem sich vier von ihnen in der Nacht aus dem Staub gemacht hatten. Vier der übrig gebliebenen Jungen stammten aus der Hitlerjugend, wo sie den Rang eines Leutnants innegehabt hatten und daher die anderen acht Knaben des Jungvolks im Alter zwischen zehn und dreizehn Jahren befehligten.

Gunter Wilhelm war der Anführer der gesamten Einheit, während seine Leutnants – Hermann Braun, Albrecht Krause und Frederik Austerlitz – eng an seiner Seite standen. Sie waren fünfzehn und sechzehn Jahre alt. Als Wilhelm erfuhr, dass Mitglieder seiner Gruppe geflohen waren, fühlte er sich in seiner eigenen Ehre verletzt und verfolgte daher sie und ihren Anführer – Franz Kleimer-Schmidt, ein schlanker Junge mit großen blauen Augen, die stets zu groß für sein Gesicht schienen.

Wilhelm, der für seine sechzehn Jahre schon sehr groß gewachsen war, packte Franz schließlich am Kragen, als er sie erwischt hatte, zerrte das Kind zu Boden und beschimpfte ihn wüst.

»Wir sind noch nicht geschlagen!«, erklärte er Franz. »Nicht auf lange Sicht!« Dann fügte er noch hinzu: »Das Reich ist noch nicht am Ende. Deutschland *wird* wieder auferstehen.«

»Der Krieg ist vorbei«, stieß Franz schwach hervor. »Schon seit zwei Wochen.«

Wilhelm schlug ihm daraufhin fest ins Gesicht. »Erzähl du mir nichts vom Krieg!«, rief er aufgebracht. »Ich spreche hier von einer Vision! Einer Art zu leben! Hat man dir das beim Jungvolk denn nicht beigebracht?«

Franz fing nun an zu weinen, und Gunter Wilhelm starrte angewidert auf das Kind hinunter, das sich zu einer Embryonalhaltung zusammengerollt hatte. »Du bist so schwach«, konstatierte er, »und doch willst du derjenige sein, der das Jungvolk anführt?«

Franz rappelte sich langsam wieder auf und sah Gunter dann mit einem Blick an, der alles andere als herausfordernd wirkte. Kurz darauf senkte er reumütig den Kopf, während Gunter ihn weiter mit einem eisernen Blick fixierte.

»Eine Herrschaft, ein Gesetz und ein Glaube. Glaubst du ebenfalls daran, Franz?«, fragte Gunter ihn.

Franz litt offenbar Todesängste. »Ja«, flüsterte er.

»Lauter.«

»Ja.«

»Ich sagte lauter!«

»JA!«

Gunter nickte zufrieden. »Sehr gut.« Dann begann er, mit auf dem Rücken verschränkten Händen im Kreis um Franz herumzulaufen. Franz verharrte weiterhin regungslos, die Augen fest auf die feuchte Erde gerichtet, die seine Füße aufgrund der schweren Regenfälle umgab, und weigerte sich, hochzusehen.

Jetzt blieb Gunter hinter dem sehr viel kleineren Jungen stehen, beugte sich ganz langsam nach vorn und flüsterte Franz ins Ohr: »Ich führe meine Leutnants«, erklärte er ihm. »Meine Leutnants führen dich, und du führst die Knaben des Jungvolks. Das ist eine Ordnung, die niemals gebrochen werden darf. Unterwürfigkeit und Disziplin sind alles. Denn sie führen letzten Endes zum Erfolg. Wenn die Kette einmal gebrochen ist, regiert das Chaos. Versteht du das?«

Franz nickte.

»Ich kann dich nicht hören, Franz. Verstehst … du … das?«

»Ja!«

Gunter Wilhelm richtete sich wieder auf, die Hände noch immer hinter seinem Rücken verschränkt. »Sehr gut, Franz. Denn als Führer des Jungvolks bist du für ihre Handlungen verantwortlich. Sollte also noch irgendwer die Einheit verlassen, auch nur ein einziger, werde ich dich persönlich dafür zur Rechenschaft ziehen. Ist das klar?«

»Ja.«

Gunter Wilhelm zog daraufhin eine Luger aus seinem Holster, die einzige Waffe, die sie noch besaßen, und strich mit ihrem dünnen Lauf beinahe zärtlich über Franz Wange. »Hätte es an der russischen Front genügend Verantwortungsbewusstsein gegeben, würden wir uns immer noch im Krieg befinden«, erklärte er tonlos. »Und es wäre den Russen nicht gelungen, unsere Linien zu durchbrechen. Doch nun müssen wir uns vollkommen neu formieren, das Land wieder aufbauen, und dabei ist es wichtig, dass wir auf unsere arischen Wurzeln vertrauen.« Während er damit fortfuhr, mit der Mündung der Waffe über Franz weiche Wange zu streichen, fragte er: »Glaubst du, dass wir das erreichen können?«

Natürlich glaubte Franz nicht mehr daran, denn egal, wie viele Russen auch von deutschen Gewehren niedergestreckt wurden, es stürmten immer mehr von ihnen heran, wie Ameisenhorden, Welle um Welle. Die Deutschen waren besiegt und Hitler tot. Glaubte Gunter Wilhelm wirklich, dass ein Dutzend Jungen fähig waren, seinen verirrten Traum aufrechtzuerhalten?

Gunter wusste allerdings Angst wie ein gut funktionierendes Werkzeug einzusetzen.

Es gab deshalb keine andere Antwort als die, die Gunter Wilhelm hören wollte.

»Ja«, sagte er daher schließlich.

Gunter Wilhelm steckte seine Pistole daraufhin in das Holster zurück. »Sehr gut, Franz. Wahre Führer geben niemals auf und ergeben sich auch nicht. Ich sehe durchaus Potenzial in dir. Führe deine Gruppe also an, aber führe sie gut. Vergiss nicht: Unterwürfigkeit und Disziplin sind alles.«

Franz' Blick blieb weiter verängstigt auf den Boden gerichtet. »Ja.«

»Was den Rest von euch angeht«, wandte sich Gunter nun an das Jungvolk. »Jeder weitere Versuch, dieser Einheit zu entfliehen, wird harte Konsequenzen nach sich ziehen. Seid also gewarnt. Und nun ruht euch aus. Denn morgen werden wir weiter nach Süden ziehen, um nach Italien zu gelangen. Die Rote Armee wird uns garantiert nicht so weit verfolgen. Wir werden auf dem Weg bestimmt andere Kämpfer finden und uns auf diese Weise neu formieren können … andere, die unsere Sache unterstützen werden.«

Als sich niemand rührte, wiederholte Gunter seinen Befehl. »Geht schlafen, sagte ich.«

Die Jungs liefen auseinander und suchten sich ein trockenes Plätzchen, um zu schlafen. Der Regen aber hatte das unmöglich gemacht, denn das gesamte Erdreich war vom Regenwasser vollgesogen. Also schliefen die Jungs schließlich notgedrungen auf der nassen Erde und die Kälte ließ sie bald darauf erzittern. Für Franz Kleimer-Schmidt war diese Situation einfach nicht mehr hinnehmbar.

In Gedanken arbeitete er deshalb bereits an einem Plan, sich gegen Gunter Wilhelm aufzulehnen.

KAPITEL 29

In derselben Nacht, in der ein für die Jahreszeit ungewöhnlich kalter Wind wehte, beschlossen schließlich zwei Knaben des Jungvolks, das Lager zu verlassen. Denn es gab kein Lagerfeuer, da die Leutnants der einhelligen Meinung gewesen waren, dass ein Feuer womöglich die Rote Armee anlocken könnte. Das einzige Licht spendete der beinahe volle Mond und warf ein bleiches Leuchten über die Landschaft.

Niemand sprach. Einer der Jungen tippte dem anderen auf die Schulter und deutete auf die Baumgrenze, die ein dicht bewaldetes Gebiet markierte. Geduckt und lautlos huschten sie auf die Bäume zu.

Kurz vor Erreichen des Waldes sprangen jedoch plötzlich zwei von Gunters Leutnants aus den Büschen und hielten die Jungen fest. Während den vollkommen überraschten Jungen der Mund offen stand, war den Leutnants ein teuflisches Grinsen ins Gesicht geschrieben und ein sadistisches Funkeln zeigte sich in ihren Augen.

Als der Morgen anbrach, saßen die beiden Jungen mit auf dem Rücken zusammengebundenen Händen auf einem Baumstamm. Die ganze Nacht über hatten die beiden leise geweint, und ihre Tränen hatten helle Linien auf ihren schmutzigen Gesichtern hinterlassen. Ihre Kleidung war verdreckt und voller Erde, da die beiden Leutnants sie durch den Morast gezerrt hatten, bevor sie ihnen die Hände gefesselt hatten.

Das Sonnenlicht war hinter einem schiefergrauen Himmel verborgen, der noch mehr Regen ankündigte. Gunter musterte die beiden Jungen schweigend. Sie waren elf Jahre alt und Cousins. Mindestens zwanzig Minuten tat er nichts anderes, er sah sie nur an und wartete schweigend. Es genügte, sie regungslos und voller Verachtung anzustarren, um sie zum Schluchzen zu bringen.

Das war der Moment, auf den Gunter gewartet hatte.

Er wandte den Jungen den Rücken zu, marschierte zu Franz hinüber und betrachtete ihn mit dem gleichen kalten und unnachgiebigen Blick. »Hatte ich dich nicht davor gewarnt, dass es harte Konsequenzen bei einer Flucht geben würde, Franz?«

Franz antwortete ihm nicht, denn er spürte, wie ihm Gallenflüssigkeit in die Kehle stieg und dort heiß wie Säure brannte.

»Es sind Jungen aus deiner Gruppe«, sagte Gunter. »Du bist damit nicht nur an deiner Verantwortung gescheitert, sondern hast sie auch noch im Stich gelassen. Nämlich darin …«, er deutete auf die beiden Jungen, »ihnen Gehorsam beizubringen. Verantwortung ist alles, Franz … und die nötige Disziplin, sie auch zu übernehmen.«

»Lass mich mit ihnen reden«, bat Franz tapfer. »Ich verspreche dir, sie werden es nicht wieder versuchen.«

»Ich weiß, dass sie es nicht wieder versuchen werden. Keiner von euch wird das, weil ich euch jetzt zeigen werde, welche Konsequenzen so etwas hat. Ich werde euch zeigen, was absolute Macht bedeutet, und wie man es mit ihrer Hilfe schafft, abweichende Gedanken sofort zu vernichten … wie etwa den, davonzulaufen.«

Gunter Wilhelm trat nun hinter die beiden Jungen, die inzwischen hemmungslos weinten. »Du hattest deine

Chance, Franz. Wieder einmal hast du versagt.« Er zog seine Luger hervor.

Franz trat einen Schritt vor und streckte Gunter flehend seine Hände entgegen. »Du hast deinen Standpunkt deutlich gemacht«, erklärte er. »Jeder hier hat es verstanden.« Seine Stimme hatte nun all ihre Brüchigkeit verloren, stattdessen lag die feste Entschlossenheit darin, dieses Schauspiel zu beenden. Das gefiel Gunter sichtlich, denn er schenkte Franz ein schmales Lächeln.

»Na endlich«, sagte Gunter. »So spricht ein wahrer Führer!«

Mit diesen Worten hob er seine Waffe, zog den Abzug durch und tötete den ersten Jungen, der daraufhin von dem Baumstamm nach vorn in den Matsch fiel.

Franz war vollkommen erstarrt, genauso wie alle anderen, mit Ausnahme der Leutnants, die von Gunters Tat unbeeindruckt schienen, so als hätten sie bereits damit gerechnet.

Gunter trat nun zu dem zweiten Jungen und presste ihm die Mündung seiner Waffe an den Hinterkopf. Das Kind weinte hemmungslos und bettelte um sein Leben. »Jetzt siehst du die Konsequenzen, die dein Versagen hat, Franz. Und in meiner Einheit ist Versagen absolut inakzeptabel.« Er zog den Abzug durch und tötete auch den zweiten Jungen. Franz sah dabei keinerlei Bedauern in Gunter Wilhelms Augen.

»Du solltest mich besser nicht noch einmal enttäuschen, Franz.« Gunter hielt die Pistole in die Luft, wie das Zepter seiner Herrschaft. »Denn falls doch, bist du als Nächstes an der Reihe.«

Nachdem er die Luger noch für weitere zehn Sekunden präsentiert hatte, um seine Worte zu unterstreichen, steckte er sie wieder ein. »In fünf Minuten brechen wir auf«, wies Gunter sie an. »Wir ziehen nach Süden.«

»In fünf Minuten?«, fragte Franz fassungslos. »Begraben wir sie denn nicht wenigstens?«

»Ich werde keine Feiglinge beerdigen, die vor einer glorreichen Zukunft davongerannt sind. Die wilden Hunde in der Gegend werden sie sich schon holen. Die Natur wird sich um sie kümmern.«

»Gunter … bitte. Lass sie mich schnell beerdigen. Die Erde ist weich. Es wird nicht lange dauern.«

Wilhelm legte wie als Mahnung eine Hand auf sein Holster und die Luger darin. »Du hast meinen Befehl gehört, Franz. Fünf Minuten.«

Während Gunter zu seinen Leutnants lief, sah Franz zu den Leichen der beiden Jungen hinüber, die mit dem Gesicht nach unten im Matsch lagen. Blut, das aus den Austrittswunden rann, begann unter ihren Körpern kleine Lachen zu bilden, die sich anschließend mit der Erde vermischten und in Rinnsalen über den Boden liefen.

Franz fühlte sich plötzlich ganz schwach und schwindelig. Also setzte er sich auf den Boden und tauchte seine Finger in die Mischung aus Blut und Erde, die klebrig an seinen Fingern hängen blieb.

Nach einer Weile wischte er sie an seiner Kleidung ab und versah diese mit Blut seiner Jungvolk-Brüder, welches nie wieder verschwinden würde.

Nachdem fünf Minuten verstrichen waren, rief Gunter – ganz wie angekündigt – die Gruppe zusammen.

Dann brach die Gemeinschaft aus zehn Jungen nach Italien auf.

KAPITEL 30

Als sich die Nacht ankündigte, die letzten Sonnenstrahlen verblassten und das Funkeln der Sterne den Himmel übernahm, erreichten die Jungen eine kleine Lichtung, die etwa zweihundert Kilometer von der nordöstlichen Grenze Italiens entfernt war. In der Mitte des Feldes, zumindest von ihrer Position aus gesehen, entdeckten sie ein Rudel streunender Hunde, die sich um etwas geschart hatten und fraßen.

Die Jungen standen regungslos da und sahen ihnen dabei zu, während ihre leeren Bäuche laut knurrten. Schon seit zwei Wochen hatten sie nur unfassbar wenig gegessen und sichtbar an Gewicht verloren. Ihre Blicke waren leer und ihre Wangen fahl und eingefallen.

Als das Rudel sie bemerkte, drehten sich die Hunde zu ihnen herum, stellten die Nackenhaare auf und bereiteten sich darauf vor, ihre Beute zu verteidigen. Ein tiefes Knurren drang aus ihren Kehlen, aber als die Jungen sich ihnen näherten, konnten sie sehen, dass die Hunde genauso ausgemergelt waren wie sie selbst.

Als sie sich den Hunden bis auf sechs Meter genähert hatten und Gunter seine Pistole zog, warnten diese die Ankömmlinge bellend, keinen Schritt weiterzugehen.

Sechs Hunde, mit bösartigen langen, scharfen Zähnen. Sie hatten von einem Maultier gefressen, dessen Fleisch ganz offensichtlich bereits verdorben war und furchtbar stank. Einen Moment lang musterten sich die beiden Parteien. Das Maultier war der Preis, der dem Sieger winkte. Die Jungen betrachteten die Hunde, während ihnen das Wasser im Mund zusammenlief, und die Hunde fixierten ihrerseits die Jungs und sabberten. Wilde Blutlust stieg in ihnen allen auf … ein Hunger, der alles andere in einem Augenblick des Selbsterhalts verdrängte. Schließlich ergriffen die Hunde die Initiative und finden an, die Jungen als neu gefundene Beute zu umkreisen.

Obwohl Hunde eigentlich die besten Freunde des Menschen sein sollen, war offensichtlich, dass ihnen dennoch ein natürlicher Jagdinstinkt angeboren war. Der Mensch war nun für sie nicht mehr länger ein Begleiter, den sie uneingeschränkt liebten, sondern ein Festmahl.

Das Knurren wurde lauter, und die Jungen hoben ihre Knüppel, die sie in den Wäldern gesammelt hatten.

Sie verspürten dabei keinerlei Angst, sie verschwendeten keinen Gedanken auf das, was jenseits dieses Moments lag, es existierte nur noch der Hunger.

Gunter war allerdings das größte Raubtier unter ihnen. Er hob jetzt seine Waffe, zielte und betätigte den Abzug. Die Kugel traf den größten Hund des Rudels. Dieser stieß daraufhin ein schmerzerfülltes Winseln aus und sackte zu Boden. Ein zweiter Schuss folgte, und ein weiterer Hund fiel, tödlich von einer Kugel getroffen.

Die anderen Hunde erkannten nun ihre ausweglose Lage und sahen die Jungen, die auf sie zuhielten und dabei laut schreiend ihre Keulen schwangen, und rannten kurzerhand mit eingezogenem Schwanz davon.

In dieser Nacht brannte ebenfalls kein Feuer, denn keiner der Jungen wusste, wie man eines entfachen konnte. Sie rieben Stöcke aneinander, aber diese waren anscheinend zu feucht. Steine wurden unentwegt aneinandergeschlagen, aber keiner davon taugte offenbar als Feuerstein. Also rissen sie das Fleisch letzten Endes einfach roh von den Knochen, nachdem sie die Hunde gehäutet hatten. Als ihre Bäuche gefüllt waren, ging es ihnen langsam wieder besser. Tatsächlich war dies der beste Tag seit Wochen, denn endlich litten sie keinen Hunger mehr.

»Die Hunde sind immer noch in der Nähe«, erklärte ihnen Gunter schließlich, als sie in einem großen Kreis beieinander saßen. »Sie sind extrem hungrig, also werden sie uns im Auge behalten und auf den richtigen Moment warten.«

»Wir können ihnen doch das Maultier überlassen«, schlug Franz vor. »Wir ziehen weiter und erlauben ihnen, davon zu fressen.«

Gunter warf ihm einen Seitenblick zu. »Du wirst immer mutiger, Franz. Das gefällt mir. Denn Anführer sollten mutig sein.«

»Die Hunde haben auch Hunger. Lass sie etwas fressen, Gunter. Bitte.«

Nach kurzem Nachdenken nickte Gunter und erhob sich. »Wenn die Hunde sich an dem Maultier gütlich tun können, werden sie uns in der Nacht ignorieren und nicht angreifen.«

Sie packten ihre wenigen Habseligkeiten zusammen und liefen bis zu der südlichen Baumgrenze, hielten dabei aber genügend Abstand, falls sich etwas in den Schatten verbarg.

Nach einer Stunde näherten sich die Hunde vorsichtig dem Kadaver, warfen Gunters Gruppe weiter südlich aber immer noch wachsame Blicke zu. Als sie endlich zu fressen begannen, hob Gunter seine Waffe und begann wild auf das Rudel zu feuern. Seine Schüsse gingen zwar meilenweit daneben, aber es genügte, um die Hunde wieder in den Wald zu scheuchen.

»Was tust du denn da?«, wollte Franz aufgebracht wissen.

Gunter sah ihn kalt an. »Ich habe sie nur kurz daran erinnert, wer jetzt in diesem Tal das Sagen hat.«

»Du verschwendest damit wertvolle Munition.«

Gunter warf einen Blick auf seine Waffe und verzog dabei das Gesicht, als wäre ihm gerade die Erleuchtung gekommen. Der Junge hatte recht. Ihm waren danach nur noch zwanzig Schuss geblieben. Also steckte er die Waffe wieder in sein Holster zurück und antwortete nonchalant: »Franz, wähle einen anderen Jungen aus dem Jungvolk aus und halte mit ihm zusammen Wache.«

»Ja, Gunter.«

»Aber merke dir, was ich über das Scheitern und über die Konsequenzen gesagt habe. Einer meiner Leutnants wird das Lager ebenfalls im Auge behalten. Eure Leben liegen also in deiner Hand.«

»Es wird keine weiteren Vorkommnisse geben.«

»Dann sorge dafür.« Gunter streckte sich auf dem Boden aus und versuchte eine angenehme Schlafposition zu finden. »Morgen wird ein langer Tag, aber jetzt, wo unsere Bäuche gefüllt sind, haben wir wieder genügend Kräfte für unsere Reise gesammelt, nicht wahr?« Er hob den Kopf weit genug, um Franz über seine Schulter hinweg ansehen zu können, der ihn wild entschlossen zurück anstarrte. Nach einer kleinen Ewigkeit drehte Gunter ihm schließlich den Rücken zu.

Franz registrierte, dass er nicht auf der Seite mit dem Holster schlief. Die Waffe war auf diese Weise gut sichtbar und mit einer schnellen Handbewegung würde man sie ganz leicht aus dem Holster ziehen können. Er könnte die Herrschaft also an sich reißen.

Gerade, als sich dieser Gedanke in seinem Kopf mehr und mehr einnistete, landete ein krummer Knüppel vor seinen Füßen. Albrecht Krause hatte ihn offenbar beobachtet. »Nimm den Stock und behalte die Baumgrenze im Auge«, herrschte er ihn an. »Ruf, wenn du etwas Auffälliges siehst.«

Franz griff nach dem Knüppel und verbeugte sich mit gespieltem Respekt vor dem Leutnant. »Ja, Albrecht.«

Er wählte einen zweiten Jungen aus und machte sich dann auf dem Weg zu der Baumgrenze. Allerdings nicht ohne der Waffe im Holster einen letzten sehnsuchtsvollen Blick zuzuwerfen.

KAPITEL 31

Während der Nacht zogen einige Wolken heran und es begann erneut zu regnen. Die Jungen drängten sich in der Kälte zitternd aneinander, als es wie aus Eimern schüttete. Mit hochgeschlagenem Kragen saß Franz, zusammen mit Karl Götz, einem spindeldürren Jungen, dem es an Gewicht und Mut gleichermaßen mangelte, in der Nähe der Bäume.

»Ich habe Angst, Franz«, sagte Karl leise. Seine Stimme klang hoch und kindlich. »Ich will wieder nach Hause.«

»Es gibt leider kein Zuhause mehr«, erklärte ihm Franz sanft. »Das ist vorbei.«

»Aber ich will doch meine Mutter und meinen Vater wiedersehen.«

Franz ließ diesen Satz für einen Moment unkommentiert in der Luft hängen, denn jeder wusste, dass ihre Eltern entweder tot oder vor den Russen geflohen waren. Sie hatten nur noch sich selbst, und Gunter Wilhelm war beileibe kein guter Tausch gewesen.

»Franz?«

»Ja, Karl?«

»Hast du schon mal jemanden umgebracht?«

»Nein.«

»Nicht einmal an der russischen Front?«

»Nein.«

»Ich schon«, sagte er leise. »Gunter hat mich dazu gezwungen.«

Franz sah den Jungen daraufhin an, der eher wie acht als wie elf aussah. »*Was*?«

Karl nickte traurig. Er sah aus, als würde er jeden Moment zusammenbrechen. »Ein russischer Soldat ist verwundet worden. Er … lag einfach nur da, mit ausgestreckter Hand, und flehte um Hilfe.« Er unterdrückte ein Schluchzen. »Doch Gunter hat ihn beschimpft. Dann hat er ihn angespuckt und in die Seite getreten, dort, wo er verwundet gewesen war.«

Franz hörte aufmerksam zu. »Und wo war ich da?«

»Das war, bevor sich deine Einheit mit unserer zusammengeschlossen hat. Ein oder zwei Tage vorher«, antwortete Karl. »Gunter hat mir erklärt, dass es dabei immer nur um das Eine ginge, was auch immer *das Eine* sein sollte. Er sagte, dass ich mich als würdig erweisen müsse, und dass ich deshalb den Russen erschießen müsse. Dann hat er mir seine Luger gegeben und mir befohlen, den armen Hund von seinem Elend zu erlösen. Genauso hat er ihn genannt: einen Hund.«

Franz empfand großes Mitleid für den Jungen. Karl war schließlich noch ein Kind … das man gezwungen hatte, einen Mord zu begehen.

»Er hat mir befohlen, dem Russen tief in die Augen zu sehen, mit der Luger auf den Punkt dazwischen zu zielen und dann den Abzug zu drücken. Und dass es ganz einfach sein würde.«

»Aber das war es nicht, oder?«

Karl schüttelte den Kopf. »Nein, denn als ich mit der Luger auf den Russen zielte, sah ich die Verzweiflung in seinen Augen, und die Erkenntnis, dass er sterben würde. Er bettelte mich an und flehte, aber alles, was ich hören konnte, war Gunters Stimme, der mir ins

Ohr schrie, endlich abzudrücken.« Er hielt kurz inne. »Also tat ich es. Ich habe ihn getötet, Franz. Ich jagte ihm eine Kugel in den Kopf und habe gesehen, wie er die Augen verdreht hat, bevor er nach hinten umfiel. Alles, woran ich dabei denken konnte, war mein großer Bruder, denn mein Bruder war genauso alt wie er. Er war fünfzehn, vielleicht sechzehn Jahre alt.« Jetzt konnte sich Karl nicht mehr länger beherrschen und begann hemmungslos zu schluchzen. Franz, der einen wollenen grauen Mantel mit Hakenkreuzen auf den Schulterstücken trug, legte seinen Arm tröstend um Karl und zog ihn an sich heran.

»Ist ja schon gut«, sagte er sanft. »Wir beide wissen, dass du es nicht getan hättest, wenn Gunter dich nicht dazu gezwungen hätte.«

»Ich will wieder nach Hause«, schluchzte Karl atemlos.

»Das wollen wir alle, aber das ist leider unmöglich. Zumindest jetzt noch. Wir müssen zuerst nach Italien, weg von der Roten Armee. Was das anbelangt, hat Gunter recht.«

»Ich habe solche Angst vor Gunter.«

»Jeder hat vor ihm Angst, denn Gunter ist gefährlich. Er ist blind, besessen und nicht bereit, mit seiner kranken Ideologie zu brechen. Seine Macht beruht ausschließlich auf Angst, nicht auf Mitgefühl.«

Karl sah Franz an. »*Du* besitzt Mitgefühl. Das spüre ich. Du solltest unser Anführer sein, nicht Gunter. Dir würden die Menschen bestimmt folgen.«

Leichter gesagt als getan, dachte Franz. *Besonders, solange sich die Luger in Gunters Besitz befand.*

Franz drückte den Jungen weiter fest an sich; ein Kind, das einem anderen Trost spendete. »Alles wird wieder gut werden, Karl«, sagte er schließlich und starrte dabei in die Dunkelheit. *Alles wird wieder gut.*

Der Regen fiel unablässig weiter.

KAPITEL 32

Am folgenden Morgen, als das erste Sonnenlicht durch die Risse in der Wolkendecke fiel, wurde die Gruppe eilig zusammengetrommelt. Alle konnten sehen, dass sich in der Nacht vom anderen Ende der Lichtung her etwas genähert und die Reste des Maultiers geplündert hatte. Gunter ließ die Sache natürlich nicht auf sich beruhen und stellte Franz zur Rede.

»Hast du denn nicht sehen können, was aus der Dunkelheit kam, als wir schliefen?«, fragte er ihn. »Hast du deine Pflicht etwa nicht gewissenhaft ausgeführt?«

»Gunter, Karl und ich haben an der Baumgrenze im Süden Wache gehalten. Das weißt du genau. Aber Albrecht hätte etwas bemerken müssen.« Er deutete auf Gunters Leutnant. »Er war dem Maultier viel näher …«

»Schweig!«

Unterwürfig ließ Franz seine Hand sinken.

»*Du* hast auf der Lichtung Wache gehalten«, erklärte Gunter. »Albrecht hat das Lager beschützt.«

»Es tut mir leid«, sagte Franz entschuldigend. »Es wird nicht wieder vorkommen.« Obwohl sich Gunter nichts anmerken ließ, wusste Franz doch, dass der Anführer angesichts des kleinen Sieges still in sich hinein lächelte.

»Du wirst immer mehr zu einer Enttäuschung, Franz«, ließ Gunter Wilhelm ihn kurz darauf wissen. Dann wandte er sich ab und stellte sich neben Albrecht Krause. Die Knaben des Jungvolks befanden sich nun in der

Mitte der Gruppe und Hermann Braun und Frederik Austerlitz übernahmen die Nachhut.

Nachdem sie etwa zehn Kilometer auf die italienische Grenze zumarschiert waren, wurde Karl Götz mehr und mehr von einem rasselnden Husten geplagt. Ein paar Stunden später nahm seine Haut außerdem eine blasse Färbung an, dunkle Ringe bildeten sich unter seinen Augen und Schweiß rann ihm in die Stirn. Irgendwann liefen seine Lippen lavendelfarben an und er begann unkontrolliert zu zittern. Nach weiteren vier Kilometern sank Karl Götz auf die Knie, geschüttelt von einem fürchterlichen Hustenanfall, und spie dabei grünlich-gelben Schleim aus.

»Was ist denn bloß los mit ihm?«, wollte Gunter wissen.

Franz kniete sich neben Karl hin und zog ihn weit genug an sich heran, um das Zittern und die enorme Hitze spüren zu können, die von dessen Körper ausging. »Er ist schwer krank«, antwortete er.

»Wir müssen trotzdem weiter«, sagte Gunter mitleidslos. »Die Russen kommen von Osten und Nordosten, und die Amerikaner aus dem Westen. Zeit ist daher ein Luxus, den wir uns nicht leisten können.«

»Die Russen werden bestimmt nicht so weit nach Süden vordringen«, widersprach ihm Franz, »und die Amerikaner werden uns Kindern nichts tun. Karl ist sehr krank, er braucht dringend Hilfe.«

Gunters Gesicht verriet keinerlei Regung. »Hilfe?«

»Bitte, Gunter. Er hat unfassbare Angst und ist krank. Er kann keinen Schritt mehr weitergehen.«

Gunter schwieg einen Moment lang, dann sagte er mit kalter Stimme: »Ich verstehe.« Ohne ein weiteres Wort reichte er seine Luger an Albrecht Krause weiter, der sich daraufhin hinter den kranken Jungen stellte und mit der Waffe auf Karls Hinterkopf zielte.

»Amerikanische und britische Patrouillen rücken in diesem Augenblick von beiden Seiten heran«, erklärte Gunter, »was bedeutet, dass wir *damit* nur unsere Zeit verschwenden.« Mit dem Finger deutete er auf Karl, um zu unterstreichen, wen er mit *damit* meinte.

»Gunter, bitte«, flehte Franz ihn an, während er Karl weiter an sich presste.

»Geh zur Seite«, befahl ihm Gunter. »Sonst trifft die Kugel am Ende auch noch dich.«

»Gunter …«

Albrecht richtete die Luger wieder ruckartig auf Franz und rief: »Er sagte, du sollst zur Seite gehen!«

Doch Franz weigerte sich.

»Meinetwegen«, sagte Gunter. Er ging vor Franz und Karl in die Hocke, hielt dabei allerdings etwas Abstand. »Wenn es Karl gelingt, eine Minute lang nicht zu husten …« Er hob seinen Zeigefinger. »Nur eine Minute, dann darf er in unserer Einheit bleiben.« Er sah Franz intensiv in die Augen. »Einverstanden?«

»Das ist doch kein Spiel, Gunter. Er ist wirklich sehr krank.«

»Schaffst du das?«, fragte Gunter, an Karl gewandt. »Ich verlange immerhin nicht mehr als eine Minute.«

Karl antwortete nicht.

»In Ordnung.« Gunter nickte Albrecht zu. »Tu, was zu tun ist.«

Als Albrecht erneut auf Karls Hinterkopf zielte, hob der kranke Junge hastig die Hand. »Ja!«, schrie er. »Ich schaffe das! Eine Minute lang!«

Gunter lächelte mit diebischer Freude, dann erhob er sich. »Ausgezeichnet«, sagte er.

»Gunter, du musst das nicht tun«, sagte Franz zu ihm.

Ihr Anführer wusste, dass Franz den Ausgang dieses Experiments bereits vorhersah. Der Junge wusste genau was passieren würde, weil gewisse Dinge im Leben nun mal unausweichlich waren, und weil das teuflische Grinsen einfach nicht aus Gunters Gesicht verschwand. Am Ende lief es nur auf eine einzige Sache hinaus. Er wollte das Schicksal des Jungen und jedes anderen hier diktieren.

»Eine Minute«, sagte Gunter schließlich. »Die Zeit läuft ab …« Er machte absichtlich eine bedeutungsvolle Pause, weil er damit rechnete, dass Karl das Spiel womöglich beendete, bevor es überhaupt begann.

»Jetzt.«

»Du hast doch gar keine Uhr«, wandte Franz ein.

»Ich zähle einfach im Kopf. Sechzig Sekunden … neunundfünfzig …« Dann zählte er still weiter, zumindest versuchte er den Anschein zu erwecken.

Für alle anderen schien sich die Zeit unendlich auszudehnen. Sekunden fühlten sich plötzlich wie Minuten an, und Minuten wie Stunden. Gunter stand die ganze Zeit über mit verschränkten Armen da und starrte den Jungen an.

Irgendwann begann Karl sich zu winden. Seine brennenden Lungen protestierten offenbar. Sein Gesicht lief dunkelrot an, während der Junge gegen den Hustenreiz ankämpfte.

»Beinahe geschafft«, sagte Gunter grinsend.

Aber eine Minute war längst verstrichen, da war sich Franz sicher.

»Beiiiiiiinahe«, spornte Gunter den Jungen an.

Doch dann brach ein plötzlicher und heftiger Hustenanfall aus Karl heraus.

Auf eine schwache Handbewegung Gunters hin hob Albrecht die Waffe und betätigte ohne Vorwarnung den Abzug. Es war eine regelrechte Hinrichtung. Der laute Knall des Schusses hallte weit durch das Tal.

Franz, der von der Boshaftigkeit dieser Tat vollkommen benommen war, ließ Karl langsam zu Boden sinken, bis dessen Stirn auf der Erde ruhte. Blut breitete sich unter Karl zu einer immer größer werdenden Lache aus und versickerte danach langsam im Boden.

Franz starrte immer noch fassungslos auf die Leiche. Sie hatten ihn im Bruchteil einer Sekunde und nur wegen einer winzigen Geste von Gunter ermordet. Als Franz in Albrechts Augen sah, erblickte er dort keinerlei Reue, sondern nur Stärke und die Eigenschaft, Befehle anstandslos zu befolgen, egal, wie abscheulich auch immer sie sein mochten.

»Wieso?«, fragte er Albrecht mit brechender Stimme. Er beugte sich über Karls Leichnam und begann hemmungslos zu schluchzen. Dann, mit größerer Wut in der Stimme, brüllte er: »WIESO?«

Doch Albrecht lief einfach schweigend zu Gunter zurück und reichte ihm die Pistole, die dieser in sein Holster zurücksteckte.

»Wir können es uns nicht leisten, uns um Kranke oder Schwache zu kümmern. Es geht nur um das Überleben des Stärkeren. Deshalb müssen diejenigen, die zu schwach sind, um weiterzugehen, ausgedünnt werden.« Gunter trat hinter Franz und Karl. Sein Körper warf einen langen, dunklen Schatten über sie. »Das Jungvolk siecht dahin«, flüsterte er Franz leise zu. »Sie sind einfach nur schwach und enttäuschend. Unter euch befindet sich niemand, der es wert zu sein scheint, geformt zu werden. Das solltest du immer im Hinterkopf behalten, falls dir daran liegt, dich zu beweisen.« Mit diesen Worten wandte er sich ab und stapfte davon.

Ohne ihm Zeit zum Trauern zu geben, befahl Albrecht Franz, sich zu erheben. Franz folgte der Aufforderung widerwillig. Ihm blieb ja keine andere Wahl.

Während sie sich entfernten, warf Franz immer wieder flüchtige Blicke zu Karl zurück, der in kniender Haltung am Boden kauerte. Er wusste genau, dass in der Nacht Tiere aus dem Wald kommen würden, um ihn zu fressen und seine Knochen in der Landschaft zu verteilen.

»Die Augen nach vorn!«, brüllte Hermann Braun jetzt. »Disziplin wahren!«

Franz richtete seine Augen daraufhin geradeaus, aber zum allerersten Mal in seinem Leben und trotz seiner Einstellung, immer zuerst das Gute in allem und jedem sehen zu wollen, wurde er von einem alles verschlingenden Hass überwältigt … von einer Schwärze, die sich wie eine geballte Faust um sein Herz schloss.

Gunter war zu weit gegangen, genau wie Albrecht Krause, Hermann Braun und Frederik Austerlitz. Sie alle waren lebendige Inkarnationen des absolut Bösen. Wenn sich an ihrer Situation nichts änderte und sie diesen Weg weiter beschritten, würde bei ihrer Ankunft in Italien wahrscheinlich vom Jungvolk niemand mehr am Leben sein, und der Weg war noch lang und führte noch dazu durch feindliches Gebiet.

Er konnte nur hoffen, dass sie irgendwann von den Amerikanern, die von Westen heranrückten, oder von den Briten, die aus dem Südosten kamen, gefunden wurden. Allerdings hatte er die Befürchtung, dass Gunter inzwischen so verblendet und verdorben war, dass er eher seine Luger zücken und jeden Einzelnen von ihnen erschießen würde, anstatt dabei zuzusehen, wie sie gefangen genommen wurden.

Deshalb blieb ihm nur eine Möglichkeit.

Er musste in den Besitz der Waffe gelangen, und zwar schnell.

KAPITEL 33

»Wir werden euch zu Männern machen!«, rief Gunter jetzt über seine Schulter hinweg dem verbliebenen Jungvolk zu. »Jeder von euch ist ein Kandidat für eine bessere Zukunft, es sei denn, ihr beweist mir das Gegenteil. Ich rate euch, das niemals zu vergessen, denn ihr seid immer noch ein Teil des Reiches!«

Niemand entgegnete etwas darauf, denn die Angst saß einfach zu tief.

Ihre kurzen Beine begannen immer mehr zu schmerzen und ihre Mägen verkrampften sich vor Hunger. Die Energie, die ihnen das Fleisch der Hunde geliefert hatte, war längst aufgebraucht.

Während die Stunden vergingen, wurden die Wolken immer dichter und dunkler und versprachen weiteren Regen.

Die Mitglieder der Hitlerjugend unterhielten sich in vollem Ernst über die glorreiche Zukunft, die auf sie wartete.

Das Jungvolk hingegen schwieg. Denn sie fürchteten, dass auch nur ein einziges gesprochenes Wort Gunters Zorn über sie bringen könnte und er ihnen dann auf brutale Art und Weise Disziplin beibringen würde.

Als der Himmel seine Schleusen erneut öffnete und dichter Regen auf sie hinabfiel, erspähten sie hinter dem silbrigen Vorhang in der Ferne ein Bauernhaus. Es war offensichtlich schon sehr alt und hatte bessere Zeiten gesehen, denn der Krieg hatte auch hier seine Spuren hinterlassen. Eine Seite des Hauses war zwar eingestürzt, die andere aber noch intakt. Zumindest war ein Teil des Daches erhalten geblieben und würde ihnen zumindest Schutz vor dem Regen bieten.

Das Haus war groß, auch wenn ein Teil davon bereits in Schutt und Asche lag. Seltsamerweise schien der noch stehende Teil vollständig unberührt zu sein – die Möbel und Spiegel darin waren allesamt intakt und befanden sich in bestem Zustand. Es war, als würden an diesem Ort zwei Welten aufeinanderprallen.

Das Wohnzimmer verfügte sogar über einen Kamin, der bis an die Zimmerdecke reichte, und davor lagen unzählige Holzscheite, die nur darauf warteten, verbrannt zu werden. Ein Sofa im französischen Stil und ein Sessel mit einem Paisleymuster bildeten den Blickfang des Zimmers. Kunstvolle Gemälde bekannter und weniger bekannter Maler schmückten die Wände, und in der Ecke des Raumes stand ein großer Flügel, dessen Deckel von einer Stange offengehalten wurde. Unglücklicherweise gehörte die Küche zu jenem Teil des Hauses, der dem Erdboden gleichgemacht worden war. Eine Suche in den Trümmern förderte nur drei Dosen mit Bohnen zutage, von denen die größte Portion natürlich an Gunter und seine Leutnants ging. Die Reste wurden an das Jungvolk verteilt.

Auf dem Kaminsims lag außerdem eine Schachtel mit langen Zündhölzern, die eigens dafür angefertigt worden waren, um Feuerstellen wie diese anzuzünden. Sie schichteten die Holzscheite, gaben zerknülltes altes Zeitungspapier dazu und zündeten die Streichhölzer an. Schon wenig später loderte ein heißes und grelles Feuer im Kamin. In dem Moment, als sich der Raum so warm wie ein Sommertag an den Ufern des Rheins anfühlte, hatten sie das Gefühl, als ob sie sich im Paradies befänden.

Über ihnen waren die Schlafzimmer, von denen Gunter das Hauptschlafzimmer sofort für sich beanspruchte. Das Bett darin war riesig, die Matratze fest und prall. In der Ecke stand ein eleganter französischer Wäscheschrank. Wer immer das Haus einmal bewohnt hatte, war offenbar vom französischen Stil angetan gewesen und hatte es mit vielen Reichsmark auf genau diese Weise eingerichtet.

In dem Wäscheschrank fanden sich viele Kleidungsstücke – Kleider, Röcke und Blusen. Ausschließlich Frauengarderobe. Das verriet Gunter, dass wer immer in diesem Haus gelebt hatte, es in großer Eile verlassen hatte, da alle Besitztümer zurückgelassen worden waren.

Auf dem Boden des Schranks fand Gunter eine relativ flache, rechteckige Schatulle. Nachdem er sie auf das Bett gelegt hatte, hob er vorsichtig den Deckel an. Was er darin erblickte, ließ ihm die Tränen in die Augen treten. Die Farben waren so unfassbar leuchtend und hell. Das Rot war satt, das Weiß makellos und das Hakenkreuz so schwarz wie Obsidianglas. Er nahm die Flagge behutsam heraus und breitete sie sorgsam auf dem Bett aus. Sie war offenbar neu und unbenutzt und das einzig Deutsche in diesem Haushalt voller französischer Accessoires.

Er hob sie hoch und presste den Stoff gegen sein Gesicht. Er war grob und beinahe rau, doch er fühlte sich fantastisch auf seiner Haut an. Langsam berührte er damit erst die eine und dann die andere Wange. Anschließend legte er sich die Flagge um die Schultern, wie einen Schal oder den Umhang eines Superhelden, und sie schien ihm tatsächlich Kraft und Hoffnung zu spenden.

Das ist ein Zeichen, dachte er. Das Hakenkreuz als Symbol seines Glaubens würde als Erkennungszeichen für das künftige Reich gelten, dessen Thron er irgendwann innehaben würde.

Er war jetzt vollkommen in Ekstase und vergaß komplett, wo er sich eigentlich befand. Er tanzte einen scheinbar trunkenen Tango ohne eine erkennbare Choreografie. Gunter Wilhelm war plötzlich wieder zu einem Kind geworden, das sich in romantischen, fantastischen Träumen verlor ... dunklen Träumen.

Schließlich ließ er sich erschöpft auf die Bettkante sinken und lauschte den Geräuschen um sich herum. Der Regen prasselte weiterhin unablässig auf das Dach, eine Melodie, die ihn bald in den Schlaf wiegen würde. Er legte sich auf das Bett und schloss die Augen. Er würde träumen, aber die Träume am Morgen vergessen haben.

Gunter schlief ein.

KAPITEL 34

Jeder von ihnen hatte tief geschlafen, bis ein Holzscheit im Kamin laut knackend explodierte und Franz und die anderen beiden Knaben aufweckte. Die Leutnants rührten sich nicht, ihre Brustkörbe hoben und senkten sich im Schlaf weiterhin in einem gleichmäßigen Rhythmus.

Einer der Jungen gab Franz mit einer Geste schweigend zu verstehen, dass dies ihre Chance war, zu fliehen und genügend Abstand zwischen sich und die anderen zu bringen. Doch Franz schüttelte energisch den Kopf. Es war dunkel und die Gegend war ihnen nicht vertraut. Der Boden war außerdem matschig, und ihre Fußspuren würden sich deshalb leicht verfolgen lassen, und Menschen wie Gunter würden eine solche Verletzung ihres Egos nicht ungesühnt lassen. Er würde sie jagen und anschließend töten.

Franz hob seinen Blick an die Decke und fragte sich, wie tief Gunter wohl gerade schlief.

Als er aufstand, packte ihn einer der Jungen am Handgelenk und schüttelte vehement den Kopf. *Geh nicht.*

Doch Franz beruhigte ihn mit einer stillen Geste, die besagen sollte, dass alles gut werden würde. Widerstrebend ließ der Junge ihn los.

Franz musterte die Leutnants nacheinander. Sie schliefen tief, wahrscheinlich der erste erholsame Schlaf seit langer Zeit.

Franz schlich vorsichtig an ihnen vorbei, um niemanden zu wecken, bis zur Treppe. Langsam – für die anderen, die ihn dabei beobachteten, beinahe quälend langsam – stieg Franz die Stufen hinauf. Je länger sein Aufstieg dauerte, umso wahrscheinlicher kam es ihm vor, dass einer der Leutnants erwachte.

Und dann knarzte auf einmal eine Stufe unter seinen Füßen und Franz biss erschrocken die Zähne aufeinander und blieb wie erstarrt stehen.

Doch die Leutnants rührten sich immer noch nicht.

Also lief Franz langsam und lautlos weiter, bis er endlich die obere Etage erreichte.

Der Flur wurde nur schwach von dem Feuer, das im Kamin unter ihm brannte, erhellt. Doch je tiefer er hineinlief, umso finsterer wurde es, bis das Licht schließlich nicht mehr ausreichte, um bis zum anderen Ende sehen zu können ... wo das Schlafzimmer lag.

Die Tür stand offen, wenn auch nur einen spaltbreit. Er schob sie unendlich langsam auf und betete, dass sie nicht in den Angeln quietschen und ihn verraten würde. Als er den Raum betrat, konnte er spüren, wie sein Herz hart in seiner Brust hämmerte und hörte das Blut in seinen Ohren rauschen. Sein Kopf begann vor Anspannung zu schmerzen und sein Atem drang so stoßweise und fiepend aus seiner Lunge, dass sie sich anfühlte, als ob sie sich verkrampfte.

Gunter schlief tatsächlich tief und fest. Sein Körper lag regungslos auf der Seite und er hatte eine Art Decke über sich gezogen. In Halbdunkel konnte Franz die helle weiße Farbe sehen, die sich vom Rest der Decke abhob, und in der Mitte des leuchtenden Weißes befand sich ein Hakenkreuz. Da erst dämmerte es ihm, dass es sich dabei gar nicht um eine Decke handelte, sondern um eine Fahne. Um die offizielle Nazi-Flagge.

Er versuchte sein Keuchen unter Kontrolle zu bringen, dann näherte er sich langsam dem Bett.

Behutsam und nur mit den Fingerspitzen hob er das Ende der Flagge an und spähte darunter. Das Holster war sofort zu sehen. Mit der gleichen unendlichen Vorsicht legte er seine Fingerspitzen um den Kolben, schob einen seiner Finger unter den Abzugsbügel und begann dann die Waffe in Zeitlupe aus dem Holster zu ziehen. Sie rutschte sofort widerstandslos aus dem Leder, und dann hatte er seine Hand schließlich fest um Gunters Zepter geschlossen. Der König war damit entmachtet und er hatte auf diese Weise die Rolle des Führers an sich gerissen.

Langsam zog er sich wieder in den Flur zurück.

Mit dem gleichen Maß an Vorsicht stieg er die Stufen zum Wohnzimmer hinunter.

Leise weckte er das restliche Jungvolk. Als sie sahen, dass Franz die Luger bei sich trug, wussten sie, dass Gunters Herrschaft endlich vorüber war.

Sie alle würden wieder nach Hause zurückkehren.

Doch da ertönte hinter Franz plötzlich eine barsche, schnippische Stimme: »Was tust du da?«

Franz wirbelte herum und sah Gunter Wilhelm am Fuß der Treppe stehen, eingehüllt in seine Flagge.

Seine Augen reflektierten die Flammen des Feuers und ließen ihn beinahe dämonisch wirken.

KAPITEL 35

Gunters Stimme diente gleichsam als Weckruf für seine Leutnants, die sich mit halb geschlossenen Augen hastig aufrappelten.

Gunter trat einen Schritt nach vorn und wandte sich an Franz, während er die Augen auf die Luger richtete. »Ich habe dich gefragt, was du da tust.«

Franz richtete die Waffe daraufhin auf Gunter. Doch seine Hand zitterte fürchterlich.

»Du kannst ja nicht einmal die Waffe ruhig halten«, sagte Gunter spöttisch und trat einen weiteren Schritt vor.

Als Reaktion darauf betätigte Franz den Abzug. Die Kugel ging meilenweit daneben und traf eine kleine Porzellan-Statue, die in unzählige Scherben zersprang.

Gunter schnaubte verächtlich. »Daneben«, kommentierte er den Schuss.

»Ich habe auch nicht auf dich gezielt«, antwortete Franz. »Aber ich garantiere dir, noch einmal werde ich nicht absichtlich daneben schießen.« Er richtete die Luger nun auf Gunters Körpermitte, was die restlichen Mitglieder der Hitlerjugend erstarren ließ.

Gunters Augen schossen von einem seiner Leutnants zum anderen. »Wollt ihr etwa einfach nur tatenlos rumstehen?«, fragte er tonlos. »Ihr seid schließlich drei gegen einen.«

Es spielt allerdings keine Rolle, wie das Verhältnis ist, dachte Franz. *Denn ich besitze die einzige Waffe.*

Die Leutnants rührten sich keinen Millimeter, denn sie wussten, dass es Franz nur eine kleine Handbewegung kosten würde, damit sie selbst im Schussfeld standen.

Die Knaben des Jungvolks scharten sich hinter Franz und begaben sich dann gemeinsam mit ihm zur Tür.

»Im Ernst, Franz, glaubst du wirklich, du könntest mich erschießen?«, fragte Gunter. »Du hast dich ja sogar geweigert, deine Waffe auf die Rote Armee zu richten, und bei mir macht es dir dann plötzlich nichts mehr aus?«

»Es ist vorbei, Gunter. Es ist schon lange vorbei«, erwiderte Franz. »Wir wollen einfach nur fort von euch.«

Gunter betrachtete das Jungvolk abfällig. »Dann geht«, ließ er sie mit einem halbherzigen Schulterzucken wissen. »Wenn du nicht mehr länger an unsere Sache glaubst, Franz, wenn keiner von euch mehr daran glaubt, dann solltet ihr wirklich gehen, aber die Waffe solltest du mir vorher zurückgeben, denn sie gehört rechtmäßig mir.«

Gunters Soldaten versammelten sich daraufhin hinter ihm, sodass die beiden Fraktionen nun klar voneinander getrennt waren. Jeder hatte sich für eine Seite entschieden. Die Knaben des Jungvolks gegen die Jungen der Hitlerjugend.

Gunter streckte ihm die Hand entgegen und forderte stumm seine Waffe zurück.

Doch Franz schüttelte nachdrücklich den Kopf. Er würde sie als Druckmittel behalten.

»Du bist so ein Narr, Franz. Wir sind die Zukunft. Aber wenn du nicht mehr an uns glaubst, dann gib mir die Luger zurück und geh … und nimm deine Feiglinge gleich mit.«

»Einfach so?«, fragte Franz argwöhnisch. Das Zittern in seiner Stimme war deutlich zu hören.

»Ja, einfach so. Das Reich hat keine Verwendung für jene, die nicht an die eine Macht, ein Recht und eine Religion glauben.«

»Wenn ich dir die Waffe tatsächlich gebe, Gunter, werden wir dann nicht automatisch so enden wie Karl Goetz oder wie die anderen beiden Jungen, die du getötet hast, um einfach nur ein Exempel zu statuieren? Weil die Entscheidung, sich gegen deine Wünsche zu stellen, einen nicht zu tolerierenden Akt gegen deinen Glauben darstellt?«

Gunter schwieg.

»Deine Zukunft, Gunter, wird immer darin bestehen, allen anderen, die nicht an deine Ideale glauben, eine Zukunft zu verweigern«, fuhr Franz ungerührt fort. »Und es ist eine Zukunft ohne Hoffnung.«

»Ich *bin* die Hoffnung!«

»Sieh dich doch mal um, Gunter. Das Land liegt in Trümmern. Wir müssen uns von sterbenden Kötern, von Insekten und Würmern ernähren. *Das* ist deine Zukunft. Das ist es, was du den Jungen zu bieten hast. Nichts als Tod und Zerstörung.«

Gunter schnaubte. »Zerstörung ist nun mal der Preis für den Fortschritt. Man muss zuerst die Unvollkommenheit zerstören, um letzten Endes absolute Perfektion erreichen zu können.«

»Das Einzige, was du aus dieser Asche erschaffen wirst, ist eine Geschichte, die sich wiederholt. Sie wird sich immer wieder wiederholen und deine Ideale vernichten.«

»Da liegst du vollkommen falsch, Franz. Wir haben die Gelegenheit, aus der Geschichte zu lernen. Wir können diese Scharte auswetzen.«

Franz schüttelte den Kopf. »Selbst Hitler hat am Ende die Wahrheit erkannt, deshalb hat er sich selbst gerichtet.

Ihm ist bewusst geworden, dass das Reich keine Zukunft haben wird, und mit diesem Gedanken konnte er einfach nicht leben.«

Als Franz bemerkte, dass Gunter zu einem Satz nach vorn ansetzte, brachte er sofort etwas mehr Abstand zwischen sich und ihn.

»Das wirst du nicht wagen«, meinte Gunter und starrte auf die Luger. »Du bist nicht dazu in der Lage. Das warst du nie.«

»Bitte, Gunter. Wir wollen doch einfach nur gehen.«

»Dann gib mir die Luger.«

»Nein!«

Als Gunter einen weiteren Schritt auf ihn zulief, löste sich plötzlich ein Schuss aus der Pistole. Gunter blieb abrupt stehen und starrte Franz mit unbeschreiblicher Wut in den Augen an, dann sank er auf die Knie. Er hatte eine Schusswunde an seinem Bein, die stark blutete. Binnen weniger Augenblicke sandte die Wunde einen gleißend hellen Schmerz in sein Gehirn und er schrie gequält auf – ein Schrei, der tief aus seinem Zwerchfell nach oben drang.

Verzweiflung legte sich daraufhin um Franz' Herz und sein Verstand verfinsterte sich. Er begann zu weinen, während beinahe gleichzeitig erneut der Regen durch die Wolken brach und wie von Sinnen gegen das Dach trommelte.

»Vergib mir, Gunter.« Franz wich erschrocken zurück, das Jungvolk noch immer hinter ihm. »Es tut mir so leid.«

Zwischen zusammengebissenen Zähnen stieß Gunter hervor: »Du bist ein solcher Feigling, Franz! Ihr alle seid Feiglinge! Doch eines Tages werdet auch ihr euch unserer Losung beugen müssen! Das ist das neue Utopia! Eine Macht, ein Gesetz, eine Religion.«

»Es tut mir wirklich leid, Gunter. Ich bete dafür, dass du eines Tages deine Meinung ändern wirst.«

»Ich verspreche dir, Franz, dass wir eines Tages alle gleich denken und handeln werden!«

»Du vergisst dabei eine entscheidende Sache«, widersprach ihm Franz. »Wir sind keine Maschinen. Wir alle besitzen einen freien Willen, und dieser wird immer seinen Weg finden.«

Gunter ließ seinen Kopf zu Boden sinken. Seine Leutnants knieten sich jetzt neben ihn. Die drei Männer hielten offenbar immer noch an Gunters Überzeugungen fest.

Ohne ein weiteres Wort führte Franz das Jungvolk jetzt aus dem Haus und verschwand mit ihnen zwischen den Bäumen. Hinter ihnen stieß Gunter immer noch leise Drohungen und Versprechen eine neue Weltordnung betreffend aus, und versicherte, dass für Franz darin kein Platz sein würde, weil Gunter es sich zur Lebensaufgabe machen würde, ihn umzubringen.

Schluchzend führte Franz die Jungen davon. Als sie irgendwann genug Abstand zwischen sich und Gunters Jungen gebracht hatten und er sich sicher war, dass der Regen ihre Spuren hatte verschwinden lassen, warf er die Luger zu Boden. Ihr Gewicht ließ die Waffe beinahe augenblicklich im weichen Erdreich versinken. Da Gunter verwundet war, würden seine Leutnants bestimmt nicht von seiner Seite weichen, was hieß, dass sie momentan niemand verfolgte.

Also zogen sie weiter nach Italien … Kinder, die ihre Freiheit wiedererlangt hatten und nicht länger gezwungen waren, zu schnell erwachsen zu werden.

KAPITEL 36

Der Himmel war strahlend blau und weit und breit war keine einzige Wolke am Horizont zu sehen. Für Franz Kleimer-Schmidt war das ein gutes Zeichen, denn es bedeutete, dass das Licht sie nach Italien führen würde, und nicht die Dunkelheit, die sie so lange vor sich hergetrieben hatte.

Nun, da die Jungen frei waren, beschlossen sie, auf ihrer Reise getrennte Wege zu gehen und zogen in verschiedene Richtungen, um nach Familienmitgliedern zu suchen. Franz hielt sie weder auf, noch versuchte er, sie davon abzubringen, denn der Krieg hatte ihre Leben schon genug zerstört und deshalb verstand er ihren Drang, in die Arme einer Mutter oder eines Vaters oder an die Brust einer Tante oder Onkel zurückzukehren.

Die Liebe war immer noch dort draußen.

Sie mussten sie nur finden.

Franz besaß allerdings leider keine Familie mehr, denn seine Eltern waren beide gestorben – seine Mutter an Krebs, sein Vater im Krieg. Der Verlust hatte ihn zu einem Waisen gemacht, der immer auf der Suche nach der nächsten Mahlzeit gewesen war. Nach einer dicken Larve oder einem wilden Pilz vielleicht, was jedoch kaum genügt hatte. Doch obwohl er ständig Hunger und Armut erlitten hatte, war seine Stimmung heiter und positiv geblieben. Drei Tage lang marschierte Franz Kleimer-Schmidt entschlossen in Richtung Süden. Am dritten Tag erreichte er schließlich die italienische Grenze, die er mit riesigen Löchern in den Schuhsohlen überquerte. Und auch wenn sich seine Beine oft wie Gummi anfühlten, setzte er seine Reise unermüdlich fort, denn er war sich sicher, dass er irgendwo Erlösung finden würde.

Nachts schlief er unterm Sternenhimmel, eingewickelt in seinen langen Nazi-Mantel, und bestaunte andächtig die funkelnden Punkte. Am nächsten Tag, wenn das Gras noch von Tau bedeckt war, setzte er seinen Weg nach Süden fort.

Die Landschaft war wunderschön. Überall wuchsen Bäume, Büsche und tiefgrünes Gras. Die Wildblumen standen in voller Blüte, und die Früchte und Beeren, die er in den Obsthainen fand, linderten seinen Hunger.

Gegen Mittag, als er sich gerade auf einem ausgetretenen Pfad befand, hörte er in der Ferne das Läuten einer Glocke. Sie schlug ein Dutzend Mal, um die Mittagszeit zu verkünden. Außerdem gab sie ihm auf diese Weise eine Richtung, in die er sich wenden konnte. Eine Stunde später erreichte er schließlich ein kleines Dorf, das anscheinend vom Krieg verschont geblieben war, denn die Häuser waren unversehrt, das Vieh graste hinter Weidezäunen und die Menschen bestellten emsig die Felder.

Am Ende der Straße befand sich eine Kirche, deren Türen einladend offenstanden. Der Glockenturm war unglaublich hoch und wurde an seinem höchsten Punkt von einem Kreuz gekrönt.

Franz war unweigerlich fasziniert von der Anziehungskraft, die diese Kirche auf ihn ausübte.

Die Dorfbewohner betrachteten den Jungen, ein Waise offenbar, mit einem schmutzigen Gesicht, neugierig. Sein grauer Mantel war staubig und von eingetrockneten

Matschflecken übersät. Außerdem hatte sich die Sohle an einem seiner Stiefel abgelöst und klatschte bei jedem Schritt laut auf den Boden.

Als Franz die Kirche betrat, entdeckte er darin ein paar Kirchgänger, die vor Gebetsbänken knieten. Sie ließen einen Rosenkranz durch ihre Finger gleiten und beteten leise vor der beeindruckenden Statue eines Mannes, der an einem Kreuz hing. Sein Blick war in Richtung Himmel gewandt, und seine Stirn blutete aufgrund der Dornenkrone, die er trug, und doch waren unbeschreibliche Harmonie und Frieden in seinen Gesichtszügen verewigt worden, ein wirklich beeindruckendes Werk eines Bildhauers. *Wie konnte jemand solche Schmerzen erdulden und dennoch seinen Frieden damit gefunden haben?*

In der Kirche überkam Franz auf einmal ein wundervolles Gefühl der Seelenruhe. Seine Augen klebten förmlich an der Statue, und er fragte sich fasziniert, wer dieser Mann wohl sein mochte. Wieso beteten die Menschen dieses Symbol an … das eines Menschen, der anscheinend Todesqualen litt?

Er trat vor den Altar und genoss ehrfurchtsvoll dessen Schönheit, er bestaunte die polierten Messingkelche und Kerzenständer, die wandhohen Teppiche und die atemberaubenden Buntglasfenster, die die zwölf Stationen des Kreuzganges nacherzählten.

»Bist du allein hier?«, fragte ihn plötzlich eine Frau auf Italienisch.

Franz deutete auf seinen Mund und schüttelte den Kopf, um ihr zu erklären, dass er ihre Sprache nicht beherrschte.

Als die Frau ihren Schleier zurückwarf, konnte Franz sie genauer betrachten. Sie war um die fünfzig Jahre alt, hatte dunkle Haare und kakaobraune Augen. Ihr Gesicht war kantig, ihre Wangenknochen elegant und ihre Lippen voll und üppig.

Die Frau musterte aufmerksam seine Kleidung und bemerkte dann die kleinen Nazi-Insignien an seiner Jacke, dort, wo sich normalerweise die Schulterstücke befanden. »Ich verstehe«, sagte sie schließlich auf Italienisch. Anschließend setzte sie sich auf eine Bank und sprach ihn mit leisen Worten auf Deutsch an. »Du kommst aus Deutschland, oder?« Sie deutete auf seinen Mantel. »Oder trägst du den Mantel nur, um dich warmzuhalten?«

»Beides«, antwortete er ehrlich.

»Hitlerjugend?«

»Nein, Jungvolk.«

»Du bist also noch ein Kind«, stellte sie traurig fest.

Er drehte sich wieder zu dem Altar um und deutete auf die Statue von Jesus Christus. »Wieso beten die Menschen dieses Symbol an?«, fragte er sie interessiert.

»Du kennst unseren Erlöser nicht?«

»Unseren Erlöser?«

»Wir Menschen haben immer schon schwer gesündigt. Dieser Mann, den du da am Kreuz siehst, starb für unsere Sünden. Er starb für unsere Absolution.«

»Absolution?«

»Für unsere Vergebung.«

»Ich verstehe. Also beten sie hier gar nicht das hier an?« Er deutete auf das Hakenkreuzsymbol auf seiner Schulter.

Die Frau blickte ihn unfassbar traurig an. »Nein, mein Kind. Das ist das Hakenkreuz. Es ist ein verdorbenes Symbol.« Sie deutete auf die Jesus-Statue. »Siehst du dieses Kreuz dort?«

»Ja.«

»Das ist das Symbol für das Licht. Weißt du, was mit dem Licht gemeint ist?«

Er nickte. »Etwas Gutes, nicht wahr?«

»Das stimmt.« Sie blickte zu dem Altar hinüber. »Eine Schachtel kann viele wundervolle Dinge enthalten. Schöne Dinge. Doch wenn du eine Schachtel auseinanderfaltest, erhältst du automatisch die Form eines Kreuzes.« Sie drehte sich wieder zu ihm und deutete auf das Hakenkreuz. »Das Symbol, das du auf deinen Schultern trägst, ist hingegen eine Last.«

Franz schwieg.

»Wo sind deine Eltern?«

»Tot«, antwortete er offen.

»Und dein Land liegt in Trümmern.«

»Die Rote Armee rückt immer näher heran.«

»Ein Grund mehr, wieso du diesen Mantel nicht mehr tragen solltest.« Sie half ihm dabei, die verdreckte Jacke auszuziehen, faltete sie zusammen und legte sie auf die Bank. »Bist du hungrig?«, fragte sie ihn dann.

Er schien sie gar nicht richtig zu hören, so sehr war er immer noch von der Christus-Statue eingenommen. »Hat er gelitten?«

»Sehr sogar. Aber er litt für uns alle, weil die Sünden der ganzen Welt auf seinen Schultern lasteten.«

»Demnach war er also ein großer und berühmter Mann?«

»Hat man dir denn nichts über den christlichen Glauben beigebracht?«

»Man lehrte mich nur die Bedeutung des Symbols.«

»Des Hakenkreuzes?«

Er nickte stumm.

»Du armes Ding«, sagte sie mitfühlend und zog ihn an sich heran. »So jung, und sie haben dich dennoch bereits des Lichts beraubt.«

Beinahe eine Stunde lang sprachen sie miteinander und er lernte mehr über das Kreuz und den Mann, der daran hing. Er erfuhr von der unerschütterlichen Güte des Mannes, und von der Art, wie er seinen Mitmenschen stets mit Glauben und Liebe begegnet war, bis er schließlich von allen ebenso geliebt wurde.

Irgendwann gab sie ihm ihren Rosenkranz. »Behalte ihn«, sagte sie. »Und benutze ihn für das Gebet. Bete zu ihm und er wird dich erhören.«

Er berührte sanft die Perlen, doch am meisten faszinierte ihn das Kruzifix, das an der Kette hing.

An diesem Abend aß er eine gute Mahlzeit am Küchentisch der Frau und sah dabei zu, wie sein Mantel in der Feuerstelle verbrannte. Ihr Mann war ebenfalls äußerst herzlich und beredsam und erzählte Franz, wie sehr sie ihre drei Söhne vermissten, die unter Mussolini im Krieg gefallen waren. Sie bezeichneten sich als Christen. Menschen eines Glaubens, der nicht dem seinem entsprach. Trotz ihres Verlustes wirkten sie seltsam glücklich und zufrieden. Dieser Glaube, musste sehr mächtig sein, dachte Franz. Mit Sicherheit mächtiger als Gunter Wilhelms Glauben, der von Grund auf verdorben und falsch war.

In den nächsten Tagen blieb Franz ihr Gast, und in den Augen des Mannes konnte er erkennen, wie sehr er seine Söhne vermisste und dass er sich fragte, ob Franz diese Lücke womöglich füllen könnte. Die Frau behandelte ihn ebenfalls nach kurzer Zeit wie einen Sohn und päppelte ihn auf, bis er wieder zu Kräften kam.

Wochen vergingen schließlich, ohne dass noch ein Wort darüber verloren wurde, dass er sie wieder verlassen sollte. Jeden Sonntag ging er mit ihnen in die Kirche, wo er mehr über einen Mann namens Jesus lernte. Er kniete sich vor die Bank und betete inbrünstig. Er zündete die Kerzen auf dem Gebetstisch an und war so glücklich, wie nie zuvor, weil er der festen Überzeugung war, dass er endlich das Licht gefunden hatte, das es schaffte, seine Seele zu erhellen.

Nach einem Monat, als er sich bereits ganz passabel auf Italienisch verständigen konnte, baten ihn der Mann und die Frau, sich zu setzen. Sie nahmen ihm gegenüber auf dem Sofa Platz. Ihre Mienen wirkten einerseits ernst, andererseits aber nicht so, als ob etwas Grauenhaftes und Traumatisches auf ihn warten würde. Sie wirkten eher nervös.

»Habe ich etwas falsch gemacht?«, erkundigte er sich beklommen auf Italienisch.

Die Frau legte ihre Hand auf seine und antwortete: »Natürlich nicht, mein Liebling.«

»Ich gebe mir wirklich große Mühe, ein guter Junge zu sein.«

»Das *bist* du«, sagte der Mann, ohne zu zögern. »Du bist sogar ein sehr guter Junge.«

»Franz«, begann die Frau nun, doch dann zögerte sie einen kurzen Moment. »Franz, die Leute stellen uns deinetwegen Fragen.«

Er sah sie unverwandt an.

»Sie wollen wissen, wer du genau bist«, erklärte sie. »Und woher du stammst.«

»Wir haben ihnen schließlich erzählt, dass du unser Neffe bist«, erklärte ihr Ehemann. »Der Sohn meines

Bruders. Wir haben ihnen gesagt, dass er auf tragische Weise im Krieg ums Leben gekommen ist und dass deine Mutter an einer Krankheit verstarb, denn das ist ja auch das, was du uns über deine Eltern erzählt hast, nicht wahr?«

»Ja, das stimmt.«

»Franz, du darfst nie jemandem verraten, dass du ein Deutscher bist und dass du im Jungvolk gewesen bist«, schärfte sie ihm ein.

»Wieso denn nicht?«

»Erinnerst du dich noch daran, was ich dir über das Hakenkreuz erzählt habe?«

»Ja.«

»Nun, die Menschen verachten es mittlerweile. Sie sehen es als böses Symbol an; als etwas, mit dem furchtbare Erinnerungen verknüpft sind, nun, da der Krieg in Europa vorbei ist.«

Der Mann beugte sich nach vorn. Er war ein freundlicher, sanfter Mann, dessen Augen einen aufmerksam musterten, wie die eines Priesters bei der Beichte. Er war die Art von Person, in deren Gegenwart man sich stets wohlfühlte. »Franz, wir waren dir gegenüber vollkommen aufrichtig, was unser Leben anbetrifft. Meine Frau und ich haben in diesem Krieg wirklich alles verloren. Unsere Jungs und auch unsere Art zu leben. Aber so wie alle anderen wollen auch wir gern wieder etwas Neues aufbauen … da du selbst ja keine Familie mehr besitzt, wollten wir dich fragen, ob du stattdessen vielleicht ein Teil unserer Familie werden möchtest.«

Franz wurde daraufhin von seinen Gefühlen überwältigt. Er liebte diese Menschen aus tiefstem Herzen, ihre Wärme und Güte, all das, was er sein ganzes bisheriges

Leben lang hatte entbehren müssen. »Oh ja, das will ich«, sprudelte es aus ihm hervor, und dann warf er sich glückselig in ihre Arme. Tränen flossen, und das Licht ihres Lebens wurde daraufhin auch zu seinem Licht.

»Oh ja«, wiederholte er gedämpft, während sein Gesicht fest an die Brust des Mannes gedrückt wurde, der von nun an sein Ziehvater werden sollte.

Die nächsten zehn Minuten vergossen sie Tränen, in dem festen Glauben, dass Gott ihnen den kleinen Franz Kleimer-Schmidt gesandt hatte, um die fürchterliche Leere zu füllen, die sie so lange schon gequält hatte. Ihre Söhne waren im Krieg gestorben. Aber Franz war wie ein helles Licht, das nun ihre Seelen füllte.

Als sich ihre Emotionen wieder etwas beruhigt und sie ihre Tränen abgewischt hatten, setzten sie Franz vor sich auf einen kleinen Stuhl.

»Dein Italienisch wird immer besser«, meinte die Frau. »Bleib viel im Haus, lerne weiterhin unsere Sprache und sprich außerhalb dieser Wände niemals ein deutsches Wort. Die Menschen sind noch nicht wieder bereit dafür, denn einige Leute haben den Krieg noch immer nicht verwunden.«

»Du wirst ab sofort meinen Nachnamen tragen«, erklärte der Mann. »Denn dies war auch der Nachname meines Bruders, der ein guter Mensch gewesen ist.«

»In Ordnung.«

Der Mann streckte seinen Arm aus und legte seine Hand zärtlich auf Franz Kopf, als wolle er ihn salben. »Du bist ab jetzt mein Neffe, aber du bist auch mein Sohn. Deshalb darfst du uns Vater und Mutter nennen und wir werden Sohn zu dir sagen.«

Franz lächelte überglücklich.

»Du bist nun nicht mehr länger Franz Kleimer-Schmidt«, fügte er hinzu. »Von nun an wirst du den Namen Bonasero Vessucci tragen. Kannst du das sagen?«

Der Junge nickte und sagte zögerlich: »Bonasero … Vessucci.«

Der Mann lächelte. »Sehr gut. Und jetzt wiederhole es. Wie heißt du?«

»Mein Name ist Bonasero Vessucci.«

Sie lächelten einander glücklich an.

TEIL 3

DIE VERGESSENE KATHEDRALE

KAPITEL 37

DER APOSTOLISCHE PALAST
VATIKANSTADT

Bonasero Vessucci war wach und bei vollem Bewusstsein, aber er war noch sehr schwach. Wenn er sprach, klang seine Stimme gebrochen und zitterte.

Jesaja stand neben seinem Bett und hielt weiterhin seine Hand. Die Berührung fühlte sich angenehm kühl an.

»Gegen Ende des Krieges«, erzählte der Papst mit belegter Stimme, »als die Macht der Nazis zu bröckeln begann, wurden die Hitlerjugend und das Jungvolk an den Fronten eingesetzt. Obwohl wir noch Kinder waren, wurden wir gegen unseren Willen in diese Organisationen hineingezwungen. Als die Streitkräfte schließlich gegen die Russen zu verlieren begannen, wurden die einst strikt getrennten Organisationen miteinander vereint. Zuerst sandte man uns aus, um Städte wie Berlin oder Düsseldorf zu verteidigen. Doch als die Truppenstärken mehr und mehr schwanden, mussten wir sie unterstützen. Man schickte uns ebenfalls in den Krieg. Ich war gerade mal dreizehn Jahre alt zu diesem Zeitpunkt.« Der Papst schien jetzt mit den düsteren Erinnerungen zu kämpfen. Als er sich wieder gefasst hatte, fuhr er fort.

»Die furchtbaren Dinge, die ich mitansehen musste«, sagte er stockend. »Die furchtbaren Dinge, welche die Menschen einander, ohne dabei Reue zu empfinden, antaten … Deutsche gegen Russen, Russen gegen Deutsche … es war ein Gemetzel.«

Jesaja umschloss die Hand des Pontifex fester, als wolle er sie wärmen. Er hörte ihm in diesem Moment der Katharsis, der Beichte, aufmerksam und unterstützend zu.

»Mir wurde befohlen, auf Gegner zu schießen, aber ich habe mich geweigert. Nicht, weil ich ein Feigling war, Jesaja. Ich habe mich geweigert, weil der Feind, der uns gegenüberstand, in Wirklichkeit gar nicht mein Feind war. Ich war nie jemand, der in einer Auseinandersetzung oder aus Wut die Hand erhoben hat.«

»Sie sind ein guter Mensch, Eure Heiligkeit. Das waren Sie schon immer.«

»Es gibt keine Sünden, die ich beichten könnte«, erklärte er Jesaja, »denn meine Lage wurde mir aufgezwungen. Ich schätze, dass ich auf meine eigene Art und Weise dagegen rebelliert habe, indem ich mich geweigert habe, jemals eine Waffe abzufeuern … allerdings gab es eine einzige Ausnahme.«

»Es herrschte nun einmal Krieg.«

Bonasero schüttelte den Kopf. »Nein, nicht in dieser Situation habe ich eine Waffe abgefeuert. Ich tat es aus Selbstschutz. Ich werde diesen Moment niemals im Leben vergessen können. Als du den Namen Gunter Wilhelm erwähnt hast, brachte er automatisch schlimme Erinnerungen und grauenhafte Bilder zurück.«

»Sie kennen diesen Gunter Wilhelm also?«

Bonasero nickte schwach. »Ja, das tue ich«, bestätigte er. »Etwas zu gut, fürchte ich.« Er drehte den Kopf, um Jesaja direkt in die Augen blicken zu können. »Er war ein sechzehnjähriger Junge, der sich ganz und gar den Ideologien der Nazis hingegeben hatte, bis er außer dem Reich nichts anderes mehr geduldet hat. Er war auf krankhafte Art und Weise davon besessen und hat Angst dazu benutzt, um andere Kinder gefügig zu machen. Er glaubte fest daran, dass das Reich eines Tages wiederauferstehen und zu seinem düsteren Utopia werden würde.«

Der Pontifex zögerte kurz, als müsse er wieder zu Atem kommen.

»Die Rote Armee rückte schließlich nach Deutschland vor. Die Frontlinien wurden aufgerieben und die Deutschen flohen. Wir alle wussten, dass der Krieg verloren war, aber niemand wollte den Russen in die Hände fallen, also begaben wir uns nach Süden, in Richtung Italien. Gunter hat unsere Einheit angeführt, weil er zuvor der Kommandant eines Trupps der Hitlerjugend gewesen war. Währenddessen plapperte er im Prinzip nur das nach, was ihm von den Nazis von klein auf eingetrichtert worden war. Seine Überzeugungen waren nicht seine eigenen, es war ein Spiegelbild ihrer Ideen, und mit seiner Luger hat er versucht, diese Ideen am Leben zu erhalten.«

Jesaja konnte sehen, wie sehr die Erinnerungen daran Bonasero aufwühlten. »Ist schon gut«, versuchte er, ihn zu beruhigen. »Sie sollten sich erst einmal ausruhen, bevor sie weiterreden.«

Doch der Pontifex weigerte sich. »Bitte Jesaja, ich muss es mir endlich von der Seele reden. Das hilft mir.«

»Natürlich, Eure Heiligkeit.«

»Wir zogen also eines Tages nach Süden – ein zusammengewürfelter Haufen aus Jungen, die eigentlich nur nach Hause zu ihren Lieben wollten. Gunter verweigerte uns dieses Recht allerdings. Das Reich würde eines Tages wiederauferstehen, sagte er uns. Er war vollkommen verblendet und krank. Wir waren noch Kinder, aber selbst wir wussten das. Seine Leutnants hielten uns in Schach, weil ihnen diese Disziplin nun einmal anerzogen worden war. Sie waren willenlose Soldaten, denen man beigebracht hatte, dass Hinrichtungen ein akzeptables Mittel waren, um Gehorsam zu erzwingen.« Er schloss für einen Moment die Augen, dann öffnete er sie wieder und starrte an die verzierte Zimmerdecke.

»Eines Tages«, fuhr er fort, »versuchten zwei der Jungen, Cousins, zu fliehen. Gunters Jungen fingen sie ab und exekutierten sie vor unseren Augen. Sie waren in meinem Alter, aber das spielte für Gunter keine Rolle, solange er auf diese Weise seinen Standpunkt unterstreichen konnte. Und das tat er. Danach wagte es niemand mehr, zu desertieren.

Irgendwann wurde ein anderer Junge schwer krank. Sein Name war Karl. Gunter sah ihn schnell als Last an, als Schwachstelle der arischen Rasse. Also gab er den Befehl, ihn hinzurichten. Auch dieses Mal sah ich keinerlei Reue in seinen Augen. Im Gegenteil, er schien den Moment der Exekution sogar zu genießen, ebenso wie die Macht, über Leben und Tod entscheiden zu können, als wäre er Gott. Ich fragte mich damals, was sie Jungen wie ihm wohl in der Hitlerjugend beigebracht hatten. Als ich Gunter auf diese boshafte Weise kommandieren sah, brachte mich dieses Erlebnis zu der Entscheidung, mich selbst und die restlichen Knaben des Jungvolks zu retten.

Eines Nachts, als wir in einem Landhaus Schutz gesucht hatten und alle eingeschlafen waren, schlich ich mich die Treppen hinauf und betrat Gunters Zimmer. Noch nie zuvor in meinem Leben hatte ich solche Angst, Jesaja. Niemals.«

Ein kurzer Augenblick verstrich, in dem beide schwiegen. Die Hand des Papstes wurde langsam wärmer.

»Als ich das Bett erreichte, sah ich darauf ein weißes Leuchten, zusammen mit einem schwarzen Emblem in einem Kreis. Ich trat näher und erkannte, dass Gunter sich eine Naziflagge, die er offenbar in einer der Schubladen gefunden hatte, als Decke umgelegt hatte. Ich hob sie vorsichtig an, um nach der Pistole zu suchen, und dann nahm ich sie an mich, Jesaja. Ich ergriff die Luger, und damit ging ihre Macht an mich über. Ich müsste lügen, wenn ich sagen würde, dass es sich nicht gut angefühlt hat, denn das tat es. In meinen Händen war sie nämlich ein Mittel, um endlich fliehen zu können. Sie war die Antwort auf die Frage, wie wir dieser Dunkelheit entkommen konnten, durch die uns Gunter und seine Leutnants so lange geführt haben.

Ich verließ den Raum und wusste instinktiv, dass ich die einzige Hoffnung für das Jungvolk war. Ich war ihre Rettung. Aber Gunter und seine Leutnants waren gerissen. Er wollte das Zepter der Macht unbedingt zurückhaben. Als ich mich geweigert habe, sie ihm zurückzugeben, beging er den Fehler, zu glauben, dass ich ein Feigling bin, und stellte sich mir entgegen.«

»Und dann fiel ein Schuss?«, vermutete der Vatikanritter.

Bonasero nickte. »Ich schoss ihm ins Bein. Ich hatte einfach keine Wahl, denn ich wusste, dass er uns alle umbringen würde, wenn er die Luger wieder in die Hände bekommen würde. Als du Gunters Namen erwähnt hast, sah ich diesen speziellen Moment wieder so klar vor mir, als wäre es gestern gewesen.« Er schloss die Augen und versuchte zu schlucken, doch seine Kehle war zu ausgedörrt. »Durch Gottes Gnade lernte ich in Italien eine Familie kennen, die im Krieg ihre drei Söhne verloren hatte. Da zu jener Zeit die Menschen nicht gut auf Deutsche zu sprechen waren, halfen sie mir zu meinem Schutz, meine deutsche Identität abzustreifen, und gaben mir den Namen Bonasero Vessucci. Seit diesem Zeitpunkt war ich fest davon überzeugt, Gunter Wilhelm nie wiederzusehen.«

»Ruhen Sie sich jetzt aus«, sagte Jesaja erneut und tätschelte beruhigend die Hand des alten Mannes.

»Doch nun«, sagte der Papst bedrückt, »nach all diesen Jahren, hat er mich schließlich doch gefunden.«

»Es wird alles wieder gut werden«, tröstete ihn Jesaja. »Kimball folgt bereits seiner Spur.«

»Gunter Wilhelm mag inzwischen ein alter Mann sein, aber ich bin mir sicher, dass viele immer noch seinem Befehl folgen. Kimball ist also womöglich auf dem Weg in die Höhle des Löwen. Sieh dir doch nur an, was aus Pinchas geworden ist, und auch aus Mordechai. Tapfere Männer mit einem hohen Moralkodex. Gunter hat sie einfach so zerstört, mit einem Wink seines dunklen teuflischen Zauberstabs.«

»Aber Kimball ist anders, das wissen Sie.«

»Kein Mann ist vollkommen vor der Dunkelheit gefeit. Kimball war sehr lange ein Teil von ihr. Er hat in ihrem Schatten gelebt und in der Abwesenheit des Lichtes gebadet. Genau deshalb habe ich unglaubliche Angst, dass er zu ihr zurückkehren könnte, wenn der Sog zu stark ist.«

»Das wäre nicht Kimballs Art. Nicht mehr. Kimball hat sowohl die Finsternis als auch das Licht gesehen und daraufhin seine Entscheidung getroffen.«

»Aber vergiss nicht, dass er sich noch immer selbst vergeben muss, während jeder andere Vatikanritter es bereits getan hat. Er trägt noch immer die Erinnerung an die Dunkelheit als Bürde mit sich herum, und die

Dunkelheit ist durchaus imstande, den Willen von Männern zurückzuerobern. Das habe ich bei der Hitlerjugend selbst miterlebt. Ich habe gesehen, wie gute Jungen sich schließlich dem Bösen zuwandten und die Verdammnis der Erlösung vorzogen.«

»Sorgen Sie sich nicht, Eure Heiligkeit. Sie sind hier in Sicherheit.«

»Das glaube ich dir ja«, stieß der Pontifex schwach hervor. »Aber was wird geschehen, wenn Kimball Gunter Wilhelm findet?«

»Dann wird Kimball tun, was er immer tut«, war alles, was Jesaja darauf antwortete.

Doch Bonasero Vessucci wusste ganz genau, was er damit meinte.

KAPITEL 38

Der Einflussbereich des Ordens der Gefallenen Engel reichte weit. Ihre Gefolgsleute waren über den gesamten Globus verstreut. Als Pinchas Hilfe benötigte, um Italien verlassen zu können, konnte er deshalb überall auf die nötige Unterstützung bauen. Er überquerte schließlich unerkannt die italienische Grenze nach Bern und bestieg dort ein Charterflugzeug nach Marokko. Weitere Ordensmitglieder ermöglichten es ihm, an Bord eines anderen Flugzeugs nach Kolumbien zu gelangen, wo er schließlich um 3:36 Uhr morgens landete.

Nachdem er diese Maschine verlassen hatte, wartete vor dem Flughafen bereits ein Fahrer in einem alten Citroën mit verbeulten Kotflügeln auf ihn.

Pinchas stieg ein und schloss die Tür. Der Fahrer fuhr los. Erst, als sie das Flughafengelände verlassen hatten, sprachen die beiden miteinander.

»Die Meister sind nicht besonders glücklich über dein Versagen«, erklärte Pater Corvecci. »Du weißt, welche Konsequenzen dein Scheitern haben wird.« Pater Corvecci war in Wirklichkeit alles andere als ein Priester, er war ein Jünger des Ordens, der den echten Corvecci – der einst vom Papst in die Armutsregionen ausgesandt worden war – bei dessen Ankunft in einem der Dörfer getötet und kurzerhand seine Identität angenommen hatte. Die Gebeine des echten Pater Corvecci lagen nun auf dem Grund eines tiefen Brunnens, einige Kilometer außerhalb des Dorfes. Obwohl der Mann in der Verkleidung eines katholischen Priesters Predigten in der Dorfkirche abhielt, war er in Wahrheit die Augen, Ohren und das Sprachrohr des Ordens der Gefallenen Engel. Er war ihre Verbindung zur Außenwelt. Als der Vatikan ihn kontaktierte und darauf bestand, dass man einem Botschafter der Kirche, einem Mann namens Kimball Hayden, die volle Unterstützung zuteilwerden lassen sollte, gingen bei ihm sofort sämtliche Alarmglocken los. Die Kirche wusste natürlich nicht, dass sie es mit einem falschen Gottesdiener zu tun hatte. Man hatte ihn vor vier Jahren in diesen Winkel der Welt ausgesandt, und die Kommunikation mit ihm war schließlich so selten geworden, dass selbst der Vatikan ihn beinahe vergessen hatte.

Bis jetzt zumindest.

Als sich ein Bischof des Heiligen Stuhls an ihn gewandt hatte, war Pater Corvecci für ihn nur ein Name in den Akten des Vatikan gewesen. Die Kirche hatte so viele katholische Priester in die entlegensten Gegenden der Welt ausgesandt, dass es für einen falschen Priester ein Leichtes gewesen war, ein Teil von ihnen zu werden.

»Wusstest du, dass der Vatikan eine Gruppe von Botschaftern ausgesendet hat, um nach der Kathedrale zu suchen?«, erkundigte sich Pater Corvecci beiläufig.

Das ließ Pinchas aufhorchen. Er wandte dem Mann sein Gesicht zu. »Wovon redest du da?«

»Von Botschaftern. Ich habe gestern einen Anruf des Heiligen Stuhls bekommen, der mich darüber informiert hat, dass ich mich mit einem Mann treffen und mit diesem kooperieren soll. Er wusste genauestens über die Kathedrale Bescheid. Was uns natürlich zu der Frage führt: Wie konnten sie davon wissen?«

»Ich habe ihnen einen Ort nahe der Stelle genannt, an der die *Shepherd One* vom Radar verschwand und wo man die Absturzstelle vermutete. Diese liegt mehrere Hundert Kilometer von der Kathedrale entfernt.«

»Was du gesagt hast, hat offenbar Zweifel in diesem speziellen Mann geweckt.«

»Hat dieser Mann auch einen Namen?«

»Kimball Hayden.«

Pinchas schwieg betreten.

»Dieser Mann war wie du gekleidet, als du zu uns gestoßen bist. Von der Hüfte aufwärts ein Geistlicher, von der Hüfte abwärts ein Soldat. Er ist ebenfalls ein Ritter des Vatikan, habe ich recht?«

»Ja, das ist er. Waren noch andere bei ihm?«

»Daran hat er keinen Zweifel gelassen, und ich musste ihm alle Informationen geben, nach denen er verlangt hat, sonst hätte ich mich automatisch verraten.«

»Also hast du den wahren Standort der Kathedrale preisgegeben?«

»Was ich ihnen gab, war eine helfende Hand. Ich habe einen Ortsansässiger, der glaubt, Gottes Werk zu verrichten, wenn er diese Vatikanritter in den Dschungel führt, damit beauftragt sie zu führen, zumindest bis zu einem bestimmten Punkt. Der Aberglaube sitzt sehr tief bei den Einheimischen, aber er wird seinen Zweck erfüllen.«

»Die Vatikanritter haben schon mehrmals Missionen im Dschungel absolviert, sie werden sich daher bestimmt nicht verirren.«

»Das war ja auch gar nicht meine Intention. Ich werde sie direkt zum Huecuvus und den bösen Geistern schicken«, erwiderte Pater Corvecci grinsend. »Kimball

Hayden und sein Team werden tot sein, bevor sie auch nur in die Nähe des Ordens gelangen werden.«

»Darauf würde ich nicht wetten.«

Corvecci blickte Pinchas an, als wolle er ihn für seine blasphemischen Worte tadeln, doch stattdessen sagte er: »Du glaubst also wirklich, diese Einheit kann es mit den Schatten aufnehmen … und überleben?«

Pinchas zögerte kurz, als würde er in seinem Kopf nach Erinnerungen suchen. »Ich kann mich nicht mehr an die Vatikanritter entsinnen, sosehr ich es auch versuche. Aber an Kimball Hayden erinnere ich mich durchaus noch, und wenn die anderen auch so sind wie er, dann ja … dann sind sie den bösen Geistern mehr als ebenbürtig.«

»Vielleicht sind sie ihnen ebenbürtig, aber sie werden dennoch nicht gewinnen. Die Einheimischen halten nicht ohne Grund bis heute an dieser Legende fest«, fügte der falsche Geistliche hinzu und deutete in Richtung des Dschungels. »Die dunklen Schatten, die sich darin bewegen, bedeuten für jeden den sicheren Tod. Diese Ritter werden vom Angesicht der Erde verschwinden, und der Vatikan wird daraufhin nur wenig Interesse daran haben, ein weiteres Team auszusenden.«

Pinchas schloss die Augen und versuchte sich mal wieder daran zu erinnern, wer er war oder woher er kam. Doch die Erinnerungen daran waren unwiederbringlich verschwunden, mit Ausnahme von Kimball Hayden.

»Stimmt etwas nicht, Pinchas?«

Der ehemalige Vatikanritter öffnete die Augen wieder. »Nein«, sagte er schließlich und schüttelte den Kopf. »Es ist nichts.«

Die anschließende Fahrt war lang und verlief schweigend. Als sie endlich einen durchlässigeren Teil der brasilianischen Grenze erreicht hatten, war es Pater Corvecci, der als Erster wieder das Wort ergriff. »Du weißt, wie du von hier aus weiterkommst«, sagte er tonlos. Er bezog sich dabei auf den unterirdischen Tunnel, der von hier bis zur Kathedrale führte. Natürlich hatte er diesen Kimball Hayden verschwiegen, weil er dafür sorgen wollte, dass der Dschungel das Team aufhielt und sie irgendwann unweigerlich auf die bösen Geister treffen würden. Da der Tunnel frei von Hindernissen war, würde Pinchas noch vor der Morgendämmerung bei den Meistern eintreffen, während sich die Vatikanritter aktuell noch auf ihre Reise durch den Dschungel vorbereiteten.

Pater Corvecci reichte Pinchas eine Taschenlampe. »Berichte den Meistern, dass die Vatikanritter in ein paar Stunden aufbrechen werden. Sie werden, ohne es zu ahnen, die Schatten des Dschungels aufwecken, die daraufhin das tun werden, was sie am besten können. Was bedeutet, dass dieser Kimball Hayden und sein Team bereits gegen Mittag Geschichte sein werden.«

Pinchas antwortete nichts darauf. Er schloss einfach nur die Tür und blieb dann neben dem Wagen stehen. Als der Citroën davonfuhr, verharrte er kurz in der Dunkelheit und sah den roten Rücklichtern hinterher, die immer kleiner wurden und schließlich ganz verschwanden.

Der Dschungel war wie eine undurchdringliche Mauer. Pinchas brach durch das Unterholz und erreichte kurz darauf einen runden Betonzylinder, der etwa einen halben Meter aus der Erde ragte. Dieser war mit einer schweren Stahlluke verschlossen. Darauf befand sich ein Tastenfeld, in das eine richtige Ziffernfolge eingegeben werden musste, damit sich der Deckel öffnete. Er tippte die entsprechenden Zahlen ein und zog die Luke auf. In dem Schacht war es so dunkel, dass selbst der Schein seiner Taschenlampe nur wenig dagegen ausrichten konnte. Die Dunkelheit schien das Licht förmlich zurückzudrängen. Trotzdem zog er die Luke sorgsam hinter sich zu, sicherte sie und folgte dann dem Tunnel bis zur vergessenen Kathedrale.

KAPITEL 39

IN DER HALLE DER MEISTER

»Du hast versagt«, sagte Gunter zornerfüllt. Er saß auf dem mittleren der drei Throne, der die meisten Verzierungen von allen trug. Die anderen beiden ehrwürdigen Meister, Hermann Braun und Albrecht Krause, flankierten ihn auf weniger eindrucksvollen Stühlen. Frederik Austerlitz war schon vor langer Zeit gestorben.

Neben den ehrwürdigen Meistern stand Simon, der eine schmutzige und zerschlissene Kutte trug.

»Wenigstens kam Mordechai bei der Erfüllung seiner Pflichten ums Leben«, fügte Gunter milde hinzu. »Ich habe dir vertraut, Pinchas.«

»Das Sicherheitsaufgebot war einfach zu gut. Ich bin mir sicher, dass man Franz in den Apostolischen Palast gebracht hat. Einen weiteren Anschlag bei so vielen Gegnern zu unternehmen, wäre töricht gewesen. Also bin ich zurückgekehrt, um den Kampf zu einem späteren Zeitpunkt fortzuführen.«

»Dieser Tag liegt näher, als du vielleicht denkst«, sagte Albrecht. »Denn die Nachrichten, die du uns von Pater Corvecci überbracht hast, sind äußerst beunruhigend.«

»Ich habe ihnen nicht verraten, wo dieser Ort liegt, doch Kimball Hayden ist alles andere als ein dummer Mann.«

Er erinnerte sich plötzlich wieder daran, dass Kimball die Fähigkeit besaß, jede Täuschung und Lüge sofort zu durchschauen, es war eine fast übersinnliche Gabe. Nur so war zu erklären, dass er auch Pinchas innerhalb kürzester Zeit durchschaut hatte.

»So scheint es«, sagte Gunter. »Aber keine Angst. Wir sind hier sicher. Sie werden es nie an den bösen Geistern vorbeischaffen.«

»Und wenn doch?«, fragte Pinchas.

»Das ist unmöglich«, lautete Gunters Antwort. »Aber sollte der unwahrscheinliche Fall doch eintreten, wird es die Aufgabe deines Vatikanritter-Teams sein, das zu beenden, was die bösen Geister begonnen haben. Ist das klar? Du wirst diese Kathedrale um jeden Preis beschützen.«

Pinchas verbeugte sich und antwortete: »Ja, großer Meister.«

»Die bösen Geister wurden aktiviert«, erklärte Gunter. »Bereite du dein Team aber dennoch vor … nur für den Fall der Fälle.«

Pinchas verbeugte sich noch einmal vor ihm, drehte sich um und verließ die Halle.

Als er verschwunden und das letzte Echo seiner Schritte verhallt war, ließ sich Gunter Wilhelm in seinen Thron zurücksinken und stöhnte angesichts der Schmerzen in seinem Unterleib, seinen Hüften und Oberschenkeln leise auf. Der Schmerz breitete sich immer mehr in seinem Körper aus. Seine gequälte Miene blieb nicht unbemerkt.

»Erleuchteter Meister«, sagte Simon besorgt und trat einen Schritt vor.

Doch Gunter winkte ab und presste die Lippen zusammen, um den Schmerz zu unterdrücken.

Er würde bald sterben, das war ihm klar. Das einzige Mysterium war, wie viel Zeit ihm noch blieb … Tage, Wochen, oder im besten Fall vielleicht noch ein Monat?

Aber es war nun einmal ein Punkt, an den jeder einmal gelangen würde, und er war diesem Punkt nun sehr nahegekommen.

Er grunzte erneut, als seine Nervenenden lodernd aufflammten. Doch dann ebbte der Schmerz zum Glück wieder ab. Das gab ihm die Gelegenheit, intensiv nachzudenken, anstatt sich nur auf sein Unbehagen zu konzentrieren. Er war ein Mann, der abhängig und besessen davon war, zu herrschen. Das Dritte Reich wieder aufzubauen war seine Passion und sein Lebensziel gewesen. Diesen Traum hatte er jedoch schon vor langer Zeit aufgegeben und hatte zusehen müssen, wie seine Vision eines neuen Reiches zu nicht mehr als einem Kult geworden war. Die Art von Fanatismus, die ihm selbst eigen war, hatte sich in vielfältigen extremistischen Vereinigungen verselbstständigt, wie den Taliban, Al-Qaida und der ISIS. Ein neues Zeitalter und eine neue Welle fundamentalistischer Ideen war angebrochen, nicht unähnlich den Vorstellungen des Nationalsozialismus und nicht minder bösartig. Diese Erkenntnis behielt er jedoch für sich, immerhin lebte er von den Zuwendungen der Mitglieder und Jünger, die er in den darauffolgenden Jahren ihres Verstandes, ihrer Seelen, aber auch ihrer Bankkonten beraubte.

Das Einzige, was jetzt noch in seiner Macht lag, war der Tod von Franz Kleimer-Schmidt, und selbst diese Obsession schien sich mehr und mehr zu einem ähnlichen Fehlschlag zu entwickeln wie sein Traum, dem Dritten Reich zu neuer Blüte zu verhelfen.

Mein ganzes Leben war eine Aneinanderreihung von Fehlschlägen, dachte er jetzt bitter. *Franz Kleimer-Schmidt lebt noch immer, und das wird er auch noch, wenn ich längst tot bin.*

»Dieser Kimball Hayden steht Franz doch sehr nahe, oder?«, erkundigte sich Gunter jetzt bei den anderen.

Simon nickte. »Ich glaube, Pinchas hat so etwas erwähnt.«

»Dann kontaktiere die bösen Geister noch einmal und sag ihnen, dass sie Kimball Hayden am Leben lassen, die anderen aber töten sollen. Denn er ist in der Lage, ganz nahe an Franz heranzukommen, und kann deshalb Dinge tun, die kein anderer bewerkstelligen kann. Er genießt Franz' Vertrauen, und irgendwann wird er ihn dann umbringen, und wenn Franz durch die Hand seines eigenen Mannes stirbt, soll er mich in Kimball Haydens Augen sehen.«

»Es dürfte aber viele Monate dauern, um ihn einer vollständigen Gehirnwäsche zu unterziehen, großer Meister«, wandte Simon ein. Was er eigentlich damit sagen wollte, war: Bis dahin werden Sie nicht mehr unter den Lebenden weilen.

»Deshalb baue ich auf eure Hingabe, die ihr heute mit mir in diesem Raum seid. Findet Kimball Hayden und verfahrt mit ihm auf die gleiche Weise wie mit Pinchas, Mordechai und den anderen. Formt ihn zu einer Waffe, mit der Franz nicht rechnet. Ehrt mich, indem ihr mir diesen Wunsch erfüllt. Werdet ihr das tun?«

Simon sah hinüber zu Braun und Krause, die einander sofort zunickten. *Natürlich.*

»Ja, großer Meister. Die Huecuvus werden dir Kimball Hayden lebendig überbringen, ganz wie du es verlangst.«

Gunter nickte zufrieden.

Doch Simon plagte gerade ein ganz anderer Gedanke: *Zuerst einmal müssen sie ihn einfangen.* Denn nach Pinchas Erzählungen war es kein leichtes Unterfangen, sich mit Kimball Hayden anzulegen. Vielleicht würde sich diese Aufgabe für die Huecuvus sogar als unmöglich herausstellen.

Die bösen Geister waren kurz davor, genau diese Erfahrung zu machen.

KAPITEL 40

»Unsere Mission lautet, die vierzehn Kardinäle und die vier Vatikanritter zu finden und diese zu befreien«, erklärte Kimball seinem Team. »Ihr alle seid ausführlich unterrichtet worden und wisst daher, was getan werden muss, um dieses Ziel zu erreichen. Vergesst nicht, dass die anderen Ritter wahrscheinlich in einer ähnlichen geistigen Verfassung wie Pinchas und Mordechai sein werden. Das bedeutet, dass sie nicht für ihre Taten verantwortlich sind, falls das irgendeinen Sinn für euch ergibt. Ich bin mir sicher, dass man sie einer langwierigen Gehirnwäsche unterzogen und ihre Erinnerungen dabei gelöscht hat. Deshalb werden sie euch wahrscheinlich gar nicht wiedererkennen. Falls das der Fall sein sollte, habt ihr das Recht, euch zu verteidigen. Denn Kampf ist Kampf. Wenn sie nicht gerettet werden können, müsst ihr euch daran erinnern, dass es unser vorrangiges Ziel ist, die Kardinäle in den sicheren Hafen des Vatikan zurückzubringen. Noch irgendwelche Fragen?«

Es gab keine, denn jedes Teammitglied war mit den Details der Mission vertraut.

Sie waren zu acht, einschließlich Kimball und Leviticus, und trugen nun allesamt militärische Kleidung anstelle ihrer normalen Vatikanritter-Uniform, mit Ausnahme des Priesterkragens, den sie niemals ablegten. Ihre Tarnkleidung war in Grün- und Brauntönen gehalten, damit sie komplett mit dem Dschungel verschmelzen konnten.

Wie von Pater Corvecci versprochen, erschien pünktlich beim Morgengrauen ihr Führer Pasqual, der in einer Scheide eine Machete an seiner Seite trug. Die Ärmel seines Hemdes hatte er bis zu den Ellbogen aufgerollt, und er trug einen Strohhut, zum Schutz vor der Sonne. Er war drahtig, besaß scharf geschnittene Gesichtszüge und hatte Anzeichen eines jugendlichen Bartes, der ihm bald wachsen würde.

Die Fahrt in dem Transporter bis an den Rand des Dschungels, zu der Stelle der Grenze, wo mit dem geringsten Widerstand zu rechnen war, war äußerst holperig. Nach weniger als fünfzehn Minuten hielt der Transporter am Straßenrand an. Die Straße bestand aus nicht mehr als zwei lehmigen Fahrspuren, die von einem Grasstreifen getrennt wurden.

Die Vatikanritter sprangen jetzt aus dem Heck des Autos und versammelten sich vor dem Rand des Dschungels. Jeder von ihnen trug eine MP5 bei sich.

Kimball betrachtete kurz das Dickicht und drehte sich dann zu Pasqual um, der daraufhin seine Machete zückte. Sich zwanzig Kilometer durch einen derart dichten Dschungel zu kämpfen würde ein hartes Stück Arbeit werden, dachte Kimball.

Pasqual schien seine Gedanken zu erraten.

»Machete sehr scharf«, sagte er. »Wir schneller sein als Sie denken.«

»Hoffentlich.«

Pasqual begann nun, sich seinen Weg durch das Dickicht zu bahnen. Seinen geschwungenen und beinahe eleganten Hieben fielen die Äste und das Gestrüpp tatsächlich rasch zum Opfer. Der Mann war wirklich schnell, das musste Kimball zugeben. Der spindeldürre

Führer verfügte trotz der Hitze und der hohen Luftfeuchtigkeit über eine beeindruckende Energie, auch wenn sich auf seinem Hemd bereits große Schweißflecken bildeten, die an Rorschach-Bilder erinnerten.

Auf ihrem Weg durch den Dschungel waren die Ritter äußerst schweigsam und musterten aufmerksam die Umgebung, während sie fortwährend auf der Hut vor den Gefahren waren, die hier lauern konnten, wie etwa gefährliche Giftschlangen. Als sie nach vier Kilometern eine Markierung erreichen – einen Felsbrocken, in den Symbole alter Gottheiten mit quadratischen Zähnen und sonnenförmigen Kronen gemeißelt waren, ließ ihr Führer sie anhalten.

»Dies ist erste Markierung«, erklärte er Kimball, dann deutete er in Richtung des frisch geschlagenen Pfades zurück. »Pfad noch hier sein, wenn Sie zurückkehren. Dschungel nicht so schnell wachsen. Wir jetzt Wasser trinken und ausruhen fünf Minuten.«

Kimball hob seine Hand und zeigte fünf Finger. »Fünf Minuten?«, vergewisserte er sich. »Fünf?«

»Sí. Cinco minutos.«

Kimball wandte sich daraufhin an sein Team. »Wir rasten«, verkündete er. »Fünf Minuten Pause.«

Er setzte sich nun neben Leviticus. Sie waren vom Schweiß schon vollkommen durchnässt, aber keiner der beiden beschwerte sich darüber.

»Vier Kilometer bereits«, meinte Leviticus. »Damit haben wir schon ein Fünftel der Strecke in gerade mal neunzig Minuten zurückgelegt. Das ist gar nicht übel.«

Kimball nickte. »Wir sollten die Kathedrale am späten Nachmittag erreichen. Die Sonne wird dann noch hoch am Himmel stehen.«

»Kimball …« Leviticus schwieg überraschend lange. »Knapp zwanzig Kilometer in dieser schwülen Hitze laufen … einige der Kardinäle sind jetzt garantiert schon sehr alt und womöglich sind sie *zu* alt, um diesen Marsch zu überstehen.« Bei den meisten Missionen, die sie bis jetzt absolviert hatten, hatte es in der Nähe immer einen Treffpunkt gegeben, von dem aus man ausgeflogen werden konnte. Dieser dichte Dschungel bot diese Möglichkeit jedoch nicht.

»Wir werden uns schon etwas ausdenken«, erwiderte Kimball. Denn das taten die Ritter des Vatikan immer. Dann fügte er hinzu: »Erinnerst du dich noch an das Foto von Mordechai und Pinchas am Flughafen, und an den Mann, der bei ihnen war, Gunter Wilhelm?«

»Natürlich.«

»Dieser ist ebenfalls sehr alt, schon Ende achtzig und offensichtlich sehr gebrechlich. Dennoch war er am Flughafen. Also verrate mir eines: Wie hat ein Mann in seiner Verfassung eine Reise von zwanzig Kilometern durch eine lebensfeindliche Umgebung wie diese hier hinter sich gebracht?«

Leviticus dachte kurz darüber nach und sagte dann mit leuchtenden Augen: »Es muss noch einen anderen Weg hinein und hinaus geben.«

»Ganz genau. Zumindest ist das anzunehmen. Wir müssen ihn also nur finden … und das werden wir!«

Die nächsten Minuten saßen sie nur schweigend nebeneinander und spielten im Geiste durch, wie es sein würde, auf die anderen Vatikanritter zu treffen … den sicheren Rückzug mit den Kardinälen … und wie sie mit Gunter Wilhelm verfahren würden. Dies zumindest war eine Last, die zum größten Teil von Kimball persönlich geschultert werden musste. Als die fünf Minuten um waren, sagte Pasqual etwas auf Spanisch zu Kimball, woraufhin sich dieser sofort in Bewegung setzte. Kurz darauf kämpfte sich das Team bereits tiefer in den Dschungel vor, mit Pasqual als ihren Führer.

✠

Nach der Hälfte des Weges erreichten sie die zweite Markierung, die eine grauenvolle in eine Steinmauer gemeißelte Darstellung der gleichen Gottheit wie zuvor war, dem dieses Mal offenbar ein Menschenopfer dargebracht wurde. Das Opfer lag ausgestreckt auf einem steinernen Altar und hatte ein Loch in der Brust, während der Sonnengott ein Herz umklammert hielt. Von dem Organ tropfte Blut herab, und der Gott blickte gen Himmel, als würde er diesen verhöhnen.

»Wie nett«, kommentierte Leviticus trocken.

»Das sein halbe Strecke«, erklärte ihnen Pasqual. »Ich nicht gehen weiter. Sie von hier allein weiter müssen.« Der Führer zog ein kleines Stück Papier aus seiner Tasche, das so alt und spröde wie Pergament aussah, und faltete es vorsichtig auseinander. Es glich einer alten Schatzkarte, nur dass das X keinen Schatz, sondern die einfache Zeichnung eines Tempels markierte.

Pasqual deutete auf eine weitere Markierung entlang des Weges, die sich in einer geraden Linie zwischen ihnen und dem Tempel befand und deshalb leicht zu finden sein musste. Danach reichte er Kimball die Machete. »Sie bald erreichen dritte Markierung. Nicht zu übersehen. Sehr, sehr groß. Nun Sie auf sich gestellt sein. Folgen Sie Karte. Karte führt Sie zu Huecuvus. Aber dort …«

Er deutete auf die dichte grüne Mauer aus Blattwerk. »Dort lauern böse Geister. Sie beobachten. Sie warten. Sie töten. Ihr gesegnet seid von Gott vielleicht, doch sie ganz sicher gesegnet vom Teufel.«

Kimball nahm die Karte entgegen, faltete sie zusammen und verstaute sie sorgfältig in seiner Tasche. »Danke, Pasqual.«

Der Führer nickte und betrat den Pfad, dem sie bis hierher gefolgt waren.

»Okay«, sagte Kimball zu niemand Speziellen, »dann machen wir uns mal auf die Suche nach dieser dritten Markierung.«

Mithilfe seiner neuerworbenen Machete bahnte sich Kimball einen Weg durch das Dickicht und ließ das Relief des Sonnengottes hinter sich zurück.

Als Pasqual an seinem Transporter angelangt war, wartete dort bereits Pater Corvecci auf ihn, der mit verschränkten Armen an seinem Citroën lehnte. »Pasqual«, begrüßte er ihn lächelnd. »Ich nehme mal an, du warst erfolgreich?«

Pasqual nahm seinen Strohhut ab, bevor er dem Priester antwortete: »Sí, Padre. Sí. Ich ihnen zeigte den Weg zu den Markierungen, wie Sie wünschten. Ich tun Gottes Werk, si?«

»Aber natürlich, Pasqual«, sagte der Priester und klopfte ihm aufmunternd auf den Rücken. Sein Hemd war schweißgetränkt. »Du hast Gottes Werk verrichtet. Ich danke dir.«

»Noch etwas, *Padre?*«

»Nein, Pasqual. Du hast sie auf den richtigen Weg geführt. Ich bitte dich nur, darüber kein Wort bei anderen zu verlieren.«

»No no, Padre. Pasqual nichts wird sagen.«

Pater Corvecci lächelte. »Es ist alles Gottes Wille«, erklärte er ihm … dann sah er zum Dschungel hinüber.

Nun liegt alles in Gottes Händen.

Sein Lächeln wurde breiter und dabei kamen seine raubtierhaften Zähne zum Vorschein.

KAPITEL 41

Der Dschungel war nun zum Leben erwacht, er war voller Schatten, die sich geübt durch das vertraute Gelände bewegten und jeden Baumstamm und Ast so gut kannten wie ein Blinder die Beschaffenheit seiner Wohnung.

Geräuschlos und mit katzenhafter Anmut brachten sich die Schatten in Position und waren bereit für die Jagd. Wer die Logik vorzog, nannte sie Pumas, die schwarzen Leoparden des Dschungels, wer jedoch abergläubisch war, nannte sie Huecuvus, die bösen Geister.

Sie waren die Wächter des Tempels.

Die Hüter des Tores.

Und niemand, der sie herausgefordert hatte, war jemals zurückgekehrt, um davon zu berichten.

Sie beobachteten still die Eindringlinge.

Sie warteten.

Sie konnten die bevorstehende Auseinandersetzung förmlich wittern.

Eine Auseinandersetzung, die sie niemals wieder vergessen sollten.

KAPITEL 42

Jeder Vatikanritter hatte seinen jetzigen Namen aus dem Alten oder Neuen Testament gewählt. Sie hörten auf die Namen Samuel und Jeremias, Daniel und Hosea, Joel und Nahum, und waren allesamt kampferprobte Soldaten, die Erfahrungen im Dschungelkrieg besaßen und sogar im südlichen Teil der Philippinen an der Befreiung von Priestern aus den Händen extremistischer Vereinigungen beteiligt gewesen waren.

In den Jahren, in denen sie hinter den Mauern des Vatikan aufgewachsen waren, waren sie zu verschworenen Kreuzrittern einer neuen Ära geworden. Sie waren darauf trainiert worden, die besten Soldaten der Welt zu sein, und hatten dabei noch vieles mehr als nur Kampfkünste gelernt. Sie hatten Philosophie studiert, von Aristoteles bis Epikur, mit dem Schwerpunkt auf den Lehren von Thomas von Aquin. Auch Kunst war ein wesentlicher Teil ihrer Ausbildung gewesen, Symbolismus und die versteckten Details der Werke von Da Vinci oder Michelangelo. Es herrschte die feste Überzeugung, dass für einen Ritter des Vatikan die Formung des Geistes eine ebenso wichtige Rolle spielte wie die des Körpers. Sie gaben stets aufeinander acht und kämpften immer Seite an Seite, als wären sie durch ein unsichtbares Band miteinander verbunden.

Ihre Losung lautete *Treue über allem. Allem außer der Ehre.* Worte, die irgendwann zu einem Teil ihrer

Persönlichkeit geworden waren, als Diener Gottes und Retter all jener, die sich selbst nicht helfen konnten.

Wie Pinchas und Mordechai deshalb von ihrem rechtschaffenen Weg hatten abkommen können, war ihnen allen ein Rätsel. Mehr noch – es war unvorstellbar für sie. Denn diese Werte waren so tief in ihnen verwurzelt worden, dass es einem Wunder glich, dass es jemandem gelungen sein sollte, sie einfach herauszureißen.

Nun waren sie hier – in einem Kampf Bruder gegen Bruder.

Krieger gegen Krieger.

Ritter gegen Ritter.

Und Kimball führte sie an.

Sie hatten mittlerweile etwa sieben weitere Kilometer zurückgelegt und waren dabei den kleinen Hinweisen auf der Karte gefolgt. Markierungen wie kleine Totems aus Stein. Eines dieser Totem war eine Skulptur, die mit einem Hakenkreuz gekrönt war.

Leviticus deutete auf das Relief. »Ist das die nächste Markierung?«

Kimball schüttelte den Kopf. »Pasqual sprach von etwas Großem. Etwas sehr Großem. Selbst die bisherigen Markierungen war sehr viel größer als diese hier«, sagte er. »Aber zumindest befinden wir uns auf dem richtigen Weg.«

Die Vatikanritter kämpften sich weiter voran und Kimball bahnte ihnen einen Weg durch das Dickicht. Weniger als einen Kilometer östlich der Skulptur mit dem Hakenkreuz fanden sie schließlich die dritte Markierung, und sie war tatsächlich groß, genauso wie Pasqual es gesagt hatte.

Sehr groß sogar.

Das Licht, welches in Streifen durch die Baumkronen fiel, ließ den Rumpf in der Sonne schimmern. Ein gleißendes Stück verbogenen Metalls ragte zu dem Blätterdach empor. Es war von Ranken und dornigem Gestrüpp umwuchert, sodass es aussah, als würden die Äste versuchen, den Rumpf am Boden festzuhalten. Obwohl die Farben über die Jahre hinweg ausgeblichen waren, konnte man die roten und grünen Streifen noch gut erkennen.

»Die dritte Markierung«, kommentierte Leviticus, als er sich mit den restlichen Vatikanrittern auf den Boden hockte und die Umgebung musterte.

Kimball nickte. »Zumindest wissen wir jetzt, was aus der *Shepherd One* geworden ist.«

KAPITEL 43

DER APOSTOLISCHE PALAST
VATIKANSTADT

Papst Pius war immer noch sehr geschwächt, aber in guter Verfassung. Er konnte bereits wieder Flüssigkeiten zu sich nehmen, ohne dass ihm dabei Jesaja oder eine der Schwestern einen Strohhalm an die Lippen halten mussten. Seine Stimme war ebenfalls kräftiger und lebhafter geworden. Ganz langsam kehrte auch wieder etwas Farbe in sein Gesicht zurück. Sein Verstand hingegen war schon die ganze Zeit über hellwach gewesen, und so war ihm natürlich nicht entgangen, dass Jesaja ungewöhnlich still geworden war. »Irgendetwas bekümmert dich doch, Jesaja. Sprich es dir von der Seele.«

Jesaja wusste, dass Pinchas aus einem Transporter der Vatikanpolizei geflohen war und dass man ihn noch nicht hatte schnappen können, das hatte er Bonasero bislang allerdings verschwiegen.

»Jesaja«, ermutigte ihn Bonasero noch einmal.

Der Vatikanritter zog daraufhin einen Stuhl an das Bett heran und setzte sich. »Eure Heiligkeit, ich mache mir Sorgen um Eure Gesundheit«, begann er.

»Du und die restliche Welt. Nachdem wir das also schon einmal ausräumen konnten … was bedrückt dich *wirklich?*«

»Es geht um Pinchas«, erwiderte er stockend.

Scharfsinnig, wie es seinem Naturell entsprach, vermutete Bonasero: »Er ist geflohen, nicht wahr?«

Jesaja nickte. »Und hat dabei vier Menschen getötet.«

Bonaseros Gesicht verriet das Unbehagen, welches diese Nachricht bei ihm auslöste. Nicht, weil Pinchas entflohen war, sondern weil als Folge dessen vier Menschenleben zu beklagen waren. *Wie hatte Pinchas nur so sehr vom Weg abkommen können?*

»Er ist noch nicht gefunden worden«, schob der Papst hinterher, was mehr eine Feststellung als eine Frage war.

Jesaja fasste es jedoch als Frage auf. »Nein, Eure Heiligkeit. Sein derzeitiger Aufenthaltsort ist unbekannt. Er ist untergetaucht.«

»Das wird er auch bleiben«, antwortete Bonasero. »Denn Pinchas ist – war – ein Vatikanritter. Er besitzt also die nötigen Fertigkeiten, um seine Verfolger abzuschütteln, und wird so lange nicht gefasst werden, bis er es wünscht, und das wird nur dann der Fall sein, wenn es der Erfüllung seines Auftrages dient.«

»Vielleicht ist er aber auch noch ganz in der Nähe, weil er seine Tat vollenden will.«

»Vielleicht«, antwortete Bonasero, der angesichts dessen viel ruhiger blieb, als Jesaja es befürchtet hatte. »Aber ich werde extrem gut bewacht, und mein Glaube ist stark. Sollte Pinchas tatsächlich in diese Gemächer gelangen, dann weil Gott mich in seine Arme holen will. Pinchas ist immerhin schon einmal gescheitert, genau wie Mordechai. Ich glaube, dass Gott mich aus einem ganz bestimmten Grund verschont hat, und dafür bete ich.«

»Sie sind sehr optimistisch … immerhin sprechen wir hier von Pinchas.«

»Pinchas Mordversuch ist misslungen. Ob er bleibt, um seinen Auftrag zu vollenden, oder nicht, liegt nun ganz bei ihm. Ich werde mich allerdings nicht den finsteren Plänen von Pinchas und Gunter Wilhelm ergeben. Das Licht des Allmächtigen in mir ist größer als die Dunkelheit, die diese beiden umgibt.«

»Außerdem werden Sie außerordentlich gut bewacht«, ergänzte Jesaja lächelnd.

Bonasero erwiderte sein Lächeln. »Das werde ich. Hast du schon etwas von Kimball gehört?«

»Nein. Er wurde offenbar von Pater Corvecci empfangen, der seinen Kontakt im Heiligen Stuhl vor Kurzem darüber informiert hat, dass Kimballs Team erfolgreich den brasilianischen Dschungel betreten hat. Wenn alles glattgeht, wird die Einheit bald mit den Geretteten in Corveccis Dorf zurückkehren.«

»Sofern die Kardinäle und Ritter noch am Leben sind. Was ich sehr hoffe. Dies ist eine Such- und Rettungsmission. Ich hoffe, Kimball ist sich dessen bewusst, falls er tatsächlich Gunter Wilhelm begegnen sollte.«

»Kimball sieht ihn als eine Bedrohung an, das wissen Sie.«

»Ich weiß«, antwortete der Papst. »Und genau das ist das Problem. Kimball muss sich dort Dingen entgegenstellen, die jenseits des Einflussbereichs des Vatikan liegen.«

»Er meint es nur gut. Er wird alles dafür tun, was nötig ist, um Sie zu beschützen.«

»Aber so etwas kostet ihn einen Teil seiner Seele … und das ist ein *sehr hoher* Preis.«

Jesaja dachte kurz darüber nach. Bonasero hatte recht: Kimball spielte oft mit seinem Wohlergehen und stellte nicht selten die Gerechtigkeit über das Gesetz, während der Vatikan stets das Gegenteil predigte.

»Lass uns gemeinsam dafür beten, dass Kimball sein Team mit der Gnade Gottes wahrhaftig führen wird.«

Sie griffen einander bei den Händen, senkten die Köpfe und beteten intensiv.

KAPITEL 44

Die *Shepherd One* war überraschenderweise größtenteils noch intakt, bis auf das fehlende Fahrwerk und die Schäden an den Tragflächen und am Seitenlenkwerk. Das Flugzeug ragte leicht zur Seite gekippt in einem flachen Winkel nach oben. Offenbar waren die Notrutschen aktiviert worden, doch über die Jahre war die Luft aus ihnen gewichen, sodass sie nun nur noch wie schlaffe Vorhänge von den Flugzeugtüren herabhingen.

Kimball gab Samuel und Jeremias mit ein paar Gesten zu verstehen, dass sie die Notrutschen hinaufklettern, das Innere der Passagiermaschine untersuchen und mögliche Feinde darin ausschalten sollten.

Jeremias übernahm die Notrutsche in der Nähe des Cockpits, Samuel die am Heck. Kimball ließ den Rest seines Teams derweil in Position gehen und befahl ihnen, die Waffen auf den sie umgebenden Dschungel zu richten.

Mit der Gewandtheit von Affen kletterten Jeremias und Samuel die Notrutschen hinauf und zogen sich über den Rand in den Flugzeugrumpf. Danach hoben sie ihre MP5 auf Augenhöhe und verschwanden in der *Shepherd One.*

Das Cockpit befand sich zu Jeremias Linken. Die Tür stand etwa einen Fußbreit offen, wodurch er einen flüchtigen Blick ins Innere werfen konnte. Mit dem Lauf seiner Waffe stieß Jeremias die Tür noch weiter auf, deren rostige Angeln daraufhin quietschend protestierten. Auf dem Platz des Co-Piloten und über das Steuerruder gebeugt, befand sich ein noch spärlich bekleidetes Skelett. Der Stoff der Uniform war mit der Zeit verwittert und das Fleisch löste sich von den kakaobraunen Knochen des Co-Piloten mit der Brüchigkeit alten Pergaments. Ein paar Büschel braunen Haares klammerten sich noch auf schauderhafte Art und Weise an seinem Schädel fest. Am Hinterkopf des Mannes war ein kleines Loch zu sehen, das zweifellos von einer Kugel verursacht worden war.

Jeremias griff nach seinem Lippenmikrofon und flüsterte: »Kimball?«

»Was gibt's?«

»Ich habe jemanden im Cockpit gefunden. Den Co-Piloten offenbar. Er ist schon seit einer ganzen Weile tot.«

»Verstanden. Begib dich jetzt zum Heck, pass aber auf dich auf.«

»Verstanden.«

Jeremias schritt den Gang entlang zu Samuel, der seinen Kopf zusammen mit dem roten Laser an seinem Gewehr aufmerksam von links nach rechts und von rechts nach links schwenkte.

Füllstoff quoll aus den Rissen in den Sitzen. Ranken und dornige Schlingpflanzen hatten Wände und Decke erobert. Schwarze und grüne Algen verfärbten die Verkleidungen. In einem Gepäckfach, dessen Klappe offenstand, schlängelte sich eine Königsboa, die so dick wie der Oberschenkel eines Mannes war. Ihr Kopf war so groß wie eine Hand, ihre Augen dunkel und unergründlich. Die Schlange zeigte sich jedoch unbeeindruckt, als Jeremias an ihr vorbeilief.

Schließlich trafen die beiden in der Mitte des Flugzeugs aufeinander.

Jeremias tippte erneut gegen sein Mikrofon. »*Shepherd One* ist gesichert«, meldete er.

»Verstanden. Begebt euch jetzt zu den Aussichtspunkten an den Ausgängen und seht euch dort um, haltet euch aber versteckt.«

»Wieso? Ist etwas passiert?«

Es dauerte einen Moment, bis Kimball antwortete. Ruhig drang seine Stimme aus den Ohrstöpseln. »Ich fürchte, wir sind nicht mehr allein«, sagte er schließlich. »Irgendetwas ist in den Bäumen. Geht in Position und erstattet dann Meldung.«

»Verstanden.« Jeremias wies Samuel mit einer Geste an, die Türöffnung an der Rückseite des Flugzeugs zu übernehmen, was dieser auch sofort tat. Jeremias legte sich flach auf den Boden und kroch auf die andere offene Tür zu. Mit der Vergrößerung seines Zielsuchers – und von seiner erhöhten Position mehrere Meter über dem Boden aus – begann er langsam und sorgfältig den Dschungel abzusuchen.

Grün.

Nichts als Grün.

Doch dann sah er es. Ein dunkles Schimmern, das sich im Dickicht und dem blattreichen Gewirr abzeichnete. Schatten schienen in den Bäumen zu lauern, ohne dass man ihre genaue Form sehen konnte.

Kurz darauf waren sie auch schon wieder verschwunden. Wie Rauch hatten sie sich in nichts aufgelöst.

Dafür tauchten sie plötzlich an anderer Stelle wieder auf, aber niemals in Gänze. Immer waren es nur schwarze Flecken, unterbrochen von Grün. Sie kamen jedoch immer näher, zogen sich dann wieder zurück, kreisten sie letzten Endes allerdings mehr und mehr ein.

Sie schlichen näher heran, nutzten das Dickicht dabei als Vorhang und verschwanden dann erneut. Der Dschungel war ihr Verbündeter. Was den Vatikanritter jedoch am meisten irritierte, war der Umstand, dass sie dabei keinerlei Geräusche verursachten. Kein einziger Zweig knackte und selbst die zarten Ausläufer der dünnen Äste bewegten sich kaum.

Jeremias wandte sich wieder seinem Mikrofon zu und flüsterte: »Kimball, ich sehe überall um uns herum Bewegungen.«

»Bitte bestätigen.«

»Ich kann sie nicht genau erkennen.«

»Samuel?«

Über seine Ohrstöpsel konnte Jeremias die Unterhaltung zwischen Samuel und Kimball mitverfolgen. »Hier das Gleiche«, verkündete Samuel. »Überall bewegen sich erstaunlich lautlos Schatten, sind aber so schnell wieder verschwunden, dass ich nicht erkennen kann, wer oder was sie sind.«

»Pumas?«

»Nein, es sei denn, sie haben sich allesamt auf ihre Hinterläufe aufgerichtet.«

»Haltet eure Position und gebt uns Deckung«, befahl Kimball als Nächstes.

Samuel und Jeremias bestätigten den Befehl und behielten mit ihren Waffen weiter den Dschungel im Auge.

Wenige Minuten später würde der *Spaß* beginnen und Kimball Hayden würde das meiste davon abbekommen.

KAPITEL 45

Sie waren so sehr ein Teil des Dschungels, wie der Dschungel ein Teil von ihnen war. Sie bewegten sich durch absolut vertrautes Gelände und wurden irgendwann ein Teil davon, und das verlieh ihnen natürlich einen gewaltigen Vorteil. Ihren Kutten haftete der Gestank von Tieren und weniger der Geruch von Stoff an. Ihre Haut war von Schmutz bedeckt, um ihnen ein animalisches Aussehen zu verleihen. Das wenige, was von ihrem Verstand noch übrig war, wurde voll und ganz von dem Flüstern der Meister beherrscht.

Sie waren nur zu sechst, doch ihre unablässigen Bewegungen in zufälligen Mustern durch das Dickicht ließ sie zahlreicher wirken. In ihren Händen hielten sie Macheten, die in der Lage waren, Gliedmaßen mit nur einem einzigen Hieb abzutrennen. Mit Augen, die gerötet und von Blutdurst gezeichnet waren, musterten sie ihre Beute.

Sie waren die Torwächter der vergessenen Kathedrale, und sie waren wild entschlossen, diesen Ort zu beschützen, denn sie waren Kreaturen von schwachem Geist, vollständig gefügig und seelenlos gemacht, mit nur einem einzigen Ziel: jene zu töten, die es wagten, den heiligen Boden des Ordens der Gefallenen Engel zu betreten.

Sie waren die wahr gewordenen Schatten der Huecuvus, der bösen Geister.

Sie waren wild und absolut unbarmherzig.

Während sie warteten und beobachteten, konnten sie das Flüstern in ihren Köpfen deutlich hören, das ihnen sagte, dass sie kein Mitleid zeigen durften, denn Mitleid war ein Zeichen von Schwäche – etwas, das allem widersprach, was der Orden predigte.

Mit schweißnassen Händen umklammerten sie die Griffe ihrer Macheten fester, bis ihre Knöchel weiß hervortraten.

Dann ließ das grauenhafte Flüstern sie wissen, dass sie sich noch ein wenig gedulden mussten. Ihre Zeit würde kümmern.

Im Westen ging jetzt die Sonne unter und bald schon würde die Dunkelheit über den Dschungel hereinbrechen.

Wie für die meisten anderen Kreaturen war die Dunkelheit ein willkommenes Element, in dem sie sich am wohlsten fühlten.

KAPITEL 46

Kimball kauerte zusammen mit seinen Teamkameraden neben dem Flugzeugrumpf. Gemeinsam bildeten sie eine Verteidigungslinie. Samuel und Jeremias waren auf ihrem erhöhten Scharfschützenposten in Position geblieben.

Als Kimball seine MP5 an Leviticus weiterreichte, wusste er ganz genau, was dieser jetzt vorhatte. Kimball trug stets zwei Ka-Bar-Kampfmesser bei sich, die in Scheiden an seinem Bein steckten. Sie waren seine bevorzugten Waffen, denn bei ihnen würde ihm niemals die Munition ausgehen. Außerdem gehörte Kimball zu den Besten der Welt im Umgang mit den zweischneidigen Messern. Die Salve einer MP5 hätte seine Position sofort verraten, ein Messer hingegen konnte die Kehle eines Mannes durchtrennen, ohne dabei auch nur das kleinste Geräusch zu verursachen.

Zusammengekauert und mit einem Messer in jeder Hand erklärte Kimball seinen Teamkameraden, dass er zu einer Aufklärungsmission aufbrechen würde. *Aufklärung* bedeutete zugleich aber, dass Kimball alle Gegner ausschalten würde.

An Leviticus gewandt, flüsterte Kimball: »Lenkt sie ab. Wenn ihr ihre Aufmerksamkeit auf euch lenkt, werden sie mich nicht bemerken.«

Leviticus reckte seinen Daumen in die Höhe.

Mit einem ermutigenden Kopfnicken, das bedeuten sollte, dass er zurückkehren würde, huschte der

Vatikanritter in die Büsche und wurde eins mit der Umgebung.

Sein Name im Orden lautete Christoph, es war ein deutscher Name, auch wenn er alles andere als ein Deutscher, sondern eher ein Mischling von unreinem Blut war, daher wurde er auch nicht besser als ein Wachhund behandelt.

Mit der für sie typischen Taktik, durch ständige Bewegungen ihre Anzahl größer wirken zu lassen, als sie tatsächlich war, huschte Christoph durch den Dschungel, immer darauf bedacht, nicht zu viel von sich preiszugeben.

Große Farnwedel und die Äste tropischer Bäume nahmen einem komplett die Sicht. Doch Christoph kannte den Dschungel gut, schließlich hatte er seit Jahren im Randgebiet der Kathedrale als niederer Diener des Ordens gelebt. Der Dschungel war daher sein Zuhause, und er kannte diesen Teil des Urwaldes wie seine Westentasche.

Er war vollkommen lautlos. Seine Schritte verursachten kaum ein Geräusch.

Irgendwann hielt er inne.

So wie Hunde verfügten er und jene, die genauso waren wie er, über eine speziell geschulte Wahrnehmung, eine Art sechsten Sinn.

Er war nicht mehr allein.

Er kniff die Augen zusammen, um seine Umgebung besser studieren zu können, konnte jedoch nichts Auffälliges entdecken.

Um ihn herum herrschte Stille.

Vorsichtig machte er einen Schritt nach vorn, während er die Machete weiter fest umklammerte.

Er drehte langsam den Kopf und musterte aufmerksam das Buschwerk um sich herum. Irgendwo rief ein Vogel, ein Tukan, dem Geräusch nach zu urteilen, und Christoph sah nach oben.

Das war ein Fehler.

Denn ein hünenhafter Mann in einer Uniform, die ihn perfekt mit der Umgebung verschmelzen ließ, tauchte mit einem Messer in jeder Hand vor ihm auf und starrte Christoph mit einer kalten Gleichgültigkeit an. Dieser Mann war aus dem Nichts erschienen und hatte sich ihm wie ein Phantom mit übernatürlicher Lautlosigkeit genähert.

»Wo sind sie?«, fragte der große Mann, kaum lauter als ein Flüstern. »Wo sind die Kardinäle?«

Als Christophs Verstand die Realität endlich begriff und er seine Machete erhob, konterte der große Mann den Angriff augenblicklich mit einem schnellen, halbkreisförmigen Hieb gegen die Kehle des Mannes. Die urplötzlich aufblitzende Klinge ließ auf seinem Hals einen grauenhaften zweiten Mund entstehen.

Als Christoph, eine Hand an seine Kehle gepresst, in die Knie sank, war der Mann bereits wieder verschwunden.

✠

Die verhüllten Gestalten in den zerschlissenen Kutten bewegten sich vorsichtig voran, blieben dabei aber bei ihrer bewährten Taktik. Manche von ihnen strichen allein durch den Dschungel, andere in Zweiergruppen.

Zwei von ihnen kauerten östlich des Flugzeugwracks und beobachteten die Soldaten, die den engen Radius um das Flugzeug herum nicht verließen. Sie wunderten sich, dass es aufseiten ihrer Gegner kein Bestreben zu geben schien, weiter vorzurücken.

Einer der Kuttenträger deutete jetzt mit der Spitze seiner Machete auf die Eindringlinge, zuerst auf die beiden in dem provisorischen Ausguck, dann auf die anderen neben den Trümmern. Am Ende kamen die zwei zu demselben Schluss: Einer von ihnen fehlte.

Das versetzte sie sofort in Alarmzustand und ihre Sinne schärften sich. Gerade, als sie ihre Position wechseln wollten, ragte plötzlich ein riesiger Mann in Tarnkleidung und mit Messern bewaffnet über ihnen auf. Eines der Messer war in einem Rotton gefärbt, eine Farbe, die sie schon oft bei den Feinden des Ordens gesehen hatten.

Die beiden Gestalten in den Kutten sprangen sofort auf, um sich dem Mann entgegenzustellen, der sich in seinen Bewegungen allerdings als unglaublich schnell und anmutig erwies. Seine Hände schnellten in scheinbar sorgfältig einstudierten Bewegungen nach oben, um die Klingen der Macheten abzuwehren, was die beiden Männer aus dem Gleichgewicht brachte. Mit einer weiteren Bewegung stach der Mann blitzschnell zu, zog dem ersten Mann das Messer zuerst quer über die Kehle und stieß es ihm anschließend mitten ins Herz, was diesen auf der Stelle tötete.

Danach attackierte er den zweiten Mann mit einer Reihe tödlicher Stiche in ganz bestimmte Körperpartien, die den Mann so schnell töteten, dass er keinen einzigen Laut hervorbringen konnte.

Bevor auch nur einer der beiden Männer zu Boden gegangen war, war der große Mann wie schon zuvor wie bei Christoph wieder verschwunden und vom Dschungel verschluckt worden.

Obwohl Kimball es zu diesem Zeitpunkt noch nicht wusste, waren nur noch drei Gegner übrig geblieben. Er war jedoch vorsichtig, da er mit mehr Feinden rechnete. Mit sehr viel mehr.

Er war schon oft in Dschungelkämpfe verwickelt gewesen und daher zu einem Meister von Guerilla-Taktiken geworden, indem er sich kurzerhand jede Technik angeeignet hatte, die es zu erlernen gab. Er war absolut lautlos und seine geübten Bewegungen hatten etwas Katzenhaftes an sich. Wenn er sich durch den Dschungel bewegte, tat er es wie ein Phantom oder ein Nebelhauch, den man erst dann wahrnahm, wenn es bereits zu spät war.

Soweit es ihn betraf, waren diese Männer hier nichts weiter als Marionetten, die durch eine Legende am Leben gehalten wurden und die Menschen auf Abstand halten sollten. Sie besaßen so gut wie keine Kampfkünste … sie waren wie Kinder, denen man eine geladene Waffe in die Hand gedrückt und ihnen befohlen hatte, das Tor zu bewachen.

Doch als er in ihre Augen gesehen hatte, hatte er dort eine seltsame Leere und Distanziertheit entdeckt, wie er sie schon bei Pinchas wahrgenommen hatte. Diese Menschen dienten einem Bösen, das offenbar nicht ihnen selbst entsprungen war. Kimballs Auffassung nach war dieser Orden nichts weiter als ein Kult, der die Leute bestahl, alte wie neue Ängste schürte und diese unentwegt nährte. Dieser Kult lebte von Menschen, die einen neuen Lebenssinn und eine Aufgabe suchten, nur um in die Dunkelheit und in ein Zerrbild eines Lebens gerissen zu werden, in dem nichts außer dem Orden selbst existierte. Und jene, die man so weit manipulieren konnte, dass sie irgendwann fest daran glaubten, dass der Preis für den Fortschritt die vollkommene Zerstörung war, waren am gefährlichsten.

Diese Menschen würden nicht leicht zu überwältigen sein.

Kimball bewegte sich jetzt lautlos voran, blieb aber immer wieder stehen und lauschte. Wenn seine Sinne ihm sagten, dass die Gegend sicher war, zog er weiter, um die restlichen bösen Geister auszuschalten … einen nach dem anderen.

Die übrig gebliebenen Bluthunde des Ordens spürten, dass etwas passiert war. Denn von ihren Brüdern auf der Westseite gab es kein Lebenszeichen mehr. Sie bewegten sich nicht mehr, was gegen ihre Taktik verstieß. Bewegung war nämlich ihre Art, den anderen zu signalisieren, dass alles in bester Ordnung war.

Irgendetwas stimmte also nicht.

Sie ahnten jedoch nicht, dass etwas sehr Gefährliches auf dem Weg zu ihnen war.

Auf seiner Pirsch stieß Kimball auf einen weiteren Schatten, der sich östlich seiner Position befand. Er kauerte am Boden und war nur ein dunkler Umriss in einer mottenzerfressenen Kutte. Als Kimball sich ihm näherte, blieb dieser so regungslos wie eine Steinskulptur.

Er weiß, dass ich hier bin.

Kimball blieb deshalb sofort stehen und lauschte.

Stille.

Doch dieser Schatten war nicht allein, das konnte Kimball spüren. Also sah er vorsichtig zuerst nach links und dann nach rechts. Anschließend biss er wütend die Zähne aufeinander. Er hatte zugelassen, dass die Kameraden des Mannes ihn flankiert hatten. Das war ein schwerer Fehler gewesen.

Auf einmal stürmte von links eine verhüllte Gestalt mit erhobener Machete auf ihn zu. Die Augen des Mannes waren rot und wässrig und offenbarten Blutdurst und animalische Raserei. Während der Mann auf ihn zustürmte, jubelte er mit kindlichem Triumph und ließ die Klinge auf Kimballs Schädel hinuntersausen. Kimball wehrte den Angriff mit einer schnellen Bewegung seines Ka-Bars ab. Metall traf auf Metall und Funken stoben in die Luft. Als der Schatten seine Hand für einen zweiten Hieb hob, holte Kimball mit seinem anderen Messer aus und trieb es tief in die Schläfe des Mannes. In dem kurzen Moment, bevor er starb, wirkte der Angreifer fast zerknirscht. Seine Gesichtszüge waren jetzt nicht länger unbeherrscht, sondern fielen wie bei einer Gummimaske in sich zusammen. Der Mann verdrehte die Augen und sackte dann zu Boden.

Die Klinge einer anderen Machete traf plötzlich Kimballs Schulter und durchtrennte sowohl Stoff als auch Haut. Als Kimball das Brennen des scharfen Metalls spürte, ließ er sich nach hinten fallen. Der Schmerz loderte grell und heiß in seiner Schulter auf. Noch schlimmer aber war, dass er nun angreifbar am Boden lag, während er in rote, blutunterlaufene Augen blickte, in denen reine Mordgier zu lesen war. Die Machete schwebte hoch über dem Kopf des Angreifers und war kurz davor, herunterzufahren und das Leben aus Kimballs Körper zu vertreiben.

Dieser Augenblick erschien Kimball so surreal, dass sich alles um ihn herum auf einmal in unendlicher Langsamkeit abspielte. Nichts davon schien Wirklichkeit zu sein.

Doch als die Klinge zu ihrer Abwärtsbewegung ansetzte, erschienen plötzlich zwei Löcher in der Kutte des Mannes … Austrittswunden … so groß wie Pfirsiche entstanden in seiner Brust und ließen Blut auf die umstehenden Palmen und Farnwedel spritzen. Der Mann zuckte kurz, als hätte ihn eine elektrische Ladung anstelle von Gewehrkugeln getroffen, dann krachte er zu Boden.

Hinter ihm tauchte Leviticus auf. Eine Rauchsäule stieg aus der Mündung seines Gewehrs. »Du sahst so aus, als könntest du ein wenig Hilfe gebrauchen«, sagte er. Dann erspähte er die Wunde an Kimballs Schulter. »Alles in Ordnung?«

Kimball sprang auf und sah an Leviticus vorbei. Die Verletzung an seiner Schulter war im Moment seine geringste Sorge, denn ein dritter Mann rannte gerade in nordöstliche Richtung vor ihnen davon. Kimball deutete auf ihn. »Lasst ihn am Leben«, befahl er. »Mal sehen, wo er uns hinführt.«

Leviticus nickte und nahm sofort die Verfolgung auf.

KAPITEL 47

Der Mann in der Kutte rannte, bis ihm die Lunge brannte und er ein schmerzhaftes Stechen in der Seite verspürte. Auf der steinernen Treppe der vergessenen Kathedrale brach er schließlich zusammen und rang nach Luft. Er war jetzt der Letzte seiner Art. Die Bluthunde waren von einem Mann ausgelöscht worden, der die Farben des Dschungels trug.

Und er war nicht allein, andere waren bei ihm, ebenfalls Jäger, so wie er. Und Jäger verfolgten ihre Beute normalerweise.

Hastig kniff er die Augen zusammen und überprüfte das Gelände hinter sich, suchte nach irgendwelchen Anzeichen im Dschungel. Doch nichts bewegte sich, kein Laut war zu hören. Aber er spürte, dass dort etwas lauerte, sich versteckte, wartete und beobachtete. Es war allerdings kein Schatten und auch kein böser Geist oder eine abscheuliche Kreatur in dunkler Kutte. Es war wie ein Nebel, etwas, das man nicht einfangen oder festhalten konnte.

Plötzlich lief es ihm eiskalt den Rücken hinunter. Er wusste instinktiv, dass hinter der undurchdringlichen Wand des Dschungels die Augen eines Jägers jede seiner Bewegungen beobachteten.

Der Mann wimmerte leise vor Angst, als er weiterzulaufen versuchte. Er stolperte, fiel hin, rappelte sich aber schnell wieder auf. Er warf einen letzten hastigen Blick in den Dschungel zurück, dann stürmte er in das Innere der Kathedrale.

Weniger als eine Minute später bewegte sich ein großes Blatt und schließlich ein weiteres. Dann regte sich nichts mehr.

Was immer im Dschungel gewesen war, war nun verschwunden.

Es hatte sich in Luft aufgelöst.

So wie Nebel, den man nicht einfangen oder festhalten konnte.

KAPITEL 48

Kimball saß auf einem großen Felsbrocken in der Nähe des Flugzeugwracks, als Leviticus zurückkehrte. Er ließ die Wunde an seiner Schulter gerade von Jeremias vernähen … ohne lokale Betäubung, mit nichts weiter als einer einfachen Nadel, Katgut, Klammerpflastern und Desinfektionsmittel. Denn selbst sehr viel kleinere Wunden konnten sich im Dschungel äußerst leicht infizieren.

Die anderen Vatikanritter hatten einen Perimeter abgesteckt und hielten Wache.

»Wie schlimm ist es?«, erkundigte sich Leviticus jetzt bei Jeremias.

»Er wird's überleben«, antwortete Jeremias und klebte ein letztes Klammerpflaster auf die Wunde. »Auch wenn es mehr als nur ein Kratzer ist.«

Kimball zog sich wieder sein Hemd über und knöpfte es zu. »Bist du ihm gefolgt?«

Leviticus nickte und deutete in die Richtung, in die der letzte der bösen Geister gerannt war. »Die Kathedrale befindet sich etwa sechs Kilometer von hier«, erklärte er. »Einfach immer nur geradeaus.«

»Was bedeutet, dass wir eine alternative Route finden müssen, weil sie dort garantiert schon auf uns warten werden.«

»Exakt.«

Kimball stand auf und bewegte vorsichtig seinen Arm. Abgesehen von leichten Schmerzen und einem schwachen

Ziehen konnte er den Arm und die Schulter zum Glück vollständig bewegen. »Wir werden nach der Hälfte des Weges einfach nach Osten laufen und uns dann von der Seite her nähern«, sagte er. »Sonst noch etwas?«

Leviticus schüttelte den Kopf. »Nein, die Kathedrale ist ziemlich groß, das Gelände darum gleicht allerdings einer Todeszone.«

Kimball dachte intensiv nach. »Es muss noch mehr geben, als wir an der Oberfläche zu sehen glauben«, sagte er schließlich. »Doch wir werden sie finden, und dann bringen wir sie nach Hause.«

Leviticus wartete auf weitere Befehle. Kimball wies das Team an, sich wieder zu versammeln. Danach brachen sie zu der Kathedrale auf.

KAPITEL 49

DIE HALLE DER MEISTER

Der letzte der bösen Geister kniete mit demütig gesenktem Haupt vor den Meistern.

»Wie viele sind es?«, erkundigte sich Albrecht Krause.

Die Kutte des Mannes roch nach Tier und verströmte einen grässlichen Gestank. »Wir haben acht von ihnen gezählt, großer Meister.«

»Wo sind die restlichen deiner Art?«, fragte Gunter jetzt. Der alte Mann wirkte immer kränklicher. Sein Gesicht war länger und hagerer geworden, und selbst im Licht der Fackeln wirkte seine Haut farblos und wächsern.

»Tot«, antwortete der Mann in der Kutte betrübt.

»Alle?«

»Fünf von ihnen«, sagte er. »Ich bin der Letzte.« Der Mann in der Kutte wagte es nicht, seinen Kopf zu heben. Seine Augen waren immer noch fest auf den Boden gerichtet. Irgendwann sprach er weiter, unschlüssig, ob er noch etwas zu dem Thema beitragen konnte, aber er verspürte einfach das Verlangen, das Versagen seiner Brüder zu rechtfertigen. »Da war dieser Mann«, erzählte er daraufhin. »Ein sehr großer Mann.« Er deutete auf seinen Hals. »Er trug einen Kragen, so wie Pater Corvecci.«

Pinchas stand zusammen mit Simon am Rand der Gruppe. Beide Männer hielten Abstand zu dem Mann in der Kutte, doch es genügte nicht. Der Gestank, der von ihm ausging, war einfach überwältigend.

»Ein geistlicher Kragen?«, fragte Pinchas.

Der Mann mit der Kutte nickte.

»Kimball Hayden«, folgerte Pinchas. »Er ist hier, um die Kardinäle und uns Ritter zu befreien.«

»Dann sollten wir ihn gebührend willkommen heißen, oder nicht?«, fragte Gunter kalt.

»Sie verstehen das nicht«, erwiderte Pinchas beklommen. »Kimball Hayden ist nicht nur irgendein Ritter des Vatikan ... er ist *der* Ritter des Vatikan, und er führt ein Team aus sieben Männern an.«

»Haben wir nicht auch unsere eigene kleine Gruppe, Pinchas?« Gunter wirkte jetzt ungeheuer müde.

»Ich kann mich zwar nur noch an sehr wenig erinnern, aber ich weiß, dass Kimball Hayden anders ist als die anderen. Was mir an Erinnerungen noch geblieben ist, sagt mir, dass er sehr oft einen Weg einschlägt, der nicht dem der Kirche entspricht.«

»Was soll das heißen?«, fragte Hermann Braun verwirrt.

»Er hat eine andere Auffassung von Gerechtigkeit als die Kirche.«

»Also sieht er das Töten als ein Mittel *seiner* Gerechtigkeit an – willst du das damit sagen?«, fragte Albrecht. Er schnaubte verächtlich. »Wir haben keine Angst davor, für unsere Sache zu sterben.«

»Das ist gut«, sagte Pinchas tonlos, »denn Kimball Hayden wird nicht zögern, Sie zu töten.«

Der selbstgerechte Ausdruck in Albrechts Gesicht verschwand daraufhin.

»Sie kommen hierher«, sagte Gunter. »Das wissen wir bereits. Doch wenn sie hier eintreffen, wird ihnen nicht gefallen, was sie vorfinden werden.« Der kränkliche alte Mann begann plötzlich zu stöhnen. Die Schmerzen in seinem Unterleib waren von jetzt auf gleich wieder aufgeflammt. Er wusste, dass seine Blase bald ihren Dienst versagen würde. Seine Inkontinenz war nur ein weiteres Anzeichen dafür, dass er seine Lebensqualität eingebüßt hatte. »Sind deine Männer gute Kämpfer?«, fragte er Pinchas.

»Sie alle waren einst Vatikanritter. Sie wissen also, wie man kämpft.«

»Glaubst du, sie können die Angreifer aufhalten?«

Pinchas schwieg.

»Ich habe dir eine Frage gestellt, Pinchas«, bohrte Gunter nach. »Glaubst du, ihr könnt sie aufhalten?«

Pinchas blieb so teilnahmslos wie immer, als er antwortete: »Wir sind fünf, sie sind acht.«

»Das beantwortet aber meine Frage nicht.«

»Wir sind fünf, sie sind acht«, wiederholte er.

»Du strahlst nicht gerade Zuversicht aus«, meinte Hermann Braun. »Fünf gegen acht Vatikanritter, aber wir haben doch noch mehr Männer. Mitglieder des Ordens, die bereit sind, mit euch zu kämpfen.«

»Die Mitglieder des Ordens sind aber keine Vatikanritter«, erwiderte Pinchas nur.

Gunter grunzte gequält, als sich seine Blase entleerte. Der Schmerz war absolut fürchterlich, so als würde ein Feuer in seinem Unterleib lodern. Es roch allerdings eher nach Blut als nach Urin, und außerdem nach etwas anderem, etwas Krankem, vielleicht dem Krebs, der den Gestank noch verstärkte. Unter Gunters Sandalen breitete sich jetzt eine Flüssigkeit aus, die im schwachen Licht wie Teer schimmerte.

Niemand wagte es, etwas dazu zu sagen.

Nach einer Weile meinte Gunter: »Ich sterbe, und der Tod naht mit Riesenschritten heran. Ich werde also nicht mehr miterleben, wie meine Ambitionen wahr werden. Aber ich erwarte, dass ihr sie unter allen Umständen verteidigt.« Er zog eine Grimasse, als ihn eine zweite Welle aus Schmerz traf. Als sie wieder abklang, fuhr er fort: »Pinchas, versammle deine Männer und führe sie an. Die Vatikanritter werden nicht finden, wonach sie hier suchen. Zumindest nicht so, wie sie es erwarten. Wenn sie ihre Kardinäle wollen, dann sollen sie sie haben. Wenn sie ihre Vatikanritter wollen, dann auch diese – aber nicht, bevor sie bis zum Tode gekämpft haben.« Der alte Mann beugte sich auf seinem Thron nach vorn. »Dieser Kimball Hayden fasziniert mich allerdings. Ich will, dass du ihn deshalb lebend zu mir bringst. Töte die anderen, aber bring Hayden zu mir.«

Pinchas neigte fragend den Kopf. »Bei allem nötigen Respekt, großer Meister, aber auch nur einen einzigen der Vatikanritter zur Strecke zu bringen wird keine leichte Aufgabe werden. Ganz besonders, weil diese bewaffnet sind und einen Kampf erwarten, und das gilt besonders für Kimball Hayden.«

»Tu einfach, was ich von dir verlange, Pinchas. Bereite dein Team vor und bringe mir, was ich will. Das war keine Bitte, das war ein Befehl!«

Pinchas verbeugte sich. »Jawohl, großer Meister.«

Gunter machte eine abweisende Geste. »Du darfst dich jetzt entfernen.«

Nachdem Pinchas die Halle verlassen hatte, wandte Gunter seine Aufmerksamkeit wieder dem Mann in der Kutte zu.

»Du hast nicht nur deine Pflichten vernachlässigt«, erklärte er ihm jetzt, »sondern sie in deiner Panik auch noch direkt zu unserer Kathedrale geführt.«

»Ich wollte Sie nur schnellstmöglich informieren, großer Meister.«

»Natürlich.« Ächzend richtete sich Gunter auf. »Das Problem ist nur, dass Versager wie du keinen Nutzen mehr für mich haben.« Daraufhin vollführte Gunter eine weitere wegwerfende Handbewegung.

Simon reagierte unverzüglich, indem er eine Pistole unter seiner Kutte hervorzog, auf den Hinterkopf des Mannes zielte und abdrückte.

✠

Pinchas schritt durch den von Fackelschein erhellten Korridor, der diesem dadurch ein beinahe mittelalterliches Aussehen verlieh. Es gab noch andere wie ihn, die sich ebenfalls nur noch an sehr wenig aus ihrem vorherigen Leben erinnerten, aber dennoch wussten, dass es reiner Selbstmord war, sich Kimball und seinem Team aus Vatikanrittern entgegenzustellen. Trotzdem verspürte er keine Angst, sondern nur den Drang, Gunters Wünsche zu erfüllen, denn am Ende diente alles ihrer Sache.

Am Ende des Korridors angelangt, hallte auf einmal ein einzelner Pistolenschuss von den Wänden wider.

Doch Pinchas lief ungerührt weiter, ohne dass der Schuss ihn aufzurütteln schien. *Zumindest wird damit auch der grässliche Gestank verschwinden,* dachte er.

KAPITEL 50

Sein Orden war nichts weiter als ein Kult. Sie waren lediglich Diebe und Banditen, die ungestört von den örtlichen Behörden operieren konnten, weil sie über genügend finanzielle Mittel verfügten, um diese zu bestechen, damit sie in eine andere Richtung sahen. Diese Gedanken gingen Gunter jetzt durch den Kopf, als Simon ihn in seine Kammer tief im Inneren der Kathedrale zurückfuhr – zusammen mit einem nagenden Gefühl der Enttäuschung, dass er die Wiederauferstehung seiner Ideale nicht mehr miterleben konnte.

In seinem Quartier angekommen deutete Gunter auf eine in die Jahre gekommene Kommode am anderen Ende des Raumes. »Bring mich dorthin«, wies er Simon an. Er zog schließlich eine Schublade auf und entnahm ihr einen Beutel, aus dem er eine perfekt gefaltete Flagge zog, die er Simon feierlich überreichte.

»Ich … kann nicht«, sagte Simon erschrocken.

»Du bist noch jung. Hermann und Albrecht haben ihren Lebensabend bereits erreicht, genau wie ich. Das ist dein Mantel der Macht. Berühre ihn, fühle ihn und spüre seine Stärke.«

Simon griff nach der Flagge und faltete sie auseinander.

»Leg sie dir über die Schultern«, ermunterte ihn Gunter.

Simon tat es. Die Farben waren mit den Jahren ausgeblichen, die Enden ausgefranst. Das einst tiefe Schwarz der Swastika war zu einem tristen Grau geworden, als wäre es nur noch eine blasse Erinnerung.

»Wenn ich nicht mehr bin, Simon, und auch Albrecht und Hermann von uns gegangen sind, dann wird sie dir gehören. Du wirst dann derjenige sein, der jeden Tag die Predigt hält, um die Idee des tausendjährigen Reiches am Leben zu erhalten. Unsere Anhänger müssen ständig hören, sehen und daran glauben, dass es noch Hoffnung gibt. Aber es gibt einen Gefallen, um den ich dich zuvor noch bitten muss.«

»Ja, großer Meister?«

»Uns steht ein Kampf bevor, das weißt du ja bereits.«

»Die Ritter des Vatikan.«

Gunter nickte. »Sie suchen nach etwas, was sie nicht haben dürfen. Der Preis dafür wird ungeheuer hoch sein, aber am Ende wird der Orden dennoch überleben. *Du* wirst überleben. Also trage die Flagge fortan mit Stolz und folge der Obsession, die auch mein gesamtes Leben begleitet hat.«

Er lüftete den Saum seiner Kutte, unter der zwei arthritische Beine zum Vorschein kamen. An einem davon war eine grässliche Wunde zu sehen, die zu einem siebenstrahligen Stern vernarbt war. »Es gibt eine Sache, um die ich dich noch bitten muss, eine Sache, die mir Frieden geben wird, und das ist das Versprechen, dass du dafür Sorge tragen wirst, dass Franz Kleimer-Schmidt mir in die Hölle folgt.«

Simon verbeugte sich tief vor ihm. »Sie haben mein Wort darauf, Meister.«

Gunter schenkte ihm ein schwaches Lächeln, dann deutete er auf die Flagge. »Spürst du schon ihre Kraft? Kannst du fühlen, wie sie durch deine Adern rinnt?«

Simon konnte in Wahrheit nur den Gestank von Moder und Schimmel riechen, aber er log und sagte: »Ja, Herr. Ich fühle mich so stark und mächtig wie noch nie zuvor.«

»Sie steht dir wirklich gut«, sagte Gunter anerkennend. Dann streckte er die Hand aus, um sie zurückzufordern. Sein Leben neigte sich dem Ende zu, aber noch war er nicht dazu bereit, die Flagge aufzugeben.

Nachdem er sich in den Stoff eingehüllt hatte, deutete Gunter mit seinem knochigen Finger zur Tür. »Nun bring mich zum Altar«, sagte er. »Wir müssen die Feinde schließlich gebührend empfangen, wenn sie unsere Kathedrale stürmen.«

KAPITEL 51

Die Vatikanritter hatten einen engen Kreis um die Kathedrale gezogen, einem uralten Tempel, der Aspekte der Bauweise der Indios aufwies. Steinerne Säulen, einige offenbar schon vor langer Zeit eingestürzt, waren von dicken Lianen und Ästen umrankt. Reliefs mit den Gesichtern uralter Gottheiten schmückten die Wände, und die Kuppel schien eine perfekte Halbkugel zu sein; ein Wunderwerk der Baukunst aus einer Zeit, in der eher harte Kanten üblich gewesen waren. Alles schien viel zu ruhig. Selbst die Geräusche des Dschungels waren inzwischen verstummt. Die gesamte Atmosphäre wirkte bedrückend, ein überaus unangenehmes Gefühl.

»Irgendetwas stimmt hier nicht«, meinte Leviticus.

Kimball stimmte ihm zu. Er wusste ganz genau, dass sie von Leuten beobachtet wurden, die sie nicht sehen konnten. Er sprach leise in den schmalen Steg seines Lippenmikrofons: »Hosea und Nahum, könnt ihr mich hören?«

Beide bestätigten die intakte Verbindung.

»Einer von euch muss sich unauffällig dem Eingang von der Nordseite her nähern, der andere von der Südseite. Verstanden?«

»Verstanden«, meldeten beide leise.

»Okay, Leute. Dann wollen wir mal sehen, was sich im Inneren des Tempels alles verbirgt.«

Hosea übernahm die Nordseite des Dschungels. Als einer von zwei Briten im Team, der zuvor beim SAS gedient hatte, liebte er die Kirche so sehr, wie er es liebte, anderen helfen zu können, und damit passte er perfekt in Kimballs Einheit. Außerdem war er einer der wenigen, die nicht als Waise von der Kirche aufgenommen und als Vatikanritter aufgezogen worden war. Er verschmolz trotz allem mit der Gruppe, als gehöre er schon immer zu ihnen, und war längst zu einem unschätzbaren Teil von ihr geworden.

Kimball hatte erstmals seine Bekanntschaft gemacht, als Kämpfer der ISIS begonnen hatten, Christen zusammenzutreiben und diese zu köpfen, und gerade dabei gewesen waren, einen Vater und seinen Sohn in die Knie zu zwingen. Der SAS-Soldat war auf einem Hügel in einiger Entfernung in Position gegangen, hatte sein Scharfschützengewehr angelegt und den Anführer der Miliz ins Fadenkreuz genommen. Als der ISIS-Kämpfer sein Messer an die Kehle des Vaters bringen wollte, hatte er abgedrückt. Die Kugel hatte den Schädel des Mannes durchschlagen und Blut und Gehirnmasse waren aus der Austrittswunde geschossen. Der Mann war zusammengesackt, während zwei weitere Terroristen vollkommen überrascht und regungslos danebengestanden hatten, bis zwei weitere Schüsse auch sie ausgeschaltet hatten. Die anderen Christen, die ebenfalls auf ihre Hinrichtung gewartet hatten, sprangen daraufhin auf, nahmen dem Vater und seinem Sohn die Kapuze ab und rannten in die Wüste davon, ohne zu wissen, wer ihr Retter gewesen war.

Sechs kopflose Leichen waren im Wüstensand liegen geblieben, zu deren Rettung der SAS-Soldat zu spät gekommen war. Am Ende aber hatte sein Eingreifen das Leben vierzehn weiterer Menschen gerettet, die ohne sein Zutun durch die Hand der ISIS-Miliz gestorben wären.

Kimball hatte darin genau die Art von Heldenmut erkannt, die man brauchte, um ein Ritter des Vatikan zu werden – Männer, die bereit waren, sich selbst in Gefahr zu bringen, um das Leben hilfloser Mitmenschen zu retten. Guter, gottesfürchtiger Menschen, die nie jemand anderem ein Leid zu gefügt hatten.

Und so wurde Hosea schließlich zu einem Vatikanritter, um fortan der Kirche, dem Papst und dem Vatikan zu dienen. Sechs Monate diente er nun schon unter den Rittern und bewegte sich bereits wie ein Profi durch das Dickicht.

Die Nordseite der Kathedrale war nun gesichert. Es waren keine Schatten zu sehen.

Nachdem er an einer umgestürzten Säule angekommen war, ließ er sich auf eines seiner Knie sinken und sprach leise in sein Lippenmikrofon: »Nordseite gesichert.«

»Verstanden«, antwortete Kimball.

Nahum war ebenfalls Brite. Anders als Hosea war er allerdings ein Waisenkind gewesen, das seine Eltern bei einem Autounfall verloren hatte. Während er heranwuchs, hatte er außergewöhnliche athletische Fähigkeiten, Agilität, Stärke und Führungsqualitäten sowie einen unstillbaren Hunger nach Wissen unter Beweis gestellt.

Mit fünfzehn Jahren hatte er zum Glauben gefunden und diesen als eine Möglichkeit betrachtet, die Leere zu füllen, die der Verlust seiner Eltern vor Jahren in ihm hinterlassen hatte. Er hatte sie unfassbar vermisst und sich gefragt, ob es wirklich einen Himmel gab, von dem aus sie auf ihn herabblickten. Er hatte sich gefragt, ob sie stolz auf ihn wären, oder ob sie überhaupt an ihn denken würden.

In dieser Phase seines Lebens war Bonasero Vessucci auf ihn aufmerksam geworden – der zu diesem Zeitpunkt aber noch nicht das Amt des Papstes bekleidet hatte, sondern als Kardinal dem Rat der Sieben angehört hatte. Er hatte sich entschlossen, den Jungen aufzunehmen, als er ihn auf einer Bank in einer Londoner Kirche hatte sitzen sehen, wo er das Abbild Jesus Christus am Kreuze angestarrt hatte. Der Junge war aufgeweckt und intelligent gewesen und hatte viele Fragen gestellt. Er hatte sich nach seinen Eltern erkundigt, und Bonasero hatte seine Fragen beantwortet, so gut er es konnte, und dem Jungen versichert, dass seine Eltern nicht nur zu ihm herablächelten, sondern stets bei ihm waren, wenn er einmal Trauer verspürte.

Nach und nach schlossen die beiden einen engen Bund. Als Nahum von dem Anschlag auf Bonasero erfahren hatte, hatte er nicht nur für dessen Wohl gebetet, sondern auch um Vergebung für seinen Drang, an dieser Mission teilnehmen zu wollen, um Rache üben zu können. Denn dies war ein bedauernswerter Gedanke. Rache mochte einem vielleicht kurzfristige Befriedigung verschaffen, aber sie vergiftete nachhaltig die Seele. Mit der Zeit war seine Wut jedoch verflogen, und der Wille, die Kardinäle und seine ehemaligen Teamkameraden wiederzufinden, überwog schließlich. Vergeltung war ihm nun nicht mehr länger wichtig.

Der Dschungel im Süden der Kathedrale war genau wie die Nordseite nun ebenfalls gesichert worden, was

Nahum innehalten ließ. Er war auf keinerlei Widerstand gestoßen, und das ließ ihn unwillkürlich befürchten, dass man sie in eine Falle gelockt hatte.

Er kauerte sich hinter ein steinernes Totem, welches das Relief eines zornig aussehenden Gottes zeigte, und flüsterte in sein Mikrofon: »Südseite gesichert.«

Kimball antwortete ihm sofort. »Verstanden.«

✠

»Sie kommen«, sagte Simon. »Man hat mir mitgeteilt, dass sie den Eingang der Kathedrale bereits erreicht haben.«

Gunter Wilhelm schien ins Leere zu starren und mit den Gedanken ganz woanders zu sein. Sie befanden sich gerade in einem der vielen unterirdischen Tunnel, die mehrere der uralten Tempel miteinander verbanden, seit Jahrhunderten aber vielfach verschüttet worden waren. Die Kammern unterhalb der Kathedrale boten ihnen jedoch Schutz vor den Elementen oder wie in diesem Fall von menschengemachten Gefahren.

Schließlich fragte ihn Gunter: »Wie viele?«

Simon, der Gunters Rollstuhl mit einer Hand durch den Gang schob, steckte sich mit der anderen Hand einen Ohrstöpsel ins Ohr, um den Funkverkehr mithören zu können. Die Stimmen drangen aufgrund der dicken Mauern nur abgehackt hindurch und immer wieder verlor sich das Signal komplett. Was er an Gesprächsfetzen aufschnappen konnte, genügte allerdings nicht, um daraus eine Antwort ableiten zu können. »Das sagen sie leider nicht. Nur, dass sie sich bereits vor dem Eingang der Kathedrale befinden.«

»Dann bring mich zum Altar«, befahl Gunter. »Und zwar schnell.«

KAPITEL 52

Der Rest der Vatikanritter war bis zum Eingang der Kathedrale vorgedrungen und positionierte sich an beiden Seiten des Zugangs. Kimball gab Samuel und Jeremias ein Zeichen, Blendgranaten hineinzuwerfen. Wenn diese detonierten, würden er und Leviticus in die Kathedrale eindringen.

Kimball zählte mithilfe seiner Finger die Sekunden herunter, dann warfen Jeremias und Samuel ihre Granaten. Diese explodierten mit einem grellen Blitz und verursachten eine Druckwelle, die einem die Knochen durchrüttelte und noch weit außerhalb der Kathedrale zu hören war. Als der Blitz verblasste, huschten Kimball und Leviticus in den Tempel hinein, während sie die Waffen wachsam auf Augenhöhe hielten. Kimball hatte den linken Teil des Eingangs übernommen, Leviticus den rechten. Der Rest der Ritter schwärmte auf beiden Seiten ihrer Anführer im Inneren des Tempels aus.

Lichtstrahlen fielen durch Löcher in der Kuppel. Es gab einen Altar, der sich auf einem Sockel aus Kalkstein befand. Hinter ihm war als düstere Verzierung das Relief eines Hakenkreuzes zu sehen. Inmitten der Kathedrale befanden sich gleichmäßig angeordnete steinerne Kirchenbänke, die allesamt dem Altar zugewandt waren. Auf den Bänken verteilt saßen die vierzehn vermissten Kardinäle.

Vorsichtig führten Kimball und Leviticus ihr Team weiter voran.

Die Kardinäle waren offenbar tief in ihrer Andacht versunken, nur dass sie das Hakenkreuz als Götzenbild anbeteten.

Als Kimball bei dem ersten Kardinal angelangte, musste er jedoch feststellen, dass die Dinge nicht so waren, wie es den Anschein hatte.

Denn dieser Kardinal war offenbar über die Jahre hinweg mumifiziert, in sitzender Haltung und mit Blick auf das Hakenkreuz, was wohl das Letzte gewesen war, was er in seinem Leben erblickt hatte. Seine Haut hatte ein seifiges, wächsernes Aussehen angenommen. Seine Augen waren verschwunden und wahrscheinlich schon vor langer Zeit von Vögeln herausgepickt worden, die nur leere Höhlen zurückgelassen hatten. Die einst satten Farben des Ornats waren zu trostlosen blassen Tönen ausgeblichen. Eine Wunde von der Größe eines Cent-Stückes war an seinem Hinterkopf zu sehen ... das Ergebnis einer Hinrichtung.

Sie untersuchten daraufhin die übrigen Kardinäle, doch alle waren tot. Ihre Haut war bereits bräunlich verfärbt und von einer Konsistenz, die an Kerzenwachs erinnerte. Jeder Einzelne von ihnen hatte ein Loch in seinem Schädel.

»Ich schätze mal, für das Christentum ist in deren Ideologie kein Platz«, murmelte Kimball erschüttert.

Vom Altar her hallte ihm plötzlich eine Antwort entgegen: »Damit haben Sie recht. Eine Macht, ein Gesetz und eine Religion. Die Religion, der wir hier folgen, sehen sie dort«, sagte Gunter Wilhelm und deutete stolz mit einem knorrigen Finger auf das Hakenkreuz, das über dem Altar prangte.

Der alte Mann schien aus dem Nichts aufgetaucht zu sein. Er saß in einem Rollstuhl hinter dem Altar, inmitten eines Lichtstrahls, der durch ein Loch in der Kuppel herabfiel und den alten Mann förmlich illuminierte. Neben ihm – etwas mehr im Schatten, aber immer noch deutlich zu erkennen – stand Enzio Colombo, der Mann, der vor drei Jahren die *Shepherd One* geflogen hatte. Er war sehr viel dünner geworden, als Kimball ihn in Erinnerung hatte.

»Enzio«, flüsterte Kimball, aber die hohe Halle trug den Schall weiter.

»Sein Name ist Simon«, erklärte Gunter daraufhin. »Der Mann, den Sie als Enzio Colombo kannten, starb vor drei Jahren, zusammen mit Pinchas, Mordechai, Elias, Jakob, Kish und Zadok. Was Ihre Kardinäle angeht, ist ihr Tod allerdings wörtlicher zu nehmen, wie Sie sehen können. Es gab hier nun mal keinen Platz für Männer mit einem so tief sitzenden Irrglauben.«

»Also haben Sie sie einfach umgebracht«, sagte Kimball bitter. Es war eher eine Feststellung, auch wenn es wie eine Frage klang.

»Es ging uns schließlich zu keinem Zeitpunkt um sie«, erwiderte der Mann im Licht. »Der Preis, den wir wollten, waren die Krieger, die sich an Bord befanden – die Vatikanritter. Simon hat mir damals erklärt, dass es sich bei ihnen um beispiellose Kämpfer handelt. Sie würden andere in unserem Orden trainieren und sie in der Kunst des Krieges unterweisen können.«

»Wenn das Training so ausgesehen hat, wie es diese Waldaffen in ihren Kutten zur Schau gestellt haben, hat es aber nur wenig getaugt. Man könnte auch sagen, es hat überhaupt nichts gebracht.«

Der alte Mann winkte ab. »Sie waren nur Ausgestoßene. Menschen, für die in unserem Orden kein Platz war. Bastarde, die nur für niedere Dienste von uns herangezogen wurden. Sie waren nichts weiter als Bluthunde, auf die man abfällig hinuntergesehen hat.«

»Wir haben Ihre Wachhunde aber außer Gefecht gesetzt.«

»Ja, das hat man mir bereits berichtet.«

»Und Sie sind bestimmt Gunter Wilhelm, habe ich recht?«

Der alte Mann nickte. »Sie müssen derjenige sein, der sich Kimball Hayden nennt.«

»Ich habe ein paar Fragen an Sie.«

Der alte Mann wartete stumm.

»Wieso haben Sie jemanden darauf angesetzt, den Papst zu töten?«, fragte Kimball.

»Wieso?« Gunter beugte sich in seinem Rollstuhl nach vorn, um seinen Worten Nachdruck zu verleihen. »Um ganz ehrlich zu sein, hat es sich dabei um eine eher persönliche Vendetta gehandelt. Eine Obsession, wenn Sie so wollen, die mich mittlerweile seit mehr als sechzig Jahren auffrisst. Sein Tod ist deshalb unausweichlich.«

»Eine Vendetta gegen einen Mann, der das leibhaftige Symbol der Güte ist?«

»Er ist aber nicht der, der er vorgibt zu sein«, war alles, was Gunter darauf erwiderte.

»Was soll das heißen?«

»Sie kennen ihn als Bonasero Vessucci, so wie die gesamte Welt. Ich aber kenne ihn noch unter seinem eigentlichen Namen: Franz Kleimer-Schmidt.«

»Sie sprechen in Rätseln«, sagte Kimball.

»Für Sie vielleicht, was mir verrät, dass Sie den Pontifex doch nicht annähernd so gut kennen, wie es nötig wäre für meine Mission.«

Kimball schwieg und wartete darauf, dass Wilhelm weitersprach.

Dieser deutete daraufhin auf das Hakenkreuz über dem Altar. »Das Symbol, das Sie hier sehen, ist als Hakenkreuz bekannt. Es ist ein verdrehtes Kreuz. Verschiedene Deutungen sehen es als Schmähung des christlichen Kreuzes an, obwohl es tatsächlich das Inbild der Wahrheit ist. Es wurde für jene zum Symbol, die in den Augen der Gesellschaft in Ungnade gefallen sind, und schließlich wurde es zum Wahrzeichen des Ordens der Gefallenen Engel.«

»Sie sind von etwas besessen, das schon seit über fünfzig Jahren nicht mehr existiert«, sagte Kimball.

»Das ist Ihre Ansicht.«

»Ihre Prinzipien sind bereits vor langer Zeit verschwunden. Sie halten verzweifelt an einer Führungsrolle fest, über Menschen, die sich von Leuten wie Ihnen angezogen fühlen, weil sie glauben, Sie wüssten einen Ausweg aus ihrem jämmerlichen Leben. Aber Sie sind letzten Endes nichts anderes als ein Sektenführer und ein Möchtegern-Herrscher, und das hier ist Ihr Königreich … Ruinen, umgeben von Steinhaufen, versteckt in einem gnadenlosen Dschungel.«

Gunter Wilhelm verharrte in dem Lichtstrahl und fixierte Kimball mit eisernem Blick. »Sie sind offenbar eine äußerst rechthaberische Person, *Herr* Hayden. Ich glaube, ich mag Sie nicht besonders.«

»Denken Sie, das kümmert mich auch nur in irgendeiner Weise?«

»Natürlich nicht. Sind Sie hierhergekommen, um mich zu töten, weil ich Pinchas und Mordechai ausgeschickt habe, Franz umzubringen?«

»Ich bin hier, um dafür zu sorgen, dass so etwas nie wieder geschieht.«

»Also *sind* Sie hierhergekommen, um mich zu töten.«

»Ich bin gekommen, um der Bedrohung ein Ende zu machen.«

»Dann haben Sie leider einen folgenschweren Fehler begangen«, sagte Gunter.

Über Treppen, die links und rechts am Altar nach oben führten, tauchten plötzlich mehrere Gestalten in Kutten auf und gingen in Stellung. Ihre Gesichter waren unter den weiten Kapuzen verborgen, doch sie hielten Macheten in den Händen, deren glatt polierte Klingen schimmerten.

Als Kimball sie erblickte, glaubte er zuerst seinen Augen nicht zu trauen. *Hatten diese Typen allen Ernstes Messer zu einer Schießerei mitgebracht?*

Gunter schien Kimballs Gedanken lesen zu können. »Diese Männer sind bereit, für unsere Sache ihr Leben zu geben, aber hinter ihnen warten noch weitere Wellen von Angreifern auf ihre Chance«, erklärte er Kimball. »Und Sie haben nicht genug Munition, um sie alle niederzustrecken, glauben Sie mir.«

»Händigen Sie mir einfach meine Männer aus und wir ziehen ohne Kampf ab.« Kimball konnte sehen, dass Gunter Wilhelm todkrank war. Ob die Gefahr für Bonasero Vessucci mit ihm starb, würde sich noch herausstellen müssen. Aber wenn nicht, war das etwas, um das man sich zu gegebener Zeit würde kümmern müssen. Im Moment musste er sich erst einmal auf die unmittelbare Bedrohung für sein Team konzentrieren. Gegner, die keine Angst vor dem Tod kannten, waren äußerst schwer zu bekämpfen, erst recht, wenn sie in so hoher Zahl auftraten.

»Sprechen Sie von den Vatikanrittern, die zusammen mit Pinchas und Mordechai vor drei Jahren verschwunden sind?«, erkundigte sich Gunter Wilhelm süffisant.

»Niemand muss hier sterben«, erklärte Kimball. »Nicht heute. Wir wollen nur unsere Leute zurückhaben, und dann werden wir gehen. Wenn wir weg sind, können Sie hier gern weiter die Königin spielen.«

»Den König«, korrigierte ihn Gunter.

»Nein, Königin war schon richtig.«

Leviticus verdrehte die Augen. *Manchmal weiß Kimball einfach nicht, wann er aufhören muss.*

»Sie wollen also Ihre Männer?«, rief Gunter nun aufgebracht. »Die Ritter des Vatikan?«

»Ganz genau die.«

»Warum fragen Sie diese dann nicht selbst, ob sie mit Ihnen kommen wollen?«, erwiderte der alte Mann barsch. »Sie stehen schließlich direkt hinter ihnen.«

KAPITEL 53

DER APOSTOLISCHE PALAST
VATIKANSTADT

Papst Pius sah immer noch sehr müde aus, doch seine Augen waren wach und huschten unstet umher. Als Jesaja an das Bett des Pontifex zurückkehrte, hob Bonasero die Hand und Jesaja ergriff sie behutsam.

»Gibt es schon Neuigkeiten von Kimball oder Leviticus?«, fragte Bonasero.

»Noch nicht, Eure Heiligkeit. Aber ich bin mir sicher, dass alles nach Plan verläuft.«

Bonasero war sich dessen überhaupt nicht sicher. Er wurde immer sofort misstrauisch, wenn er lange Zeit nichts von seinen Rittern hörte. Doch dann wurde ihm klar, dass er sich in Geduld üben musste. Also schloss er die Augen, versuchte gleichmäßig zu atmen und innere Ruhe in sich einkehren zu lassen.

Kimball geht es gut, versuchte er sich einzureden.

Es geht ihm gut.

KAPITEL 54

Die Männer, die vor drei Jahren über dem brasilianischen Dschungel verschwunden waren, standen nun direkt vor Kimball und seinem Team. Sie sahen schlanker, beinahe ausgemergelt aus, und ihre Haut war vom fehlenden Sonnenlicht unnatürlich blass geworden. Jeder von ihnen trug eine AK-47, eine weitaus verheerendere Waffe als die MP5, die die Vatikanritter besaßen.

Elias und Jakob, Kish und Zadok … jeder von ihnen starrte sie mit leerem Blick an. In ihrer Mitte befand sich Pinchas. Es war ihm also gelungen, Kimball zu überrumpeln.

Die Vatikanritter waren nun eingekeilt von ihren ehemaligen Kameraden auf der einen und Gunter Wilhelm und mindestens dreißig Macheten schwingenden Konvertiten auf der anderen Seite. Sie waren im Inneren der Kathedrale gefangen. Zweifellos hatte Gunter als Lockvogel gedient, während die ehemaligen Ritter sich versammelt und ihnen die Fluchtwege abgeschnitten hatten.

»Du hast nachgelassen«, meinte Pinchas trocken. »Der Kimball Hayden, den ich kannte, hatte sogar Augen im Hinterkopf. Ihm ist nie etwas entgangen. Dieser Kimball Hayden hätte niemals zugelassen, in die Zange genommen zu werden, ohne sich einen Fluchtweg offenzuhalten.«

»Solltest du nicht eigentlich in einer Zelle der Vatikanpolizei sitzen?«, fragte Kimball, als ob er dem Bild, das sich ihm bot, misstraute.

»Sie haben Ihre Ritter wohl etwas zu gut trainiert«, meinte Gunter hinter ihm. »Und nun ist es Pinchas, der meine Leute trainiert. Sie besitzen also die gleichen Fähigkeiten wie ein Vatikanritter.« Er deutete auf seine Diener neben dem Altar. »Die Männer, die Sie hier vor sich sehen, sind alle extrem gut ausgebildet. Auf gewisse Weise von Ihnen selbst, Kimball Hayden.« Ein diebisches Grinsen umspielte daraufhin seine Mundwinkel. Er hatte gewonnen, und der Ritter sollte es sehen.

Kimball wusste, dass er einen kapitalen Fehler begangen hatte. Er hatte zugelassen, dass sein Team umstellt worden war. Noch schlimmer aber war, dass die Kardinäle schon lange tot und die ehemaligen Vatikanritter anscheinend nicht gewillt schienen, mit ihm zu kommen. Ihr Verstand war so sehr zerstört worden, dass sie keinen eigenen Willen mehr besaßen.

Die Mission war also offiziell gescheitert.

»*Herr* Hayden«, rief Gunter von seiner Kanzel aus. »Sie sind mein Hauptgewinn in dieser Gruppe. Wenn Sie sich ergeben, werde ich das Leben Ihrer Männer verschonen.«

Kimball wusste sofort, was Gunter damit beabsichtigte. Er wollte ihn ebenfalls in eine willenlose Marionette verwandeln. Er suchte nach jemandem, dem der Pontifex so bedingungslos vertraute, dass er ihn bis auf eine Armlänge Abstand an sich heranlassen würde. Er suchte nach jemandem, der den Papst töten würde.

Doch Kimball war einfallsreich und noch dazu ein brillanter Taktiker. Seine Devise lautete stets: Für jedes Problem gab es eine Lösung.

Unbemerkt schob er sich näher an Leviticus heran. »Acht Vatikanritter gegen fünf ehemalige, schwer bewaffnete Ritter«, flüsterte er. »Sie sind also im Vorteil, und auf der Bühne hinter uns lauern noch dazu Gunter und seine Opferlämmer.«

»Kreuzfeuer«, murmelte Leviticus.

»Japp. Wir haben die Bänke als Deckung. Wir müssen Pinchas und sein Team nur dazu kriegen, das Feuer zu eröffnen, bevor Gunters Lämmchen uns erwischen. Vielleicht kann der Eigenbeschuss genug von ihnen ausschalten, um uns eine Flucht zu ermöglichen.« Kimball drehte sich jetzt um und erkannte, dass Gunters Gehilfen am Rand des Altars jegliche Rückzugswege blockierten. Die Männer ließen die Klingen ihrer Macheten bedrohlich in ihre Handflächen klatschen.

Plötzlich stürzte die altbekannte Dunkelheit wieder über Kimball zusammen. Die Chancen standen deutlich gegen sie. Er hatte seine Männer in Gefahr gebracht. Gute Männer. Männer, die sich für das Wohl aller geopfert hätten und der nächste Abraham Lincoln oder Martin Luther King hätten werden können. Doch auch gute Männer starben durch die Hand böser Menschen. So war es schon immer gewesen, und so würde es immer sein.

Nachdem Kimball seine Männer mit leiser Stimme über sein Funkgerät über den Plan in Kenntnis gesetzt hatte, wandte er sich feierlich an sie. »Ihr seid gute Männer«, erklärte er ihnen nun lautstark. »Es war mir nicht nur eine Ehre, mit euch gedient zu haben, sondern auch ein Segen.« Er verstummte. Es war zwar nicht gerade die aufmunternde Rede, die er eigentlich beabsichtigt hatte, aber zumindest etwas, das von Herzen kam.

»Hayden«, meldete sich Gunter erneut zu Wort. »Sind Sie einverstanden, Ihre Waffen niederzulegen und sich und Ihr Team meiner Gnade zu unterwerfen?«

»Ihrer Gnade?«, höhnte Kimball daraufhin. Blitzschnell wirbelte er zu Pinchas und den ehemaligen Rittern des Vatikan herum, riss seine Waffe nach oben und schrie: »Gnade Ihnen Gott!«

Dann feuerte Kimball.

KAPITEL 55

Die erste Gewehrsalve schlug in die Wände rings um Pinchas Team ein und löste eine sofortige Gegenwehr aus. Die Schüsse aus Kimballs Sturmgewehr peitschten von links nach rechts. Zwei trafen Elias genau in die Brust. Die Einschüsse ließen Wunden entstehen, die wie Rosenblätter erblühten, bevor es ihn halb herumriss und er neben dem knienden Pinchas zu Boden sank.

Schüsse aus den AK-47 der ehemaligen Ritter deckten sie, von links nach rechts und von rechts nach links ein. Die Kugeln schlugen in die Steinbänke und ließen sie zersplittern. Steinbrocken pfiffen daraufhin umher und zwangen Kimball und seine Männer, auf dem Boden in Deckung zu gehen. Rauch und Staub stieg in dichten Wolken auf.

Die mumifizierten Körper der Kardinäle wurden dabei vollständig zerfetzt. Gliedmaßen, so brüchig wie Kreide, zerstoben, wenn sie getroffen wurden. Schädel, die nur noch leere Gefäße waren, explodierten und ließen Staubteilchen durch die Luft wirbeln. Andere sanken unter den Treffern einfach in sich zusammen. Eine der Mumien fiel direkt neben Kimball zu Boden, und der grinsende Schädel des Kardinals starrte ihn aus kurzer Entfernung an, als wollte er ihn verhöhnen.

Kimball hob nun wieder sein Gewehr und gab mehrere kurze Salven ab, während er den Lauf der Waffe über die Lehne der Kirchenbank zuerst nach links und dann nach rechts gleiten ließ, er blieb jedoch dabei die ganze Zeit in Deckung. Die Kugeln legten die Distanz zwischen ihm und Pinchas Männern im Bruchteil einer Sekunde zurück, trafen nun Jakob an der Hüfte und im Unterbauch und zwangen ihn auf diese Weise zu Boden. Er lebte noch, litt aber offensichtlich große Schmerzen. Damit blieben noch drei übrig: Pinchas, Kish und Zadok, die ihre Gegner weiter mit ihren AK-47 unter Beschuss nahmen.

Kugeln pfiffen über die Kirchenbänke hinweg und trafen die Ordensbrüder neben dem Altar. Blutfontänen schossen aus ihren Kutten, als sie niedergemäht wurden. Einige warfen sich hastig auf den Boden oder suchten hinter dem Steinaltar Schutz, doch andere taumelten orientierungslos herum, während sie ihre Hände auf ihre Bäuche pressten, um ihre Innereien daran zu hindern, herauszufallen. Die meisten aber überlebten.

Simon, der instinktiv in Deckung gegangen war, schaffte es sogar, Gunter Wilhelm aus dem Lichtschein in die Dunkelheit weitab des Schusswechsels zu schieben.

Leviticus folgte Kimballs Beispiel, ließ sein Gewehr ebenfalls über die Steinbank rattern und deckte die Gegner auf diese Weise mit unablässigen Salven ein. Unzählige Kugeln schlugen links und rechts in die Wand ein und arbeiteten sich dabei unausweichlich auf Pinchas und den Rest seines Teams zu. Pinchas sah, wie die Einschläge immer näherkamen. Er rief eine Warnung und duckte sich dann hastig, ebenso wie Kish und Zadok. Die Kugeln pfiffen über ihre Köpfe hinweg und ließen dort, wo sie in die Wände einschlugen, kleine Staubwolken aufsteigen.

Leere Magazine wurden hastig ausgeworfen und durch neue ersetzt.

Als das Gewehrfeuer aus Richtung der Bänke endlich verstummte, richteten sich Pinchas und seine Männer wieder auf und stürmten auf sie zu.

Kimball und Leviticus lagen auf dem Boden, als die heftigen Schüsse aus den Maschinengewehren ihrer Angreifer die Steinbänke zertrümmerten und faustgroße Brocken auf sie herabregnen ließen.

Leviticus hob seinen Kopf gerade weit genug, um über die Leiche eines Kardinals hinwegsehen zu können. »Sie brechen durch!«, rief er den anderen zu.

Kimball nickte, dann deutete er auf Leviticus Rucksack. »Wie viele Blendgranaten hast du noch?«

»Zwei.«

»Wirf eine davon hinüber! Warte drei Sekunden, und dann wirf die andere hinterher. Pinchas, Kish und Zadok werden zwar in Deckung gehen, wenn sie die erste sehen, aber sie werden nicht mit einer zweiten rechnen. Das wird sie hoffentlich lange genug beschäftigen, damit ich mich um sie kümmern kann!«

Die Lehnen der Bänke wurden von den Schüssen komplett zerstückelt. Bald würden sie keine Deckung mehr haben.

»Ich werde Pinchas und die anderen ausschalten«, rief Kimball, dann zog er rasch wieder den Kopf ein, als weitere Trümmerteile an ihm vorbeischnellten. Die Deckung löste sich nun komplett auf. »Führe du das Team in den hinteren Teil! Pinchas war schon vor uns hier, was bedeutet, dass es einen direkten Weg aus der Kathedrale geben muss. Finde ihn. Bring unsere Männer hinaus! Die Mission ist vorbei!«

»Und was ist mit dir?«

»Ich habe noch etwas mit Gunter Wilhelm zu klären.«

»Das ist aber nicht unsere Mission!«

»Es ist *meine* Mission. Denn er und jene, die er befehligt, werden immer eine Bedrohung für Bonasero darstellen.«

Leviticus schien einen Moment lang darüber nachzudenken, dann streifte er seinen Rucksack ab und holte die beiden Blendgranaten heraus. Er hielt sie kurz in die Luft, damit Kimball sie sehen konnte. Dieser zählte jetzt wieder mit den Fingern die Sekunden hinunter … drei, zwei, eins … und ballte sie schließlich zur Faust.

Leviticus zog den Sicherungsstift aus der ersten Granate und warf sie nach vorn. Eine Sekunde später erschütterte eine ohrenbetäubende Explosion die Kathedrale. Die Schüsse verebbten augenblicklich.

Einen Moment später warf er die zweite Granate.

✠

Pinchas, Kish und Zadok konnten die Stimmen in ihren Köpfen zwar nicht mehr hören, aber sie wussten, dass sie noch da waren und sie antrieben.

Wir kämpfen für eine bestimmte Sache.

Und diese geht über alles.

Beschützt die Kathedrale.

Beschützt die Meister.

Um jeden Preis.

Selbst, wenn dies euer Leben fordert.

Sie rückten unerbittlich vor, schossen weiter und näherten sich ihren Zielen.

Doch dann sahen sie die Blendgranate wie in Zeitlupe auf sich zufliegen und versuchten, das Gesehene zu begreifen. Sie nahmen die Finger vom Abzug, wirbelten herum und gingen sofort in die Hocke. Dann pressten sie sich die Handflächen auf die Ohren und kniffen die Augen zusammen, um etwas von der Druckwelle abzufangen, die jeden Moment folgen würde.

Die Explosion dauerte nicht einmal zwei Sekunden. Sie spürten die Wucht der Druckwelle in ihren Körpern und konnten selbst durch die geschlossenen Augenlider hindurch das grelle Licht sehen. Da sie darauf vorbereitet waren, wurde der Effekt jedoch minimiert.

Als sie sich wiederaufgerichtet hatten und mit ihren Waffen in den Händen herumwirbelten, explodierte die zweite Granate – etwas, womit sie nicht eine Sekunde gerechnet hatten. Die Welt um sie herum wurde plötzlich gleißend hell und sie wurden all ihrer Sinne beraubt. Das Flüstern war verstummt. Oben war zu unten und unten zu oben geworden. Mit ausgestreckten Armen taumelten sie umher wie Kreaturen aus einer Zombie-Apokalypse.

Doch eine Erkenntnis war Pinchas dennoch geblieben: das Wissen, dass Kimball Hayden niemals aufgab. Trotz seiner Blindheit wurde ihm jetzt eines klar: Kimball Hayden stürmte in diesem Moment ganz sicher wie ein Stier auf ihn zu, und er war der Matador, blind und ohne ein rotes Tuch.

Verdammt!

Als die zweite Granate explodierte, sprang Kimball sofort auf und deutete auf das Team, das geduckt hinter den durchsiebten Bänken kauerte. »Schaff das Team hier raus!«, befahl er. »Finde den Ausgang, der euch zum Rand des Dorfes führt!«

»Sollen wir dort auf dich warten?«

»Negativ!«

Dieses eine Wort traf Leviticus wie ein Schlag, denn es klang ungeheuer endgültig.

Kimballs Blick hellte sich nun etwas auf. »Es wird alles gut werden, Leviticus. Glaub mir.« Nun sprang er so behände wie eine Gazelle über die Bank und hielt genau auf Pinchas, Kish und Zadok zu.

Leviticus wollte seinem Freund so gern zu Hilfe eilen, um für Chancengleichheit sorgen zu können. Doch im Moment war es wichtig, die Mission als das anzusehen, was sie war: ein Fehlschlag aufgrund von mangelnden Informationen. Denn die Kardinäle waren tot und die ehemaligen Ritter hoffnungslos verloren.

Leviticus nutzte die kurze Waffenruhe, um einige Befehle in sein Mikrofon zu brüllen. Das Team erhob sich daraufhin geschlossen, nahm die Waffen auf Augenhöhe und schwenkte sie zum Altar herum. Die verbliebenen Mitglieder aus Gunters unheiliger Vereinigung warteten mit gezogenen Macheten auf der Plattform.

Leviticus setzte sich mit seinem Team in Bewegung.

✠

Kimball erreichte Pinchas, als dieser gerade wieder zur Besinnung kam – rechtzeitig, um dem Vatikanritter in die Augen blicken zu können. Kimball konnte sehen, dass Pinchas Pupillen sich abwechselnd weiteten und wieder zusammenzogen, bis sie schließlich als stecknadelkopfgroße Punkte verharrten, die offenbar alles ausblendeten.

Kish und Zadok hatten sich ebenfalls wieder erholt und Zadok riss seine Waffe nach oben. Als die AK-47 auf ihn zeigte, trat Kimball den Lauf mit voller Wucht nach oben. Eine Salve löste sich daraufhin und Kugeln durchschlugen das kuppelförmige Dach, das bereits von so vielen Rissen durchzogen war, dass es scheinbar nur noch von den Schlingpflanzen zusammengehalten wurde.

Anschließend holte Kimball zu einem Ellenbogenstoß gegen Pinchas Kiefer aus, der diesen aus dem Gleichgewicht brachte. Zu guter Letzt riss er seine MP5 herum und feuerte eine Salve von Schüssen auf Kishs Beine ab, woraufhin dieser zu Boden sank und die AK-47 aus seiner Hand glitt. Mit einem seitlichen Tritt traf Kimball anschließend Zadoks Kinn. Der Kopf des Mannes wurde zurückgeschleudert und seine Augen verdrehten sich nach hinten, bis nur noch das Weiße darin zu sehen war. Dann sackte er bewusstlos in sich zusammen.

Pinchas war allerdings schneller als die anderen beiden.

Nach dem Ellenbogenstoß war er zurückgetaumelt, hatte sich jedoch schnell wieder gefangen und traf Kimball, der sich gerade von Zadok abwandte, mit dem Kolben seiner Waffe an der Wange. Der Schlag riss Kimballs Haut auf und ließ die MP5 aus der Umklammerung des Vatikanritters fallen.

Kimball stolperte zurück und versuchte einen klaren Kopf zu bekommen, doch dann war Pinchas auch schon bei ihm. Er richtete die Waffe auf ihn, aber Kimball packte den Lauf und riss ihn nach oben. Die Schüsse schlugen in der Decke ein und schwächten diese noch mehr. Die Risse breiteten sich daraufhin immer mehr aus, verbanden sich mit den anderen Rissen, und das Loch wurde größer und größer.

Gesteinsbrocken und Schutt regneten nun auf sie herab, während sie um die Waffe kämpften und dabei einen irren Tanz aufführten, ohne dass einer von ihnen die Oberhand gewann.

Das Dach begann nun zu ächzen, als die Konstruktion nachgab, und als die Kuppel nicht länger standhielt, fielen immer mehr schmale Lichtstrahlen durch die Löcher und Risse. Doch keiner der beiden Männer bemerkte es.

Sie waren viel zu sehr damit beschäftigt, die Waffe an sich zu reißen.

✠

Leviticus führte sein Team jetzt zu dem Podest und dem Altar. Jeder von ihnen hielt seine Waffe auf Augenhöhe, als sie sich entlang der Gänge zwischen den Bänken heranpirschten. Konvertiten, mindestens zwanzig an der Zahl, sprangen nun mit hocherhobenen Macheten von dem Podest herunter und hielten genau auf sie zu.

»Schießt über ihre Köpfe hinweg«, befahl Leviticus über sein Lippenmikrofon.

Die Vatikanritter hoben daraufhin ihre Sturmgewehre und feuerten eine kurze Salve ab. Die Kugeln jagten über die Köpfe der Ordensbrüder hinweg und schlugen hinter ihnen in die Wände ein. Einige der Männer duckten sich und blieben am Boden, während andere weiter furchtlos voranstürmten.

»Noch einmal!«

Eine weitere Salve folgte.

Erneut ließen sich Konvertiten zu Boden fallen und flohen anschließend in die Dunkelheit. Ihr Mut hatte sie offenbar verlassen.

Elf oder zwölf Mitglieder des Ordens waren allerdings geblieben und stürmten plötzlich von allen Seiten auf sie zu.

»Zielt tief! Tief!«, schrie Leviticus.

Die sieben Vatikanritter richteten ihre Waffen auf die Beine der Angreifer und feuerten schnelle Schüsse ab, mit denen sie die meisten der Männer verwundet zu Boden schickten. Die restlichen Angreifer vereinten sich kurz darauf zu einer geschlossenen Gruppe und zwangen die Vatikanritter auf diese Weise zu einem Nahkampf.

Sie benutzten ihre Sturmgewehre, um die Hiebe der Macheten abzuwehren, und holten ihrerseits zu Schlägen mit den Kolben ihrer MP5 aus, die den Angreifern schwere Verletzungen zufügten und reihenweise Jünger des Ordens aus dem Rennen warfen.

Geübt und mit anmutigen Bewegungen schwangen die Angreifer weiterhin ihre Macheten, doch die Vatikanritter waren schneller, außerdem kannten sie die Angriffsmuster und konnten sie daher effektiv abwehren. Ihre Attacken gingen fließend ineinander über und ihre Tritte fanden mühelos das Kinn oder die Kniegelenke ihrer Angreifer. Mit ihren Waffen wehrten sie währenddessen weiterhin die Hiebe der Macheten ab.

Diese zischten durch die Luft, blitzten hier und da silbern auf und trafen die Läufe der Gewehre, woraufhin die Vatikanritter mit Ellbogenschlägen oder Tritten antworteten, die die Gegner unweigerlich aus dem Gleichgewicht brachten. Fiel einer der Konvertiten zurück oder taumelte, war sofort ein Vatikanritter zur Stelle und nutzte die Gelegenheit für eine Reihe von Hammerschlägen mit dem Kolben seiner Waffe, welche den jeweiligen Angreifer sofort außer Gefecht setzten.

Als sie sahen, dass sich ihre Reihen spürbar lichteten, ließen sich einige der Ordensmitglieder zurückfallen, betrachteten ihre Kameraden am Boden, von denen sich einige noch schwach bewegten, und suchten dann mit wehenden Kutten das Weite.

Die Vatikanritter rückten derweil weiter vor, sicherten den Altarbereich und suchten nach dem versteckten Ausgang. An den Seiten des Altars führten Stufen in die Dunkelheit hinab und von dort aus in einen Tunnel, der höchst wahrscheinlich unterirdisch bis zum Rand des Dschungels führte.

Als Leviticus noch einmal kurz zu Kimball und Pinchas herumwirbelte, die immer noch um die AK-47 kämpften, löste sich aus der Waffe eine Salve und schlug in die Kuppel ein. Risse breiteten sich aus, als hätten sie ein Eigenleben entwickelt und rasten von Punkt zu Punkt, woraufhin sich Steinblöcke lösten und sich die ganze Kuppel der Erdanziehungskraft beugte.

Das Dach begann mehr und mehr zu ächzen und zu zittern, die Krater wuchsen und teilten sich.

Leviticus stürmte die zusammengebrochenen Bänke entlang, um Kimball zu Hilfe zu eilen.

Dann stürzte die gesamte Kuppel ein.

KAPITEL 56

Das AK-47 gab ein langes, lautes Rattern von sich, während die Schüsse in das Kuppeldach einschlugen und faustgroße Steinbrocken herausrissen. Kimball rammte wiederholt sein Knie in Pinchas Bauch und in dessen Brustkorb. Doch der ehemalige Vatikanritter ließ seinen Arm sinken und fing so die meisten Angriffe ab. Danach setzte er ebenfalls zu Kniestößen an, was es von Weitem so aussehen ließ, als würden die beiden einen betrunkenen Tanz aufführen.

Von einem Augenblick zum nächsten änderte sich jedoch alles.

Der Boden begann zu erzittern, die Wände wackelten, und als die beiden nach oben sahen, stürzten bereits tonnenschwere Steinbrocken aus der einbrechenden Kuppel auf sie herab.

Kish, der verwundet, aber noch bei Bewusstsein neben dem ohnmächtigen Zadok lag, hob instinktiv die Hand um sich vor dem Steinblock zu schützen, der auf ihn zukam. Er war riesig, geformt wie eine Schale und besaß schartige Ränder. Als er Kish und Zadok traf, krachte sein volles Gewicht auf die beiden Körper und rammte sie einfach durch den Boden, wo er anschließend ein Loch und einen scheinbar endlosen Abgrund hinterließ.

Kimball stieß sich von Pinchas ab, als sich ein Mauerstück von der Größe eines Kleinwagens neben ihnen in den Boden bohrte. Doch dann begann der Rand des

Lochs einzustürzen. Zuerst nur langsam, dann immer schneller, sodass das Loch immer größer und runder wurde, wie das Maul eines Wirbelsturms, der alles zu verschlingen drohte.

Pinchas ließ seine Waffe fallen und rannte genauso davon wie Kimball. Doch das Maul des Lochs wuchs rasend schnell und begann die beiden hinabzuziehen.

Immer mehr Steine fielen in den Abgrund. Als sich der Boden unter ihren Füßen zu neigen begann und ebenfalls in den Abgrund zu stürzen drohte, stolperten Pinchas und Kimball und rutschten anschließend über die schräge Steinplatte genau auf die Öffnung zu. Pinchas versuchte verzweifelt, sich irgendwo festzuhalten, aber es gelang ihm nicht. Seine Hände waren nicht imstande, irgendetwas zu fassen zu bekommen. Kimball versuchte das Gleiche und konnte seine Finger schließlich in eine Kerbe krallen, die ein heruntergefallener Felsbrocken kurz zuvor geschaffen hatte. Es gelang ihm, sich mit den Fingerspitzen an dem nicht einmal drei Zentimeter breiten Spalt festzuhalten und seinen Rutsch auf diese Weise zu stoppen. Pinchas aber schlidderte über den Rand, streckte verzweifelt die Hand nach ihm aus und umklammerte Kimballs Bein. Das zusätzliche Gewicht sorgte dafür, dass Kimball die Zähne zusammenbeißen musste und laut aufschrie. Die Last war einfach zu groß, als dass Kimball sie noch länger hätte halten können.

Pinchas klammerte sich weiterhin an Kimballs Bein fest und sah nach oben. Das kuppelförmige Dach war jetzt verschwunden und an dessen Stelle prangte ein wunderschöner blauer Himmel. Dann sah er Kimball an und sagte: »Komm mit mir in die Dunkelheit, denn dort gehörst du hin.«

Kimball spürte, wie die Kraft in seinen Fingern nachließ.

»Komm mit mir in die Dunkelheit, denn dort gehörst du hin«, wiederholte Pinchas.

Kimball sah hinauf zu dem blauen Himmel und für einen kurzen Moment spürte er, wie ihn ein überwältigendes Gefühl des Friedens überkam. Vielleicht hatte er aber auch einfach nur akzeptiert, dass er gleich sterben würde … die Erkenntnis, dass der Tod ein Ende bedeutete, welches jeder in seinem Leben einmal erreichen würde.

Als seine Finger nicht mehr in der Lage waren, das Gewicht beider Männer zu tragen, schloss Kimball Hayden die Augen, ließ los und raste mit Pinchas in die Dunkelheit hinab.

✠

Doch Leviticus griff im letzten Moment über den Rand des Abgrunds und packte Kimballs Handgelenk. Der Rand, auf dem Leviticus lag, ächzte bereits aufgrund seines Gewichts, während er alles an Kraft aufbot, um Kimball festzuhalten. Er presste den Kiefer aufeinander und die Venen an seinem Hals traten hervor.

Auf gar keinen Fall würde es ihm gelingen, Kimball über den Rand nach oben zu zerren, solange sich Pinchas an dessen Bein klammerte. Das Gewicht war einfach zu groß und der Boden unter ihm begann bereits zu knacken wie ein zugefrorener See.

»Leviticus, lass mich los«, sagte Kimball.

»Nein!«

»Leviticus … sieh mich an.«

Das tat er. Ihre Blicke trafen sich.

»Der Boden wird jeden Moment nachgeben. Du darfst das nicht tun. Du kannst uns nicht retten. Du musst das Team nach Hause bringen. Das hat oberste Priorität.«

Das Knarren wurde lauter.

Kimball fügte mit leiser und ruhiger Stimme hinzu: »Es ist schon in Ordnung, Leviticus, ich glaube, ich habe keine Angst mehr.«

Leviticus sah in Kimballs Augen. Sein Leben lang hatte Kimball nach Erlösung gesucht, aber immer geglaubt, dass ihm diese nicht vergönnt sein würde und dass er am Ende seines Lebens in der Verdammnis enden würde.

Aber jetzt war etwas anderes in seinem Blick zu sehen … etwas Ruhiges, beinahe Versöhnliches.

Hatte er endlich seinen Frieden gefunden?

Risse bildeten sich unter Leviticus und der Boden drohte endgültig nachzugeben.

Kimball sah ihn weiterhin mit außergewöhnlicher Ruhe an. »Es ist schon in Ordnung, Leviticus. Lass los. Lass mich gehen.«

Leviticus wusste, dass er Kimball niemals nach oben ziehen konnte, und dieser Gedanke quälte ihn.

Doch Kimball lächelte ihn an und nickte ihm aufmunternd zu. *Ist schon in Ordnung.*

Also ließ Leviticus schließlich los und musste mitansehen, wie Kimball und Pinchas in der absoluten Schwärze verschwanden. Er ließ Kimball nicht aus den Augen, bis dieser komplett verschwunden war. Dann hob Leviticus den Kopf und stieß einen Schrei der Wut und Verzweiflung aus, der noch weit jenseits der Mauern der Kathedrale zu hören war.

Kimball Hayden war für immer verloren.

KAPITEL 57

Als Leviticus und die anderen die Stufen westlich des Altars in den Tunnel hinabstiegen, fehlte von Gunter und Simon jede Spur. Der Tunnel im Osten war eingestürzt und große Felsbrocken blockierten den Weg. Der Korridor im Westen hingegen stand weit und beinahe einladend offen und bot den Vatikanrittern somit den einzig möglichen Ausweg.

Nachdem sie die ersten acht Kilometer des Tunnels im Laufschritt hinter sich gebracht hatten, ließen die Reliefs an den Tunnelwänden keinen Zweifel daran, dass der Tunnel so alt wie die Kathedrale selbst war, also mindestens dreihundert Jahre. Obwohl er unterirdisch verlief, hielt Leviticus es nicht für ausgeschlossen, dass er ursprünglich einmal über der Erde errichtet worden war, um die einzelnen Pyramiden miteinander zu verbinden, und schließlich irgendwann von der Natur zurückerobert worden war. Am Ende des Korridors veränderte sich dessen Beschaffenheit jedoch drastisch von alt zu neu, und die antiken Steingemäuer wichen quadratisch geformten Betonwänden.

Das war es also, wofür Gunter einen Teil seiner Einnahmen verwendet hatte – um einen Gang bis zum Rand des Dschungels und den Straßen zu bauen. Auf diese Weise hatte Gunter die Strapazen des Dschungels umgehen und in die angrenzenden Dörfer gelangen können, wenn es notwendig gewesen war. Es musste Jahrzehnte und unzählige Männer gebraucht haben, um diesen Gang anzulegen, dachte Leviticus, der ähnliche Anlagen von mexikanischen Drogenkartellen entlang der amerikanischen Grenze kannte.

Am Ende der Passage befand sich eine Wand mit einer Sprossenleiter, die zu einer Luke hinaufführte, die ihn an die Oberfläche brachte. Als Leviticus die Luke öffnete, bemerkte er, dass es draußen mittlerweile stockfinster war. Es war Nacht geworden, während sie den Tunnel entlang geeilt waren.

Die Vatikanritter stiegen nun aus dem Schacht und benutzten ihre Taschenlampen, um einen Weg durch das Dickicht bis zur Straße zu finden, die ungefähr zehn Kilometer weit entfernt war.

In der von Düsternis geschwängerten Stille begaben sich die Vatikanritter nun nach Nordwesten, in Richtung des Dorfes.

KAPITEL 58

Pater Corvecci hatte gerade die Glocke der Missionskirche geläutet, um die neunte Abendstunde zu verkünden. Er wollte sein Ornat ablegen und war mehr als überrascht, die Vatikanritter plötzlich vor seinem Altar zu sehen. Einige knieten auf den Gebetsbänken und schienen in ihre Andacht vertieft zu sein.

Pater Corvecci zählte sieben von ihnen, einer fehlte also.

»Wo ist der große Mann?«, erkundigte er sich bei den Rittern.

Doch Leviticus ignorierte seine Frage. »Ich muss augenblicklich den Vatikan kontaktieren«, sagte er. Sein Gesicht verriet keine Regung.

Pater Corvecci trat einen Schritt beiseite und gab den Weg zu einer Tür frei, dann lud er Leviticus mit einer Geste ein, den Raum zu betreten. »Aber natürlich«, sagte er. »Verlief die Mission denn nicht gut?«

Leviticus ignorierte ihn weiterhin und betrat den Raum, in dem sich das Kommunikationszentrum der Kirche befand. Leise schob er die Tür hinter sich zu, und schloss Pater Corvecci damit aus.

Der falsche Pater betrachtete die betenden Kämpfer und musste innerlich schmunzeln.

Eine Macht, ein Gesetz und eine Religion, dachte er. *Ihr habt versagt, weil es hier keinen Platz für das Christentum gibt.*

Corveccis Blick wanderte zu dem Bildnis von Jesus am Kreuz hinauf, doch es bedeutete ihm nichts.

KAPITEL 59

DER APOSTOLISCHE PALAST
VATIKANSTADT

Leviticus war erleichtert zu hören, dass es dem Pontifex bereits bedeutend besser ging, was relativ überraschend war, wenn man das hohe Alter des Mannes betrachtete.

Man hatte sie kurz nach dem Telefonat von einem Extraktionspunkt ausgeflogen. Nun mussten allerdings dringende Angelegenheiten mit dem Papst persönlich besprochen werden, in einem Briefing, welches in den päpstlichen Gemächern stattfinden würde.

Leviticus und die restlichen Vatikanritter waren mittlerweile in Rom eingetroffen und von dort aus direkt in die Vatikanstadt gebracht worden.

Als Leviticus den Apostolischen Palast betrat, hatte er noch keinen Augenblick geschlafen. Er sah unfassbar müde und zerzaust aus und hatte dunkle Augenringe. Eine überwältigende und verstörende Traurigkeit schien sein Gesicht zu überschatten.

Die Nacht zuvor war ihm lang und der Flug beinahe endlos vorgekommen, aber nun war er endlich hier und stand neben dem Bett des Pontifex.

Bonasero streckte ihm die Hand entgegen. »Mein Sohn«, sagte er.

Leviticus ergriff sie. »Sie sehen gut aus.«

Bonasero kam sofort zum Punkt. »Was ist mit den Kardinälen?«

Leviticus schüttelte traurig den Kopf.

»Sie waren schon lange bevor wir dort eintrafen tot, und jene, die einmal Ritter gewesen sind, waren leider verloren.«

»Haben wir Verluste bei dieser Mission erlitten?«

»Einen«, brachte Leviticus gequält hervor.

Bonasero Vessucci blickte daraufhin hastig an Leviticus vorbei. Doch außer Leviticus, der Krankenschwester und dem behandelnden Arzt war der Raum leer.

»Wieso ist Kimball nicht bei dir?«, fragte er angespannt.

Leviticus konnte tief in die Augen des Mannes sehen und wusste daher, dass dieser die Antwort bereits kannte. »Er wurde uns genommen«, antwortete er schließlich stockend. »Er ist in einen Abgrund gestürzt.«

Der Pontifex wurde kurz blass, doch dann fasste er sich. »Dann ist seine Leiche für uns also ebenfalls verloren? Gibt es keine Möglichkeit, sie zu bergen, um Kimball ein angemessenes Begräbnis unter dem Dom zu gewähren, wo sein Platz ist?«

Leviticus wollte etwas erwidern, spürte aber einen gewaltigen Kloß im Hals, der ihn daran hinderte.

Der Pontifex beugte sich nach vorn und tätschelte mit seiner freien Hand tröstend die des Vatikanritters. »Ist schon gut«, sagte er besänftigend. »Es ist vollkommen in Ordnung, um deinen Freund zu trauern. Das ist keine Schande. Das sind die Dinge, die uns menschlich machen.«

»Er hat kurz zuvor noch etwas zu mir gesagt, das vielleicht wichtig sein könnte. Etwas, dass Sie unbedingt wissen sollten …« Er verstummte kurz, als ein Schluchzen aus seiner Kehle drang.

»Lass dir Zeit, Leviticus.«

Nach einem kurzen Moment fuhr der Vatikanritter fort: »Er hat gesagt, dass er nun keine Angst mehr habe … und dann war er auf einmal fort.«

Der Pontifex lächelte, vergoss zugleich aber bittere Tränen. *Vielleicht hatte Kimball letzten Endes doch noch seine Erlösung gefunden*, dachte er.

Das Schicksal von Gunter Wilhelm wurde bei diesem Briefing nicht erwähnt. Mit keiner einzigen Silbe.

TEIL 4

DER LETZTE ÜBERLEBENDE

KAPITEL 60

Kimball Hayden lag nun schon seit zwei Tagen mit zwei ausgerenkten Fußknöcheln, einem gebrochenen Schienbein, drei gebrochenen Rippen und einer schweren Gehirnerschütterung zwischen den Trümmern des eingestürzten Kathedralen-Bodens. Immer wieder verlor er das Bewusstsein und er wurde von Fieber geplagt. Doch in seinen lichten Momenten konnte er den Gestank von Moder und Verwesung riechen. Aus den Trümmern neben sich sah er eine fleckige, klauenartige Hand herausragen, die nach ihm zu greifen schien, in Wirklichkeit jedoch für immer im Tod gefangen war.

War das Pinchas?

Durch die Schichten aus Steinen, die ihn bedeckten, fielen Lichtstrahlen zu ihm hinab. Unter größten Schmerzen gelang es Kimball irgendwann, ein paar der Felsbrocken beiseitezuschieben. Danach konnte er erkennen, dass es tatsächlich Pinchas war, der ihn mit leeren, milchigen Augen anstarrte. Selbst im Tod schien er noch zu sagen: *Komm mit mir in die Dunkelheit, denn dort gehörst du hin.*

Kimball stöhnte vor Schmerz auf und wandte sich ab.

Der Gestank des Todes war absolut überwältigend.

Irgendwann gerieten die Trümmer über ihm in Bewegung und die Lichtstrahlen wurden zahlreicher. Er konnte auf einmal die Sonne auf seinem Gesicht spüren und ihre Wärme. Darauf folgte ein Frösteln, welches durch sein

Fieber ausgelöst wurde und wie eine elektrische Ladung an seiner Wirbelsäule entlangraste.

Gesichter, die von Kapuzen verhüllt waren, blickten auf ihn hinab. Ihre Stimmen wirkten weit entfernt, wie ein Flüstern. Sie untersuchten den seltsamen Mann, der einen geistlichen Kragen trug – einen Priester, der kein Priester war. Die durcheinander schnatternden Stimmen klangen für ihn wie das Summen von Insekten.

Als der Schüttelfrost etwas nachließ, blickte Kimball an den verhüllten Gestalten vorbei und zu dem Loch im Boden hinauf. Das war ein Sturz aus bestimmt zwölf Metern Höhe gewesen. Unendlich weit über dem Loch im Boden gab die kuppellose Kathedrale den Blick auf einen wunderschönen blauen Himmel frei. Das Insektensummen wurde nun lauter und ähnelte mehr einem Flüstern. Kimball verstand kein Wort, doch er erkannte, dass sich Hände nach ihm ausstreckten und aus dem Ort herauszerrten, der beinahe sein Grab geworden wäre.

Ohne auf seine Verletzungen zu achten, zogen sie ihn aus den Trümmern. Seine Schmerzen wurden daraufhin so stark, dass Kimball immer mehr schwarze Flecken vor seinen Augen sah, bis ihn schließlich eine absolute Dunkelheit umfing.

✠

Gunter Wilhelm war in den zurückliegenden Tagen so gebrechlich geworden, dass er gar nicht mehr aus eigenen Kräften gehen konnte. Er war nun darauf angewiesen, von Simon von Ort zu Ort gefahren zu werden.

Sie befanden sich jetzt im Inneren einer Kammer, die kalt und leer war und an einen alten russischen Gulag erinnerte. Mit steinernen Wänden, von denen unentwegtes Elend und Unterdrückung zu rinnen schien. In der Mitte des Raumes lag bewusstlos auf einem Tisch Kimball Hayden. Sein Bein steckte in einem Gips und seine Knöchel waren wieder eingerenkt worden. Seine Rippen hatte man bandagiert und seine Brust hob und senkte sich gleichmäßig, während ein Tropf seinen Körper mit der nötigen Flüssigkeit versorgte. Was medizinische Notwendigkeiten anbetraf, war der Raum allerdings äußerst spartanisch ausgestattet.

Gunter gab Simon zu verstehen, dass dieser ihn zu dem Tisch fahren sollte. »Wird er überleben?«, fragte er nun.

»Er hatte unfassbares Glück, dass ihn der Sturz nicht umgebracht hat«, sagte Simon. »Pinchas, der nicht so viel Glück hatte, muss wohl das meiste des Sturzes abgefangen haben.«

»Beantworte meine Frage: Wird er überleben?«

Der Ordensbruder zuckte mit den Schultern. »Das ist zu diesem Zeitpunkt noch schwer zu sagen. Er scheint keine inneren Verletzungen zu haben, zumindest konnte ich keine feststellen. Ich würde sagen, seine Chancen stehen ganz gut.«

»Du musst alles dafür tun, um ihn am Leben zu erhalten.«

Der Mann in der Kutte verbeugte sich. »Natürlich, großer Meister.«

»Und kette diesen Mann an«, fügte Gunter hinzu. »Verletzt oder nicht, er könnte dennoch gefährlich werden.«

Der Mann mit der Kapuze nickte erneut.

Nach einer weiteren Geste wurde Gunter Wilhelm aus dem Raum und den Korridor entlang zu den Wohnbereichen gefahren.

»Hayden lebt also«, sagte Gunter, um ein Gespräch zu beginnen.

»Wir werden ihn für uns gewinnen«, erklärte Simon.

»Wie lange wird das dauern?«

»Das hängt immer von der jeweiligen Person ab«, antwortete Simon. »Die Überzeugungen sind von Mensch zu Mensch unterschiedlich. Doch je tiefer der Glaube, desto länger dauert die Gehirnwäsche, um den gewünschten Effekt zu erreichen.«

Bei Hayden konnte dies also mehrere Monate bedeuten, überlegte Gunter. Bis dahin wäre er längst tot, weil ihn die Krankheit dahingerafft hatte, und Franz Kleimer-Schmidt würde immer noch am Leben sein.

»Du weißt, was zu tun ist, wenn ich nicht mehr da bin, oder?«, fragte Gunter.

»Ich werde dafür sorgen, dass sich der Traum des Dritten Reiches erfüllt.«

»Und was ist noch wichtiger als das?«

»Franz Kleimer-Schmidt zu töten.«

Gunter Wilhelm nickte zufrieden. »Dann werde ich aus den Tiefen der Hölle hinaufblicken und lächeln können, wenn Franz in die Augen von Hayden blickt, dem er so sehr vertraut, und plötzlich mich darin sehen wird.«

Schweigend und nur vom gelegentlichen Quietschen eines Rades unterbrochen, schob Simon Gunter weiter den Flur hinab.

KAPITEL 61

DREI WOCHEN SPÄTER
DER APOSTOLISCHE PALAST
VATIKANSTADT

Papst Pius XIV war noch immer ans Bett gefesselt. Der Außenminister des Vatikan hatte für die Zeit der Genesung des Pontifex die Geschäfte übernommen, wobei er bei den wichtigsten päpstlichen Fragen, von Bonasero unterstützt wurde.

Der Papst wirkte gesund, auch wenn seine Wunde nur langsam verheilte. Seine Augen waren wach und hell, seine Haut hatte einen weitaus gesünderen Farbton angenommen und seine Vitalzeichen waren stabil und allesamt im positiven Bereich.

Er lag in seinem Bett und studierte einige Dokumente. Seine Brille saß auf seiner Nasenspitze und er hielt den Blick leicht gesenkt – dies war seine typische Lesehaltung. Als Leviticus den Raum betrat, begrüßte ihn Bonasero mit einem Lächeln.

»Leviticus«, sagte er. »Wie geht es dir?«

»Das sollte ich Sie fragen.«

»Mir geht es gut«, erwiderte der Pontifex.

Leviticus nahm auf einem der beiden Stühle neben dem Bett des Papstes Platz. »Die Medien haben die gute Nachricht Ihrer Genesung gerade vermeldet«, berichtete er. »Sie stehen kurz davor, wieder offiziell den päpstlichen Thron zu besteigen, aber wir wissen nicht, ob da draußen noch andere darauf warten, Sie ins Visier zu nehmen.

ISIS hat bereits angedroht, etwas gegen den Vatikan unternehmen zu wollen. Pinchas Handlungen könnten Nachahmer dazu ermutigt haben, sich ebenfalls gegen die Kirche zu wenden.«

»Es gab doch schon immer Bedrohungen, Leviticus. Ich verstehe deine Bedenken, das tue ich wirklich, aber ich werde mich nicht in die Knie zwingen lassen, weder von ISIS noch von Männern wie Gunter Wilhelm, die nicht imstande sind, über ihr kränkliches Weltbild hinausblicken zu können. Ich werde mich nicht verstecken. Denn wenn ich das tue, haben sie gewonnen. Damit hatte Kimball vollkommen recht.«

Beide Männer spürten einen schmerzhaften Stich, als Kimballs Name fiel. Seine Abwesenheit schmerzte und war noch immer nicht zu begreifen. Beide Männer rechneten innerlich damit, dass Kimball jeden Moment durch die Türen der päpstlichen Gemächer gelaufen kam, mit seinem spöttischen Grinsen, seinem leicht prahlerischen Gang und einem Augenzwinkern, das ihnen sagte, dass alles in bester Ordnung war.

Aber die Türen öffneten sich nicht.

Und so blieb nur das Gefühl der Leere in ihnen.

Kimball war für immer von ihnen gegangen.

»Du führst jetzt die Ritter des Vatikan an, Leviticus. Das Team untersteht deinem Befehl. Kimball hat dir vertraut, das weißt du. Führe sie gut. So wie er an dich geglaubt hat, glaube auch ich fest an deine Fähigkeiten, mich beschützen zu können. Wenn jenseits dieser Mauern eine Gefahr auf mich lauern sollte, bin ich mir vollkommen sicher, dass du sie neutralisieren wirst. Gib einfach auf mich acht.«

Leviticus schüttelte vehement den Kopf.

»Sie wissen ganz genau, dass ich niemals in Kimballs Fußstapfen treten kann.«

»Ich bezweifle, dass das irgendjemand könnte. Kimball war nun mal einzigartig, Leviticus. Genau wie du. Wir alle sind einzigartig, auf unsere eigene Art und Weise.«

»Ja aber Kimball war *besonders*. Ich habe Grenzen. Für ihn aber gab es keine Grenzen.«

»Wie ich es gerade schon gesagt habe, Leviticus, wir alle sind auf unsere eigene Art und Weise einzigartig. Führe die Vatikanritter nach dem Credo, dass Treue über allem steht, allem außer der Ehre. Solange dein Glaube unerschütterlich bleibt, wird Gott dich leiten.«

Leviticus nickte, stand auf und legte eine Faust an die Brust über seinem Herzen. Dies war der offizielle Gruß der Vatikanritter. »Treue über allem, allem außer der Ehre«, rief er.

Bonasero lächelte, wenn auch nur schwach, denn die Erinnerung an Kimball war noch immer nicht verflogen.

Als Leviticus gegangen war, wandte sich Bonasero wieder seinen Berichten zu, aber er konnte sich nicht mehr darauf konzentrieren. Er legte die Dokumente beiseite und starrte eine Zeit lang die Türen seiner päpstlichen Gemächer an.

Er hoffte noch immer.

Und betete inbrünstig.

Aber Kimball Hayden blieb verschwunden.

KAPITEL 62

SIEBEN WOCHEN SPÄTER UNTER DEN RUINEN DER VERLORENEN KATHEDRALE

Gunter Wilhelm litt jetzt solche Qualen, dass er immer wieder das Bewusstsein verlor und die Personen um sich herum nicht mehr erkannte. Der Tod näherte sich mit Riesenschritten und die Krankheit hatte sich seiner soweit bemächtigt, dass jedes Nervenende seines Körpers ein Tabernakel des Schmerzes geworden war. Seine Inkontinenz hatte dazu geführt, dass sich seine Blase und seine Gedärme unkontrolliert entleerten, was seinen Gestank unerträglicher machte als den von verwesendem Fleisch.

Simon befand sich zusammen mit Braun und Albrecht in dessen Kammer. Doch sie blickten so unbeteiligt auf Gunter Wilhelm hinab, als würden sie Gras beim Wachsen zuschauen. Sie hatten den Tod bereits unzählige Male gesehen und dadurch hatte er seinen Schrecken für sie verloren.

Also warteten sie einfach nur und beobachteten Gunter dabei, wie dieser unter seinem Gewand immer kraftloser wurde. Er wand sich in Todesqualen und schrie gequält auf. Blut, Urin und Fäkalien vergifteten seine Organe und peinigten den kranken alten Mann wie bei einem Exorzismus. Als nur noch wenig von ihm übrig war und er in seinem eigenen Dreck lag, reckte er seine klauenartige Hand etwas entgegen, das nur er sehen konnte – etwas Scheußlichem, wie es schien.

Seine Augen waren auf einen Punkt über ihn in der Luft fixiert, etwas, das ihn zu bedrängen schien. Er schrie jetzt unverständliche Worte und versuchte mit schwachen Schlägen seiner verkrümmten Hände die eingebildete Gefahr zu bekämpfen.

Seine Augen flackerten wild, sein Rückgrat bäumte sich auf und ein letzter Atemhauch entwich als lang gezogenes Seufzen seinen Lungen.

Dann lag Gunter Wilhelm regungslos da. Keiner der Umstehenden bewegte sich.

Nach einer Weile gab Albrecht Simon ungerührt einen Befehl. »Sorge dafür, dass sein Körper verbrannt wird«, wies er ihn an. Anschließend lief Albrecht zu Gunters Kommode, entnahm ihr die Naziflagge und warf sie sich über seine Schulter, als hätte ihm Gunters Tod automatisch das Privileg dafür verschafft. An Hermann Braun gewandt, sagte er: »Dieser Mantel gehört nun endlich uns.« Dann ließ er seinen Blick auf Simon ruhen. »Danach wird er in deinen Besitz übergehen.«

Albrecht stellte sich vor den gesprungenen Spiegel, der sein Bild wie bei einer Jahrmarktattraktion seltsam verzerrte, und musterte sich und die Flagge auf seinen Schultern. Sie erschien ihm so alt wie seine eigene Haut, die schlaff und faltig von seinem Gesicht hing. Seine Augen waren wässrig und müde geworden und sein Körper längst nicht mehr kräftig und widerstandsfähig. Selbst unter seiner Kutte war zu erkennen, dass er mehr und mehr in sich zusammenfiel.

Bald schon würden er und Braun sich Gunter anschließen. Sie waren die Letzten einer aussterbenden Art.

Er kehrte dem Spiegel den Rücken zu und stellte sich neben die Leiche, die kurz zuvor noch Gunter Wilhelm gewesen, nun aber nur eine leere Hülle war, und ignorierte den Gestank. Gunters Augen waren vor Angst weit aufgerissen, ebenso wie sein Mund, als hätte er versucht, einen letzten Schrei auszustoßen, doch der Tod war ihm zuvorgekommen.

Nachdenklich neigte Albrecht den Kopf. *Was hast du wohl gesehen?*, fragte er sich. *Was erwartet uns auf der anderen Seite, falls dort überhaupt etwas auf uns wartet?*

Doch er bekam keine Antwort, und so verließ er zusammen mit Braun die Kammer, die Flagge als Zierde über seine Schultern geworfen.

KAPITEL 63

SIEBZEHN WOCHEN SPÄTER UNTER DEN RUINEN DER VERLORENEN KATHEDRALE

Unter der Kathedrale befand sich eine ganze Stadt. Über Hunderte von Jahren hinweg hatte der Dschungel das Land zurückerobert und alles, was sich einmal über der Erdoberfläche befunden hatte, wieder darunter versinken lassen. Unzählige Pyramiden, Tempel, Anbauten und Dämme waren in dem undurchdringlichen Urwald verborgen und warteten nur darauf, der Geschichte wegen entdeckt und erforscht zu werden. Im Moment diente die Kathedrale als Habitat für jene, die ohne eigenen Willen waren, und zu denen nun auch Kimball Hayden gehörte, der in den unterirdischen Kammern immer noch mit extremen Maßnahmen einer Gehirnwäsche unterzogen wurde.

Seine Handgelenke und Knöchel waren mit Ketten gefesselt worden, die sich durch den Raum bis an die gegenüberliegenden Wände spannten. Sein Körper war auseinandergezerrt worden, wie der vitruvianische Mann von da Vinci, die Arme und Beine hatte er weit von sich gestreckt.

Es gab mehrere Stadien der Gehirnwäsche. Angefangen wurde mit Schlafentzug, um den Verstand extrem zu schwächen, anschließend wurde unter Zuhilfenahme extremer Schuldgefühle ein vollkommen neues Regelwerk *installiert.*

In Kimballs Fall ging es ihnen allerdings darum, ihn wieder zurück in jene Kampfmaschine zu verwandeln, die er als Elitesoldat für die amerikanische Regierung gewesen war. Ein Attentäter, der mit der kalten Effizienz einer Maschine und ohne jegliche Reue tötete, ganz egal, welches Alter oder Geschlecht das Zielobjekt hatte.

Es hatte wesentlich länger gedauert, als sie gedacht hatten … monatelang. Der Wille dieses Mannes war tief unter einer harten Schale versteckt und nur unfassbar schwer zu brechen gewesen. Sein Körper war zwar schnell wieder geheilt, Braun und Albrecht hegten aber zunehmend Zweifel an dem Erfolg der Methoden, die die Programmierer auf dessen Geist anwendeten.

Kimballs nackter Körper hing an den Ketten herab. Sein Kopf war auf seine Brust gesunken. Ganz offensichtlich hatte er das Bewusstsein verloren.

»Wieso dauert das so lang?«, herrschte Albrecht den Programmierer an.

Der Programmierer war ein koboldhafter Mann mit vielen nervösen Gesten und Ticks. Unentwegt verzog er das Gesicht, besonders dann, wenn er sprach. »Gehirnwäsche ist nicht wirklich eine Wissenschaft. Das war es nie und wird es auch nie sein.« Der Mann huschte umher und drehte dabei mehrere Lautsprecher auf, aus denen ununterbrochen schallte: *Eine Macht, ein Gesetz und eine Religion.* »Ja, so ist es«, murmelte er. »Jeder ist anders.«

Der Lautstärke geschuldet musste Albrecht seine Stimme erheben, um zu antworten: »Es ist jetzt aber schon siebzehn Wochen her.«

»Er wird Teil des Kollektivs werden«, versicherte ihm der zwergenhafte Mann. »Eine Macht, ein Gesetz und eine Religion. Doch das braucht nun einmal Zeit, oh ja … das braucht Zeit.«

»Siebzehn Wochen!«, herrschte ihn Albrecht frustriert an.

»Das ist nicht besonders viel«, erwiderte der Mann. »Bei den anderen Vatikanrittern haben wir fünfzehn Wochen gebraucht, um sie zu brechen, und dann noch weitere sechs, um sie vollständig zu einem Teil des großen Ganzen machen zu können.«

Albrecht betrachtete Kimball Hayden, der fürchterlich geschunden aussah. Sein Körper war mit öligen Flecken bedeckt, als wäre er ein Mechaniker. Sein Haar stand verfilzt von seinem Kopf ab. Es war offensichtlich, dass der Mann seit seiner Gefangennahme kein Bad mehr genommen hatte, und deshalb begann er zunehmend den Geruch eines wilden Tieres zu verströmen.

»Bist du wenigstens nahe dran?«, erkundigte sich Albrecht.

»Ja, sehr nahe. Ihr werdet es bald sehen. Er wird der Mann sein, der er einst war. Ein Killer der Extraklasse. Ohne Gewissen, ohne Mitgefühl, nur von der Pflicht getrieben, dem Orden zu dienen.«

Albrecht nickte anerkennend. Ihm gefiel, was er hörte. »Dann sorge dafür«, wies er den Mann an. »Du hast nur eine einzige Aufgabe zu erfüllen. Denn ein Mann, der ausgelöscht gehört, ist noch immer am Leben.«

»Ja, ja … ein Mann lebt, obwohl er ausgelöscht gehört … ein Mann lebt, obwohl er ausgelöscht gehört … das wird er auch, wenn dieser Mann hier erst in die Dunkelheit zurückgekehrt ist, aus der er kam … ja, ja.«

Albrecht warf dem Programmierer einen zweifelnden Blick zu. Das war vielleicht ein seltsamer Kauz. Aber er wusste dennoch, was er tat, und war in der Lage, seine Fähigkeiten dazu einzusetzen, selbst die stärksten Menschen in willenlose Gefolgsleute zu verwandeln. Pinchas hatte den Meistern wertvolle Informationen über Kimball Haydens Vorleben geliefert. Dieser war offenbar einst ein gewissenloser Killer gewesen. Alles, was die Programmierer deshalb tun mussten, war, die bereits existierende brutale Seite dieses Mannes wiederzuerwecken.

Doch Kimball sah erschöpft aus und der Lebensfunke schien ihn immer mehr zu verlassen.

»Wird er die Prozedur denn überhaupt überleben?«, fragte Albrecht besorgt.

»Oh ja, das wird er. Sie werden schon sehen.«

Albrecht nickte und verließ die Kammer, in der es so sehr nach Tier roch.

KAPITEL 64

FÜNFUNDZWANZIG WOCHEN SPÄTER UNTER DEN RUINEN DER VERGESSENEN KATHEDRALE

Knapp sechs Monate hatte es gedauert, Kimball vollständig als Mitglied des Ordens zu integrieren. Er war nun ein Teil des Kollektivs und genau das, was ihnen vorschwebte: ein Mann ohne Gewissen oder Reue, ohne Nachsicht und Gnade.

Er trug eine Robe mit Kapuze und stand gerade vor Albrecht und Braun in der Kammer der erleuchteten Meister. Der mittlere Thron war leer, aus Respekt vor Gunter hatte man die Naziflagge darüber drapiert. Braun und Albrecht saßen auf ihren angestammten Thronen, die den mittleren flankierten, und Simon stand am Rande, mit einer Luger in der Hand, die er zwar auf den Boden gerichtet hielt, aber blitzschnell heben konnte, falls es erforderlich werden sollte.

»Wiederhole die Losung unseres Ordens«, befahl Hermann Braun jetzt.

Kimball sah zu Simon, dann blickte er zu den zwei verbliebenen Meistern. »Eine Macht, ein Gesetz und eine Religion«, sagte er, als würde es sich dabei um Allgemeinwissen handeln, das niemand je vergessen konnte.

»Und dein Schwur?«, fragte Albrecht.

»Ich werde mich vollkommen in die Hand des Ordens der Gefallenen Engel begeben. Wir sind eins.«

»Und dein Name?«, fragte Braun.

Kimballs Gesicht war unter seiner Kapuze nicht zu sehen, seine Gesichtszüge waren deshalb von der Dunkelheit verborgen. »Mein Name ist Jaric«, erklärte er ruhig. »Wir sind eins.«

»Hat man dich über deine Aufgabe in Kenntnis gesetzt?«, fragte Albrecht.

Kimball nickte. »Ich soll Franz Kleimer-Schmidt töten.«

»Gut. Sehr gut«, antwortete Albrecht stolz, wie ein Vater, der seinen Sohn lobte. Er erhob sich von seinem Thron, trat von der Plattform herunter, legte seine Hand auf Kimballs Schulter und führte ihn aus der Kammer. Braun und Simon folgten ihm. Gehorsam und unterwürfig, wie es nun seiner Natur entsprach, ließ Kimball sich von ihm leiten.

»Du wirst Teil der Haupteinheit sein«, erklärte Albrecht. »Simon wird als Teamführer fungieren. Ich glaube, er hat dich ja bereits darüber informiert, dass sich ein zweites Team in der Vatikanstadt befindet und dort deine Hilfe erwartet.«

»Das sagte er mir, ja.«

»Die Sicherheitsvorkehrungen sind immer noch sehr streng, Jaric. Also tu, was du am besten kannst: Dringe in die Festung des Apostolischen Palastes ein und töte Franz Kleimer-Schmidt.«

Kimball schwieg.

»Dein Flugzeug startet heute Nacht vom La-Pedrera-Flughafen, wo Pater Corvecci dich und Simon erwarten wird. Wenn ihr in der Vatikanstadt angekommen seid, wird Simon das zweite Team kontaktieren, welches sich daraufhin als Verstärkung positionieren wird.«

»Als Verstärkung?«

»Keine weiteren Fragen, Jaric. Folge einfach Simons Befehlen, so wie du unsere befolgen würdest.«

»Ja, großer Meister.«

Albrecht ließ Kimball allein weitergehen, während er sich etwas zurückfallen ließ und auf Simon wartete. Als dieser zu ihm aufgeschlossen hatte, liefen die beiden Männer nebeneinander her, während Kimball etwa zehn Metern vor ihnen war.

»Weihe Jaric erst auf eurem Weg nach Rom in alles ein. Erkläre ihm ganz genau seine Mission und seinen Zweck. Das zweite Team steht bereit, um einzugreifen, falls es notwendig werden sollte. Falls Jaric scheitert, werden sie erfolgreich sein. Aber Jaric ist von elementarer Wichtigkeit für diese Mission. Ist dir das klar, Simon? Sei dort erfolgreich, wo Pinchas und Mordechai gescheitert sind.«

Simon nickte. »Euch ist aber klar, dass der Vatikan Jaric nicht ohne Weiteres durch die Tore spazieren lassen wird, ohne misstrauisch zu werden, oder? Er war schon zu lange fort. Man wird ganz bestimmt Fragen stellen, und das Sicherheitsteam wird Untersuchungen einleiten.«

»Jaric ist eine Ein-Mann-Armee, der sie von der zweiten Einheit ablenken wird. Er ist entbehrlich, genau wie die Mitglieder des zweiten Teams. Du hingegen musst unbedingt wieder zurückkehren. Auch dann, wenn es den anderen nicht gelingen sollte.«

»Ich verstehe, großer Meister.«

»Dann sorge dafür.«

Kimball lauschte aufmerksam. Obwohl er sich mehrere Meter vor Simon und Albrecht befand, konnte er ihre

Unterhaltung und das Murmeln, das von den umgebenden Wänden widerhallte, dennoch gut hören. Er war jetzt der wichtigste Agent, um eine Vendetta zu vollenden, die einen gewaltigen Sieg für den Orden bedeuten und sie endgültig für die lange Liste terroristischer Vereinigungen qualifizieren würde. Außerdem galt er offenbar als entbehrlich.

Ohne eine Miene zu verziehen, folgte Kimball – oder neuerdings Jaric – dem Korridor.

KAPITEL 65

DER VATIKAN
VATIKANSTADT

Etwa sechs Monate nach dem versuchten Mordanschlag auf Bonasero Vessucci gab der Außenminister die Geschäfte offiziell wieder an den Papst zurück. Obwohl Bonasero wieder als vollständig genesen galt, bewegte er sich immer noch mit einer gewissen Langsamkeit vorwärts, die von den Monaten der Untätigkeit herrührte.

Er hatte eine Physiotherapie und einfache Übungen durchlaufen und dabei ständig Fortschritte erzielt, doch trotz dieser Verbesserungen zeigten die Muskeln seiner Beine Anzeichen von Verkümmerung und waren nur schwer wiederherzustellen, weshalb er für mindestens zwei weitere Monate an den Rollstuhl gefesselt sein würde.

Er saß gerade in seiner Kammer und hatte die Türen zu seinem Balkon weit geöffnet. Die Vorhänge flatterten in einer sanften Brise, die aus dem Westen heranwehte. Der Himmel war blau, nur ein paar wenige Wolken waren zu sehen. Obwohl sich auf dem Petersplatz unzählige Touristen tummelten, nahm er diese nicht wahr. Seine Gedanken weilten nämlich an einem ganz anderen Ort. Er konnte Kimball Hayden vor sich sehen, wie er in besseren Tagen gelächelt hatte, und in den ganz seltenen Momenten, wenn er in schallendes Gelächter ausgebrochen war. Er erinnerte sich aber auch an dessen düstere Stunden, als dieser geglaubt hatte, dass ihm die Erlösung für immer versagt bleiben würde, weil er seine eigene Überzeugung von Recht und Gesetz jene hatte spüren lassen, die es nicht besser verdient hatten. In seinem Geiste sah er Kimball heranreifen, so wie ein Vater seinen Sohn betrachten würde. Und der Schmerz, ein Kind zu verlieren – zumindest in der Vorstellung von Bonasero, der keine leiblichen Kinder hatte – war einfach unbeschreiblich. Dieses beunruhigende Gefühl von Verlust und Leere war ungeheuer schmerzlich.

Mein Junge, dachte er. *Mein Sohn!*

Dann verblassten die Erinnerungen wieder und die Geräusche auf dem Petersplatz brachten ihn in das Hier und Jetzt zurück.

Später an diesem Tag würde er seine erste Amtshandlung als zurückkehrender Papst begehen – ein Symposium zusammen mit den Kardinälen in der Sixtinischen Kapelle. Er brauchte dabei keine Dokumente vorzulesen oder Reden vorzubereiten. Es war einfach nur eine Zusammenkunft, um wichtige missionarische Veranstaltungen zu besprechen.

Er sah auf die Uhr an seiner Wand. 13:26 Uhr. Das Symposium war für 16:30 Uhr angesetzt.

Er schloss die Augen und betete. Er dankte Gott dafür, dass er ihn sicher durch all die Gewalt geleitet hatte, die ihn beinahe das Leben gekostet hatte. Anschließend betete er ausgiebig für Kimballs Seele und flehte zu Gott, Kimball als Mann bei sich willkommen zu heißen, der mehr dem Licht als der Dunkelheit zugetan gewesen war.

Er betete voller Inbrunst, so lange, bis ihm Tränen aus den Augenwinkeln rannen.

Die Uhr an der Wand tickte unbeirrt weiter.

KAPITEL 66

ROM
AUSSERHALB DER VATIKANSTADT

Es war Pater Corvecci, der durch den Heiligen Stuhl herausgefunden hatte, dass der Papst ein Treffen mit seinen Kardinälen in der Sixtinischen Kapelle plante, und diese Information hatte er sofort an Albrecht weitergeleitet. Dies war eine hervorragende Gelegenheit, um ein Mordkommando in den Vatikan zu schleusen. Also entsandten Braun und Albrecht zwei Mitglieder des Ordens, die der festen Überzeugung waren, eine Prophezeiung zu erfüllen, anstatt einen Racheakt zu begehen.

Ihre Leben waren wertlos, das wussten sie selbst. Nur die Sache zählte. Zumindest war es das, was ihnen die flüsternden Stimmen in ihren Köpfen unentwegt erzählten. Sie wohnten in einem Hotel nicht weit von der Vatikanstadt entfernt. Beide Männer waren dünn, beinahe schon ausgemergelt. Aber das Ornat der Kardinäle, welches sich in ihrem Gepäck befand, würde ihre Statur perfekt verbergen, genauso wie es ihre Kutten in Brasilien getan hatten.

Sie holten jetzt die Ornate hervor und breiteten die satt leuchtenden Stoffe auf dem Bett aus. Zusammen mit den Roben befanden sich auch zwei Westen, die mit Semtex-Paketen und Zündern versehen waren, in ihren Taschen. Weniger als zwei Stunden vor Beginn des päpstlichen Symposiums zogen sie sich an. Zuerst die Westen und darüber die scharlachroten Roben.

Die Sicherheitsvorkehrungen würden garantiert immens sein, aber darum würde sich Team Eins kümmern, das aus Simon und Jaric bestand. Alles, was sie in der Verkleidung von Kardinälen tun mussten, war, nahe genug heranzukommen, um die Kapelle zum Einsturz zu bringen.

✠

Sie hatten nun schon seit vierundzwanzig Stunden nicht mehr geschlafen, und dafür blieb Jaric und Simon auch jetzt keine Zeit, da sie Rom erst kurz vor dem Symposium erreichten. Jaric hatte während des gesamten Fluges kaum gesprochen und nur hin und wieder mit dem Kopf genickt, um zu zeigen, dass er die Instruktionen, die man ihm gab, verstanden hatte.

Vor der Kapelle mussten sie mit strengsten Sicherheitsvorkehrungen rechnen. Jarics Fähigkeiten waren allerdings mehr als imstande, deren Zahl auf eine überschaubare Menge zu dezimieren, um anschließend in die Sixtinische Kapelle eindringen zu können, wo er sich dem Papst zeigen und ihm kurz darauf das Leben nehmen würde. Die beiden falschen Kardinäle würden als Verstärkung und Absicherung dienen, um sicherzustellen, dass die Mission auch dann ausgeführt werden würde, falls Jaric aus irgendeinem Grund scheitern sollte. Zumindest würde Jaric die gesamte Aufmerksamkeit des Sicherheitsteams auf sich ziehen, was den falschen Kardinälen erlauben würde, nahe genug an den Pontifex heranzukommen, bevor sie es schafften, ihn in Sicherheit zu bringen.

Das Timing musste also äußerst präzise und bis auf den Punkt genau sein, denn das Zeitfenster würde nur wenige Sekunden betragen.

In der Vatikanstadt gingen Simon und Jaric in sicherem Abstand in Position und beobachteten die Kapelle. Simon blickte durch ein Fernglas. Jaric, eine große und beeindruckende Erscheinung, stand unterwürfig neben ihm. Er trug ein sauberes Hemd und eine gebügelte Hose und unterschied sich damit kaum von den anderen Einheimischen.

Das Symposium würde in weniger als einer Stunde beginnen.

Simon ließ sein Fernglas sinken. »Wo zur Hölle bleiben sie denn nur?«, flüsterte er zu sich selbst.

Jaric stand einfach nur mit leerem Blick da und wartete offenbar darauf, seine Pflicht zu erfüllen.

Als Simon sein Fernglas wieder hob und das Gelände absuchte, entdeckte er sie endlich. Erleichterung schwappte über ihn und er verlieh dieser Emotion mit einem tiefen Seufzer Ausdruck. Die falschen Kardinäle näherten sich von einem Fußweg hinter der Kathedrale. Sie diskutierten angeregt miteinander, gestikulierten und verhielten sich ganz so, als würden sie hierhergehören.

»Da sind sie«, sagte Simon.

»Die Kardinäle?«

»Ja.«

Jaric hielt Simon die Hand hin und wollte anscheinend ebenfalls einen Blick durch das Fernglas werfen. Nachdem er es an die Augen gehoben hatte, konnte Jaric die beiden Männer genauer erblicken. Er erkannte sie sofort wieder, schließlich hatte er sie schon oft in der vergessenen Kathedrale gesehen, aber erst jetzt erfuhr er, dass man sie für den Anschlag auf den Papst ausgewählt hatte.

Jaric gab Simon das Fernglas zurück. »Was ist mit den anderen?«, erkundigte er sich beiläufig.

Simon sah ihn fragend an. »Welche anderen?«

»Abgesehen von ihnen und uns. Wer ist sonst noch hier, um den Auftrag auszuführen?«

»Hast du mir denn nicht zugehört? Es gibt nur sie und uns.«

Jaric drehte sich zu Simon um. »Mehr wollte ich nicht wissen«, sagte er lächelnd.

Jarics Hand schnellte plötzlich nach vorn, packte Simon am Hals und stieß ihn brutal gegen die Wand.

»Jaric, was tust du denn da?« Simons Gesicht begann rot anzulaufen. »Jaric, was …« Nachdem er das Fernglas fallen lassen hatte, begann er mit schwächlichen Hieben nach Jarics Schraubzwingengriff zu schlagen. »Was … tust … du denn da?«

Jaric beugte sich über ihn, bis ihre Gesichter nur noch wenige Zentimeter voneinander entfernt waren. Simon konnte die roten Äderchen, die Jarics weiße Augen durchzogen, deutlich sehen.

»Ich hätte deine kleine Sekte schon in Brasilien zu Brei verarbeiten können, aber ich wusste bis gerade leider nicht, wer Teil des zweiten Kill-Teams sein würde. Also hatte ich keine andere Wahl, als euer trauriges kleines Spielchen mitzuspielen, bis ich die Attentäter endlich identifizieren und die Bedrohung neutralisieren kann. Nun, da sie kompromittiert wurden, sehe ich keinen weiteren Nutzen mehr in dir.«

Simon riss seine Augen vor Ungläubigkeit weit auf. »Jaric …«

»Du warst einmal so ein guter Mensch, Enzio, und mit etwas Glück wirst du das vielleicht wieder sein. Also solltest du den heutigen Tag als deinen Glückstag ansehen.«

»Jaric …«

Sein Griff schloss sich noch etwas fester um Simons Hals, bis dessen Kragen ihm die Blutzufuhr abschnitt. »Mein Name ist *nicht* Jaric«, stieß er verärgert hervor. »Er lautet Hayden. Kimball Hayden!«

IN DEN UNTERKÜNFTEN DER VATIKANRITTER

Die Quartiere der Vatikanritter befanden sich in einem unauffälligen Gebäude aus Feldsteinen, nahe dem Alten Garten. Etwa eine halbe Stunde, bevor das Symposium begann, trafen Jesaja und Leviticus gerade die letzten Sicherheitsvorbereitungen, als Jeremias plötzlich hereinplatzte.

»Kommt sofort mit«, rief Jeremias außer Atem. »Ihr werdet es nicht glauben.«

»Was ist denn los?«, fragte Jesaja.

»Das müsst ihr einfach mit eigenen Augen sehen.«

Sie hasteten daraufhin den Korridor hinunter, der zu der Etage des Hauptbereichs führte. Der Boden war mit Mosaikfliesen verziert, die das Wappen der Ritter des Vatikan bildeten. In dessen Mittelpunkt prangte ein silbernes Tatzenkreuz auf blauem Grund. Die Farben repräsentierten Frieden und Aufrichtigkeit, Wahrheit und Loyalität. Zu beiden Seiten des Kreuzes hockten zwei Löwen, die ihre Vorderpfoten auf das Schild gelegt hatten, um es festzuhalten. Die Löwen waren ein Symbol für Tapferkeit und Stärke. Direkt auf dem Wappen und fest verschnürt, wie ein Weihnachtspaket lag Simon, der die

Augen wild und grimmig aufgerissen hatte. Neben ihm befand sich ein Notizzettel.

Leviticus, der sich von Simons Gejammer über Jarics Verrat nicht aus der Ruhe bringen ließ, hob die Notiz auf und las sie den anderen laut vor.

Wer immer diese Nachricht liest:
Hier ist einer der bösen Jungs. Lasst ihm bitte die Hilfe zukommen, die er benötigt.
Einer von den Guten.

Sie blickten sich neugierig um und bemerkten dabei, dass sowohl die Fenster als auch die Türen verschlossen waren, und doch lag Simon direkt vor ihrer Nase.

Leviticus wandte sich wieder der Nachricht zu. Sie mochte einfach gehalten sein, doch sie sprach Bände.

Die Vatikanritter wussten ganz genau, dass dies nur das Werk eines ganz bestimmten Mannes gewesen sein konnte, und daraufhin fiel ihnen ein Stein vom Herzen.

Aber wieso hatte sich Kimball nicht zu erkennen gegeben? Und wo hatte er die letzten sechs Monate über gesteckt? Wieso war er schon wieder verschwunden?

Es gab so viele Fragen … und so wenige Antworten.

✠

Die Kardinäle versammelten sich jetzt für das Symposium vor dem Eingang der Kapelle. Die beiden verkleideten Männer sahen aus der Ferne dabei zu, da sie eigentlich nicht zu dieser Gruppe gehörten. Der Kurie würden ihre fremden Gesichter deshalb nach kurzer Zeit auffallen und bestimmt zu unangenehmen Fragen führen. Aber sobald man die Kardinäle dazu aufrief, ihre Plätze in der Kapelle einzunehmen, würden die beiden sich trennen und sich unter die Leute mischen.

Doch genau das durfte Kimball nicht zulassen. Denn die beiden falschen Kardinäle trugen entweder Waffen bei sich oder – schlimmer noch – Sprengstoffwesten wie Mordechai. Wenn es ihnen gelang, in die Mitte der Geistlichen zu kommen, würden sie einfach ihre Sprengsätze zünden und damit unzählige Menschen töten – sogar auf die Gefahr hin, ihr eigentliches Ziel, den Papst, nicht zu treffen.

Kimball blieben höchstens noch zwei oder drei Minuten.

Eilig drängte er sich durch die versammelten Touristen und hielt auf die Kapelle zu, achtete dabei jedoch darauf, nicht von den beiden falschen Kardinälen bemerkt zu werden.

Er gelangte schließlich ungesehen hinter sie, nutzte dabei die Mauern als Deckung, und kam nahe genug an sie heran, um hören zu können, wie sie sich in fließendem Deutsch unterhielten.

Kimball schlich noch näher und fragte sich, ob sie ihre Daumen bereits auf den Auslösern liegen hatten. Denn wenn dem so war, gab es kein Manöver, welches schnell genug wäre, um sie daran zu hindern, die Knöpfe zu drücken. Doch es gab leider keine andere Möglichkeit. Er musste sie auf jeden Fall davon abhalten, sich den Kardinälen anzuschließen, und sie weit genug von der Sixtinischen Kapelle wegbringen, damit die Detonation keine ernsthaften Schäden anrichten konnte.

Kimball schloss die Augen, atmete mehrmals tief ein und aus und machte sich bewusst, dass die nächsten Augenblicke seine letzten sein könnten. Als sich die Kardinäle anschickten, die Kapelle zu betreten, setzten sich auch die beiden verkleideten Geistlichen in Bewegung.

Dies war der Augenblick, in dem Kimball angriff.

Die vatikanische Sicherheit hatte sich die Mühe gemacht, jeden einzelnen Kardinal, der die Kapelle betrat, einer Identifizierung zu unterziehen – eine Maßnahme, wie man sie noch nie zuvor getroffen hatte, selbst nach dem Attentat auf Papst Johannes Paul II. nicht.

Wenn das den beiden falschen Kardinälen von dem Eingang aufgefallen wäre, hätten sie die Mission wahrscheinlich als fehlgeschlagen angesehen und die Zünder direkt an Ort und Stelle ausgelöst, um zumindest einen kleinen Sieg für den Orden zu erringen, um so viele wie nur möglich in den Tod zu reißen und die Kapelle zu zerstören.

Aber dazu bekamen sie keine Gelegenheit mehr.

Die beiden Kardinäle liefen schweigend nebeneinander her, die Hände unter den Falten ihrer Roben versteckt, als einer von ihnen plötzlich nach hinten gerissen wurde. Als der zweite Kardinal sich umdrehte, sah er, wie Jaric seinen Ellbogen in das Gesicht des Ordensbruders schmetterte und ihm sein Nasenbein in den Schädel trieb. In der Hundertstelsekunde, die es dauerte, den falschen Geistlichen zu töten, blieb der zweite Kardinal verdutzt und regungslos stehen … ein großer Fehler, denn kurz darauf war Kimball auch schon bei ihm.

Der falsche Kardinal tastete nach dem Zündknopf, doch der Vatikanritter packte sein Handgelenk und verdrehte es mit einem Ruck, der alle Knochen darin brechen ließ. Der Mann schrie schmerzerfüllt auf. Seine Hand war nun nicht mehr zu gebrauchen und stand in einem unnatürlichen Winkel ab. Dennoch gab er nicht auf, sondern holte stattdessen mit seiner anderen Hand aus. In dieser hielt er ein scharfes Messer. Die Klinge traf Kimball unvorbereitet und schlitzte ihm die Brust auf.

Kimball verzog vor Schmerz das Gesicht, doch er reagierte im Bruchteil einer Sekunde, indem er die Hand des Angreifers ergriff und den Schwung dafür nutzte, diesem das Messer in die eigene Kehle zu rammen.

Der Mann riss daraufhin überrascht die Augen auf und sank zu Boden. Als Kimball das Messer wieder herauszog, sprudelte Blut aus dessen zerstörter Kehle. Rasch hob der Vatikanritter die Kutte des falschen Kardinals hoch, registrierte aus dem Augenwinkel die gebrochene Hand und schnitt das Kabel durch, welches den Zünder mit der Weste verband. Obwohl er bereits tot war, wiederholte Kimball diese Prozedur auch bei dem ersten Kardinal, der bereits am Boden lag.

Er hatte es geschafft, beide Männer zu neutralisieren.

Der zweite falsche Geistliche hustete auf einmal. Blut stob als roter Nebel aus seinem Mund. Er reckte seine Hand flehend Kimball entgegen, doch der Vatikanritter blickte mit der Emotionslosigkeit einer Maschine auf ihn hinab und sah ihm teilnahmslos beim Sterben zu. Als der falsche Kardinal schließlich vornüber kippte und hart auf dem Gesicht landete, war Kimball bereits verschwunden.

Niemand wusste, wohin.

KAPITEL 67

UNTERHALB DER VERGESSENEN KATHEDRALE
BRASILIEN
VIER TAGE SPÄTER

Hermann Braun und Albrecht Krause waren außer sich vor Wut.

Der Orden wurde offenbar von einem Fehlschlag nach dem anderen heimgesucht, was wohl kaum der Handschrift eines auferstehenden Reiches entsprach. Es schadete zwar nichts, aus Fehlern zu lernen, aber wenn nichts gelernt wurde und die Enttäuschungen an der Tagesordnung standen, gab es auch keine Weiterentwicklung. Der Orden steckte in einem Sumpf kontinuierlicher Fehlschläge und das nun schon seit mehr als sechzig Jahren.

Simon war wie vom Erdboden verschluckt, nachdem er sein Zeitfenster verpasst hatte, genau wie Jaric und die Mitglieder des zweiten Teams. Es gab keinerlei Hinweise darauf, was ihnen genau widerfahren war. Der Papst lebte auf jeden Fall, und das Symposium war ohne die kleinste Störung abgehalten worden. Die verbliebenen Meister fühlten sich mehr als elend.

Ein Fehlschlag folgte dem anderen.

»Wie soll auf diese Weise ein neues Reich erschaffen werden?«

Wütend schlug Albrecht mit seiner Handfläche auf die Armlehne seines Thrones. »Simon hätte nach unserem Ableben den Thron besteigen sollen!«

»Es wird andere geben«, beschwichtigte ihn Braun, der sich anscheinend mehr unter Kontrolle zu haben schien als sein Kamerad.

»Das bezweifle ich stark«, rief plötzlich jemand aus den Schatten, eine Stimme, die sich fremd aber zugleich seltsam vertraut anhörte.

»Wer spricht da?«, wollte Albrecht wissen. »Wer hat Ihnen das Recht gegeben, ohne Erlaubnis die Kammer der Meister zu betreten?«

»Die Erlaubnis?«, wiederholte der Schatten und schritt aus der Dunkelheit. »Ich gebe einen Scheiß auf Ihre Erlaubnis.« Kimball trat in den Fackelschein, der unheimliche Schatten über die Wände tanzen ließ.

Hermann Braun starrte ihn fassungslos an. »Jaric?«

»Nein, nicht Jaric.«

Albrecht reckte die Brust nach vorn, als wenn er um Achtung heischen wollte. »Schweig, Jaric. Du vergreifst dich gerade im Ton!«

»Ich vergreife mich im Ton? Ist das Ihr Ernst?«

Albrecht schien nun nervös zu werden, genauso wie Braun.

»Bist du etwa der Grund für Simons Versagen?«, fragte Braun argwöhnisch.

Kimball trat einen weiteren Schritt nach vorn. »Ja, das könnte man so sagen.« Er trug nun wieder die Kleidung eines Vatikanritters. An beiden Oberschenkeln war eine Scheide mit einem Armeemesser befestigt, seine Lieblingswaffe.

»Was ist mit Simon?«, fragte Albrecht.

»Der wird schon wieder.«

»Und die anderen?«

»Die eher nicht.«

Albrecht deutete auf Kimballs Waffen. »Und jetzt bist du hierhergekommen, um uns zu töten?«

»Sie und dieser Idiot neben Ihnen sind die Köpfe der Schlange, und Sie wissen ja, was man über den Kopf der Schlange sagt.«

»Ich verstehe«, sagte Albrecht und tastete unauffällig unter seiner Robe nach etwas. »Demnach bist du also hergekommen, um den Kopf der Schlange abzutrennen und dafür zu sorgen, dass der Orden stirbt.«

»So in etwa.«

»Aber das, Herr Hayden, wird niemals geschehen.« Mit diesen Worten zog Albrecht eine Luger unter seiner Kutte hervor, doch Kimball hatte sich bereits wieder in die Dunkelheit zurückgezogen und war ein Teil von ihr geworden. Albrecht gab ein paar schnelle Schüsse auf die Stelle ab, an der Kimball gerade eben noch gestanden hatte. Die Kugeln prallten wirkungslos vom Boden und der hinteren Wand ab.

Braun zog den Kopf ein und ging in Deckung.

Albrecht feuerte nun blind einen weiteren Schuss ab. Die Kugel traf jedoch nichts von Bedeutung. »Dies ist der Ort, an dem Sie den Tod finden werden, Hayden. Ihre Messer können es nämlich nicht mit einer deutschen Luger aufnehmen.«

»Sind Sie sich da so sicher, Albrecht?«

Eine Stimme erklang hinter dem alten Nazi. Albrecht fragte sich verwirrt, wie Kimball in so kurzer Zeit ans andere Ende der Kammer gelangt sein konnte. Er wirbelte herum und feuerte in die Richtung von Kimballs Stimme. Das Mündungsfeuer der Schüsse ließ den Bereich jedes Mal kurz aufblitzen. Die Luft roch nach Schießpulver.

»Was ist denn los, Albrecht? Zittern Ihre alten Hände etwa zu sehr, um anständig zielen zu können?«

Weitere Schüsse ertönten daraufhin, doch alle gingen daneben.

»Hör endlich auf, du Narr!«, rief Braun aufgebracht. »Kannst du denn nicht sehen, dass er dich nur dazu verleiten will, wertvolle Munition zu vergeuden?«

Albrecht sah prüfend auf seine Waffe hinunter, dann richtete er sie wieder in die Schatten. »Es gibt keinen Ausweg für Sie, Hayden, nur den Tod. Treten Sie vor, und ich verspreche Ihnen, es kurz und schmerzlos zu machen. Nur ein Schuss hierhin.« Bei diesen Worten deutete er auf seinen Hinterkopf. »Kurz und schmerzlos.«

Stille.

»Hayden?«

Stille.

»Kommen Sie schon, Hayden. Ich werde Ihr Spiel nicht länger mitspielen und wertvolle Kugeln verschwenden. Ich habe immer noch genügend Munition in der Luger.«

Das Messer surrte nun wie das leise Flüstern von Rotoren durch die Luft. Innerhalb eines Sekundenbruchteils überwand das Ka-Bar den Abstand zwischen den Schatten und der Plattform. Seine Spitze traf Albrecht Krause genau in die Kehle und bohrte sich so tief hinein, dass sie am Genick wieder austrat. Der Nazi ließ die Luger fallen. Schwarze Kreise krochen vom Rand aus in sein Sichtfeld. Als Albrecht in die Knie sank, während er seine Hand an seine Kehle presste, versuchte er, das Messer aus seinem Hals zu ziehen, aber seine gebrechlichen Hände versagten ihren Dienst, als seine Kräfte immer mehr schwanden. Das Leben wich aus seinem Körper und Albrecht konnte eine Dunkelheit herannahen spüren, die so allumfassend und so kalt war wie nichts, was er je zuvor gespürt hatte. Mit einem letzten Zittern fiel Albrecht Krause zu Boden und hauchte seinen letzten Atem aus.

Hermann Braun, der die Luger aufgehoben und mit einer Hand gepackt hatte, die viel zu sehr zitterte, um sie gerade halten zu können, schrie jetzt etwas auf Deutsch, presste sich die Mündung an die eigene Schläfe und drückte den Abzug.

Die Schlange hatte offiziell ihre Köpfe verloren.

KAPITEL 68

DER VATIKAN
DAS BÜRO VON MONSIGNORE DOM GIAMMACIO
HEUTE

»Um ehrlich zu sein, bin ich sogar sehr daran interessiert, zu erfahren, was genau passiert ist«, sagte der Monsignore. Eine Zigarette brannte zwischen den Fingern seiner rechten Hand. »Sie haben immerhin einen unfassbar tiefen Sturz überlebt.«

»Nur, weil Pinchas meinen Fall abgefedert hat.«

»Ja, natürlich. Aber Sie wurden schwer verletzt, nicht wahr? Sehr schwer sogar.«

Kimball nickte. »Ich hatte ein paar gebrochene Knochen und hier und da war etwas ausgerenkt. Dinge, die Zeit brauchen, um zu heilen.«

»Und während dieser Zeit hat der Orden versucht, Sie einer Gehirnwäsche zu unterziehen?«

»Ich hatte einfach nicht die Kraft, mich dagegen zu wehren.«

»Aber als Sie geheilt waren und dazu in der Lage gewesen wären, haben Sie dennoch nichts getan.«

»Ich habe durchaus etwas getan«, widersprach ihm Kimball. »Ich habe mich in Geduld geübt.«

»Das verstehe ich nicht.«

»Ich war geduldig«, wiederholte Kimball. »Ich habe irgendwann erfahren, dass ein zweites Team in den Vatikan geschickt werden würde, um den Papst auszuschalten. Ich wusste allerdings nicht, wer es sein würde. Ich musste aber unbedingt ihre Identitäten herausfinden, um sie finden und neutralisieren zu können. Um wen es sich bei den Teammitgliedern handelte, wurde nämlich bis zum letzten Moment geheim gehalten, und vorher habe ich nicht handeln können.«

»Aber um welchen Preis, Kimball! Während dieser Zeit haben Sie unaufhörlich versucht, Sie umzudrehen. Sie hätten den Verstand verlieren können … Ihr inneres Ich!«

Kimball schüttelte den Kopf. »Ich kenne die Dunkelheit bereits. Ich habe ihre kalte Umarmung schon gespürt. Wenn man das einmal erlebt und sich dazu entschieden hat, ihr den Rücken zu kehren und nie wieder zu ihr zurückzukehren, gibt es keine andere Kraft mehr außer der Macht des Lichts in einem. Es gelang ihnen deshalb nicht, mich *umzuprogrammieren*. Es funktioniert außerdem auch nicht bei jedem. Denken Sie nur an die Kardinäle im Inneren der Kathedrale. Man hat sie letzten Endes hinrichten müssen, weil das Licht in ihnen einfach zu stark war.«

»Ich verstehe.« Kleine Rauchwolken stiegen von der Zigarette auf. Die Augen des Monsignores musterten Kimball bedächtig. »Und Sie haben es vorgezogen, nicht die Hilfe Ihrer Brüder zu suchen? Oder die des Pontifex?«

»Ich musste das Angriffsteam ausschalten, bevor sie zuschlagen konnten«, erklärte er. »Wenn ich mich den Vatikanrittern zu früh gezeigt hätte, hätte das die gesamte Mission gefährden können. Ich war so lange fort, dass es mehr Fragen als Antworten aufgeworfen hätte, wenn ich plötzlich aufgetaucht wäre. Ich hätte mich dadurch verdächtig gemacht, wenn man bedenkt, was mit Pinchas und Mordechai geschehen ist. Ich durfte nicht riskieren, inhaftiert zu werden, während die Attentäter ungehindert in der Stadt herumrennen.«

»Ich verstehe. Also erst handeln und danach Rede und Antwort stehen«, meinte der Monsignore.

»Exakt.«

»Aber danach sind Sie schon wieder verschwunden. Erneut, ohne sich von Ihren Brüdern helfen zu lassen.«

»Es gab da etwas, was ich unbedingt noch tun musste. Etwas Persönliches.«

Der Monsignore musterte ihn eingehend, bevor er weitersprach. »Gerechtigkeit über Recht«, folgerte er schließlich. »Sie haben es auf sich genommen, allein nach Brasilien zurückzukehren und das zu beenden, was Ihnen zuerst nicht gelungen ist, weil Sie vorher die Identitäten der weiteren Attentäter kennen mussten. Sie konnten die Gefahr erst dann vollständig ausmerzen, als die Attentäter eliminiert worden waren, und Sie freie Hand hatten.«

»Wird das hier jetzt so etwas wie die spanische Inquisition?«

»Nein, Kimball. Sie sollten mich besser kennen, als mir so etwas zu unterstellen.« Der Monsignore beugte sich nach vorn. »Konnten Sie die Sache denn … klären?«

»Sagen wir einfach, dass Bonasero nicht mehr ängstlich über die Schulter sehen muss.«

Der Monsignore nickte. »Ich verstehe«, sagte er und ließ sich in seinen Stuhl zurücksinken. »Gerechtigkeit über dem Gesetz, zumindest nach Ihrer Interpretation.«

»Wie ich schon sagte, Bonasero braucht nichts mehr zu befürchten, und jene, die verloren sind, müssen sich zumindest nicht mehr das irre Gerede von Menschen wie Gunter Wilhelm und seinesgleichen anhören. Diese Menschen haben dadurch die Chance, sich einer echten

Kirche oder einem geliebten Menschen zuzuwenden, wenn sie Halt und Führung suchen.«

»So wie Sie sich der Kirche zugewandt haben oder einer geliebten Person wie Bonasero Vessucci, dem Vater, den Sie niemals hatten?«

»Er gab mir eine Chance«, erwiderte Kimball. »Genauso wie die Kirche.«

»Und doch verstoßen Sie immer wieder gegen die Konventionen eben dieser Kirche, um Ihre eigene Vorstellung von Gerechtigkeit umzusetzen.«

Kimball wurde daraufhin unruhig. »Wollen Sie damit andeuten, dass ich verdammt bin?«

»Haben Sie diese Menschen getötet, als Sie nach Brasilien zurückgekehrt sind?«

Eine lange Pause folgte.

»Kimball?«

»Ich habe getan, was ich tun musste, um das Leben des Papstes zu retten. Solange sie existiert hätten, hätte auch die Gefahr für ihn weiterexistiert.«

Der Monsignore nickte verstehend.

»Die Bedrohung wurde vollständig ausgelöscht«, fügte Kimball tonlos hinzu. »Ich tue, was ich tun muss, denn letzten Endes weiß ich, worin ich wirklich gut bin – ob mich das nun von meinen Sünden befreit oder nicht. Es ist, denke ich, eher die Frage, mit welcher Haltung ich es tue.«

»Und was wäre das genau?«

Kimball beugte sich nach vorn und presste zwischen zusammengebissenen Zähnen hervor: »Ich töte Menschen. Das ist es, was ich tue und worin ich gut bin.« Mit diesen Worten stand der Vatikanritter auf und sah zu dem Monsignore hinab.

»Wie ich schon sagte, entscheidend ist die Haltung, mit der ich es tue.«

Noch bevor die Uhr das Ende der Sitzung verkündete, brach Kimball das Gespräch ab und kehrte in sein Quartier zurück.

Nachdem Kimball die Tür des Büros hinter sich geschlossen hatte, blieb der Geistliche noch eine Weile nachdenklich sitzen und starrte auf den Rauch, der von seiner Zigarette aufstieg.

EPILOG

Kimball lag auf seinem Bett, die Arme als notdürftiges Kissen hinter seinem Kopf verschränkt. Er starrte das Buntglasfenster mit dem Abbild Marias an.

Der Monsignore hatte ihn wirklich hart ins Verhör genommen, was ungewöhnlich für ihn war. *Ja*, Kimball hatte Menschen getötet, doch diese waren der Auslöser für das wiederkehrende Böse in dieser Welt gewesen. *Würde Gott mich wirklich dafür bestrafen, dass ich versuche, in der Welt für Gerechtigkeit zu sorgen? Oder mir das Recht darauf versagen, ein guter Mensch zu sein, nur weil ich dafür sorge, dass das Böse nicht weiter triumphiert? Kann Gott das denn nicht erkennen? Kann Gott* mich *nicht erkennen?*

Kimball seufzte. Zwischen ihm und seinem Team und auch Bonasero konnten die Dinge gar nicht besser stehen. Alle waren froh, dass Kimball wieder zu ihnen zurückgekehrt war. Über Bonaseros Vergangenheit würden die beiden Männer sprechen, wenn sie dazu bereit waren. Der brasilianische Geheimdienst war von ihnen darüber informiert worden, dass sich eine Geheimgesellschaft tief im brasilianischen Dschungel versteckt hielt, doch bei ihrer Ankunft hatten sie nur noch weggeworfene Kutten auf dem Boden der Kammern gefunden. Also hatten sie gute Arbeit dabei geleistet, den Orden zu zerschlagen. Doch der Monsignore hatte ihn mit seinen Worten dazu gebracht, sich selbst infrage zu stellen – tief in sich hineinzublicken und den Unterschied zwischen

Recht und Gerechtigkeit zu hinterfragen, zwischen richtig und falsch, und einen anderen Weg zu finden jenseits des Dranges, den Feind unbedingt zu töten, ganz egal wie schwarz seine Seele auch sein mochte.

Aber für Kimball gab es nun mal keine Alternative: *Manche Menschen mussten einfach sterben, um das Übel ausrotten zu können.*

Er starrte wieder das Buntglasfenster an. Dieses Mal drangen keine warmen Sonnenstrahlen herein, die ihm Gott näher brachten.

Kimball drehte sich zur Wand, zog die Knie an und wartete auf den Schlaf. Während er da lag, schossen ihm die immer gleichen Gedanken durch den Kopf:

Ich töte Menschen …
Das ist es, was ich tue …
Was ich am besten kann …

Dann schlief Kimball ein.

– ENDE –

LUZIFER
VERLAG